Biikebrennen

Hannes Nygaard ist das Pseudonym von Rainer Dissars-Nygaard. Er wurde 1949 in Hamburg geboren und hat sein halbes Leben in Schleswig-Holstein verbracht. Er studierte Betriebswirtschaft und war viele Jahre als Unternehmensberater tätig. Nach einigen Jahren in Münster/Westfalen lebt er nun auf der Insel Nordstrand.
www.hannes-nygaard.de

Dieses Buch ist ein Roman. Handlungen und Personen sind frei erfunden. Ähnlichkeiten mit lebenden oder toten Personen sind nicht gewollt und rein zufällig.

HANNES NYGAARD

Biikebrennen

HINTERM DEICH KRIMI

emons:

Bibliografische Information der Deutschen Nationalbibliothek
Die Deutsche Nationalbibliothek verzeichnet diese Publikation
in der Deutschen Nationalbibliografie; detaillierte bibliografische
Daten sind im Internet über http://dnb.d-nb.de abrufbar.

© Emons Verlag GmbH
Alle Rechte vorbehalten
Umschlagmotiv: © mauritius images/Alamy
Umschlaggestaltung: Tobias Doetsch
Gestaltung Innenteil: César Satz & Grafik GmbH, Köln
Lektorat: Dr. Marion Heister
Druck und Bindung: CPI – Clausen & Bosse, Leck
Printed in Germany 2014
ISBN 978-3-95451-486-1
Hinterm Deich Krimi
Originalausgabe

Unser Newsletter informiert Sie
regelmäßig über Neues von emons:
Kostenlos bestellen unter
www.emons-verlag.de

Dieser Roman wurde vermittelt durch die Agentur EDITIO DIALOG,
Dr. Michael Wenzel, Lille, Frankreich (www.editio-dialog.com).

Für Christiane, Marja, Helga, Uwe, Guido und Otto

*Für die Welt bist du irgendjemand –
aber für irgendjemand bist du die Welt.*
Erich Fried

EINS

Der eiskalte Wind pfiff über den Deich. Kein Baum, Strauch oder Knick bot ihm Widerstand. Ein Islandtief war der Auslöser des steifen Nordwests, der die Temperatur, die um den Gefrierpunkt lag, wesentlich kälter erscheinen ließ. Dazu kamen die nasskalten Schneeschauer. Es war nicht das idyllische Weiß, das vom Himmel rieselte, sondern der fast zu Kristallen gefrorene Schnee, der ins Gesicht peitschte und jede winzige Öffnung in der Kleidung fand, um einzudringen. Wind und Wasser abweisende Jacken trug kaum einer der Menschen, die sich hinterm Deich versammelt hatten. Gut die Hälfte der Ansammlung hatte sich in die ein wenig abseitsstehenden Reisebusse zurückgezogen. Der Rest gruppierte sich um den Getränkestand, konzentrierte sich aber auf der dem Wind abgewandten Seite. Einige wenige tranken Bier aus Flaschen, gefragter war der Glühwein, der ausgeschenkt wurde.

»Komm, Fritze, das wärmt durch«, rief der Mann mit der roten Knollennase, der seine Halbglatze unter der albernen Russenmütze verbarg und zu allem Überfluss auch noch die Ohrenklappen herabgelassen hatte.

Fritze! Das mochte er nicht hören. Fritz Bornholt hieß er. Es war ein Zufall, dass er sich im Bus auf den freien Gangplatz neben den Mann gesetzt hatte. Das Fahrzeug war in Eckernförde eingesetzt worden. Typisch, dachte Bornholt. Da haben sich die Rentner um die Fensterplätze gestritten, und Ehepaare haben sich auseinandergesetzt, um am Fenster zu sitzen.

»Ich bin der Alfred«, hatte der Mann gesagt und ihm die Hand hingehalten.

»Fritz Bornholt.«

»Prima, dass wir Alten noch so fit sind und uns solchen Spaß erlauben.« Zur Unterstreichung der Worte hatte Alfred ihm den Ellbogen in die Seite gerammt. Dann hatte er einen Flachmann mit Korn hervorgeholt, Fritz Bornholt hingehalten und ihn aufgefordert: »Trink. Meine Enkel nennen das Vorglühen.«

Abend für Abend hatte der Wetterfuzzi im Fernsehen von einem außergewöhnlich milden Winter gesprochen, der die ganze Natur durcheinanderbringen würde.

»Wir müssen etwas unternehmen, mal raus. Du kannst nicht immer vor der Glotze hocken«, hatte Gertrud, seine Frau, gesagt. Warum nicht? Er fühlte sich wohl in seinem kleinen Häuschen. Gertrud wollte ihm auch seine kleinen Freuden aberziehen. Und zur Zigarette schmeckten ihm nun einmal Cola und Cognac am besten. Nun, der Cognac war ein Billigweinbrand aus dem Supermarkt, aber für einen Rentner reichte es.

Gertrud hatte ihn regelrecht überrumpelt, als sie vom Einkauf aus Eckernförde zurückkam und verkündete: »Ich habe uns zum Biikebrennen angemeldet.«

»Zum was?«

»›Biike‹ ist friesisch und bedeutet ›Feuerzeichen‹«, hatte der Reiseleiter auf der Fahrt erklärt. »Sie ist in Nordfriesland *das* traditionelle Volksfest, wird am 21. Februar gefeiert und ersetzt teilweise das weitverbreitete Osterfeuer. Wahrscheinlich sollte das Feuer im Mittelalter die bösen Geister vertreiben. Es diente auch der Verabschiedung der Walfänger, denn zwischen Martini und dem Petritag ruhte die Walfangsaison. Manche bestreiten allerdings den letztgenannten Grund.«

An der nordfriesischen Westküste und auf den Inseln gab es viele Biiken, hatte Fritz Bornholt während der Fahrt von seinem redseligen Nachbarn erfahren. Alfred hatte aufgezählt, welche er und seine Kegelfreunde schon aufgesucht hatten. »Von Schickimicki bis ursprünglich war alles dabei. Diesmal geht es nach Runeesby.« Wieder war der Ellbogen seines Nachbarn in Bornholts Seite gelandet. »Mal sehen, was die da ganz oben bieten.«

Das Ziel hatte der »Noor Reisedienst Eckernförde« ausgewählt, wie die Aufschrift auf den zwei Bussen verriet. Es war nicht das spektakulärste Biikebrennen. Runeesby war kein geschlossener Ort, sondern eine Streusiedlung. Die einzelnen Häuser der Gemeinde lagen im Koog weit auseinander. Einen Ortskern gab es nicht. Und der Krug, der im Sommer von ein paar Durchreisenden lebte, hatte für dieses Ereignis die Winterpause unterbrochen.

»Was ist, Fritze?«, grölte Alfred und schwenkte einen Glühweinbecher.

Bornholt beachtete ihn nicht. Er rücke seine Schiebermütze zurecht, zog den Kragen des Anoraks hoch und ärgerte sich über sich selbst, dass er Gertruds Mahnung, einen Schal umzubinden, ignoriert hatte.

Statt der angekündigten Feuerwehrkapelle war laute Musik aus einem Lautsprecher ertönt, dann hatte ein Mann die sogenannte Feuerrede gehalten, natürlich auf Platt, das Bornholt nur unzureichend verstand. Der Mann hatte sich über den Ursprung der Biike ausgelassen, von Tradition gesprochen. Es wurden Namen örtlicher Honoratioren erwähnt, bis schließlich das erlösende Wort kam: »Steckt die Biike an.«

Trotz des Windes hatte die Feuerwehr es geschafft, den aufgetürmten Haufen aus Tannenbäumen, Astwerk und anderem brennbaren Material zu entfachen. Jetzt loderten die Flammen in die Höhe. Es knackte und zischte, und im Wind wehten die Funken landeinwärts.

Für einen Moment vergaß Bornholt die eisige Kälte und starrte in das Flammenmeer. Die Feuerzunge stieß in die Höhe und schien an den Wolken lecken zu wollen. Es war ein beeindruckendes Bild. Man erzählte sich, dass in der weiträumigen Landschaft an diesem Abend der lodernde Schein anderer Biiken zu erkennen sei, wenn man die Deichkrone erklomm.

Vom Wind getrieben, zog sich eine lange Rauchfahne Richtung Osten. Bornholt ging ein paar Schritte zurück, als er die Hitze im Gesicht spürte, während die eisige Kälte seinen Rücken emporkroch. Es war ein gewaltiges Feuer, und Bornholts Verdruss über diesen Ausflug stieg mit den Flammen empor und stob im Funkenflug davon. Fast ehrfürchtig starrte er in die Feuerhölle. Was mochte die Feuerwehr über das Brenngut gegossen haben, dass es so entflammte? In rasender Geschwindigkeit hatte sich das Feuer ausgebreitet.

Plötzlich stutzte er. Im lodernden Holzstoß und im rasch zusammenfallenden Geäst der Tannenbäume und des Buschwerks tauchte ein Kreuz aus stabilen Holzbalken auf, an dem die Flammen leckten. Die mächtigen Balken boten dem Feuer mehr Widerstand als die dürren Äste.

Bornholt rieb sich die Augen, kniff sie zusammen und blinzelte erneut zu der Stelle. Er stand auf der Windseite, sodass der Rauch in die andere Richtung getrieben wurde, trotzdem biss der Qualm. Nein, er hatte sich nicht geirrt. Eine Gestalt war an dem Kreuz festgebunden. Die Nordfriesen trieben bisweilen derbe Scherze. Er sah noch eine Weile ins Feuer, das hell aufloderte, um dann gemächlich zur Gruppe der eifrigen Zecher am Bierstand zurückzukehren. Eine Handvoll Einheimischer hatte zu singen begonnen. Bornholt verstand den Text nicht. Es mochte Friesisch sein.

»Fritze. Was gibt es da zu sehen?«, fragte Alfred mit leicht belegter Stimme. »'n Feuer. Na und? Komm her. Hier brennt das innere Feuer. Spätestens nach dem dritten Glühwein. Musst aber den mit Schuss nehmen.«

Fritz Bornholt ließ sich überreden. Trotz der Biike war er durchgefroren.

»Das ist makaber, was die machen«, sagte er, als er den Becher mit dem heißen Getränk in Händen hielt. »Die verbrennen Puppen.«

Alfred antwortete mit einem dröhnenden Lachen.

»Das ist das Petermännchen«, mischte sich ein Mann mit grauem Vollbart ein. »Das machen wir hier oben. Manchmal«, ergänzte er und stieß einen Mann in Feuerwehruniform an. »Stimmt doch, Jens, oder?«

Der Uniformierte drehte sich um. »Was?«, fragte er.

»Das mit dem Petermännchen.«

»Das ist alter Brauch«, pflichtete ihm der Feuerwehrmann bei. »Allerdings nicht bei uns.«

»Aber …« Fritz Bornholt stockte. Dann streckte er den Arm aus. »Da ist so'n Ding im Scheiterhaufen.«

»Scheiterhaufen!« Der Feuerwehrmann klang vorwurfsvoll. »Das ist die Biike. Und Petermännchen … Das machen wir nicht. Unsere Tradition hier in Runeesby ist noch nicht so alt. Drüben«, dabei zeigte er mit dem Daumen über die Schulter, »auf Föhr, Amrum und Sylt ist das weiter verbreitet. Aber hier«, jetzt schüttelte er den Kopf, »neee. Bei uns nicht.«

»Da brennt aber so eine Puppe«, beharrte Fritz Bornholt.

»Komm, Fritze, trink noch einen, dann siehst du wieder klarer«, lästerte Alfred.

»Ich bin doch nicht besoffen.«

»Das ist dein Problem«, lästerte Alfred, drehte sich zur Bedienung um und forderte die nächste Runde.

»Wirklich. Da ist ein Kreuz mit einer Puppe dran.«

»Quatsch.« Der Feuerwehrmann stellte sein Glas mit Schwung auf den Tresen, packte Bornholt am Ärmel und zog ihn hinter sich her.

»Wo?«, fragte er.

Widerwillig stapfte Bornholt in den Schnee hinaus und führte den Mann ein paar Schritte abseits.

»Arschkalt«, knurrte der Uniformierte. Unverkennbar schwang der Vorwurf mit, dass Bornholt ihn in den schneidenden Wind getrieben hatte.

Dann sahen die beiden Männer in das Feuer, das schon merklich in sich zusammengesackt war. Jetzt ähnelte es mehr einem Funkenteppich. Dafür war das Kreuz mit den verkohlten Balken deutlich erkennbar. Am rot glühenden Holz war eine verkohlte Gestalt zu sehen.

»Das … ist … unfassbar …«, stammelte der Feuerwehrmann. »Das ist kein Petermännchen.«

»Was denn?«, fragte Bornholt atemlos.

Das Entsetzen, das vom Uniformierten ausging, hatte auch ihn erfasst.

★★★

»Prost.« Hinnerk Levensen hob das beschlagene Glas mit dem »Schimmelreiter«, einem goldgelben Inselaquavit, in Richtung der anderen Anwesenden.

»Mensch, Hinnerk. Bist du durstig?«

»Nee. Ich will meinen Magen nur auf den Grünkohl vorbereiten«, antwortete der Mann mit dem runden Gesicht und sah spöttisch sein Gegenüber an. »Nicht nippen. Kippen.«

Christoph Johannes hatte nur ein Drittel des Glasinhalts getrunken. Er musste den Spott der anderen Männer am Tisch über sich ergehen lassen.

»Musst keine Sorge haben«, erklärte Levensen. »An Biikebrennen kommt keine Polizei. Die haben wir schon lange nicht mehr auf Nordstrand.«

»Sei vorsichtig«, mischte sich sein Nachbar ein. »Christoph ist die Polizei.«

»Ach. Blödsinn. Doch nicht richtig. Er ist doch ein Geheimer.« So nannte man ihn in seinem Wohnumfeld. Man hatte zur Kenntnis genommen, dass er als Erster Hauptkommissar Leiter der Husumer Kriminalpolizeistelle war. Dass er diese Position seit zehn Jahren kommissarisch ausübte, interessierte in dieser Runde niemanden.

»Ist das draußen unangenehm kalt«, klagte Anna, seine Frau, und nahm einen Schluck Pharisäer. Der Kaffee, mit Rum und Zucker verfeinert und mit einer Sahnehaube versehen, war der Legende nach hier auf Nordstrand erfunden worden.

Sie hatten sich den Nachbarn angeschlossen, waren zum Biikebrennen nach Süderhafen im Schatten des großen Silos gefahren und saßen nun im Warmen in der »Engel-Mühle«, die mit ihren hoch hinausragenden Flügeln ein eingetragenes Seezeichen unweit des nahen Yachthafens war. »Eine Holländer-Mühle«, hatte man Christoph erklärt. Das traditionelle Grünkohlessen gehörte zum Biikebrennen wie das Glas Sekt zum Jahreswechsel.

»Lass doch deine Frau fahren«, schlug Levensen vor. »Außerdem ist morgen Sonnabend. Da haben die Kriminellen Wochenende.«

Christoph lachte. »Der Abend fängt erst an, Hinnerk. Und was den Schnaps anbetrifft … Ich laufe lieber Marathon als Sprint.«

Der Nachbar sah ihn fragend an, winkte dann ab und griff zum Bierglas. »Kinners. Mir ist, als hätten wir erst gestern zur Biike zusammengesessen. Nun ist schon wieder ein Jahr rum. Aber – hüüt is hüüt. Und so jung komm' wir nich wieder tosammen. Prost.« Er rief nach der Bedienung. »Jung Deern. Wat is? Soll'n wir hier verdursten?«

»Lass langsam angehen«, raunte ihm Anna von der Seite zu. »Die sind trinkfest. Da kommst du leicht unter die Räder. Du bist kein Wilderich.«

Christoph schmunzelte. Richtig. So trinkfest wie sein Kollege Große Jäger war er wirklich nicht.

»Sag mal. Wie lange musst du eigentlich noch?«, wollte Levensen von der anderen Seite wissen. »Die Kieler Kasse ist leer. Nicht dass du noch mit 'nem Rollator hinter den Spitzbuben hinterherjagen musst.«

»Noch ein Jahr«, erwiderte Christoph. Und dann?, setzte er den Gedanken unausgesprochen fort. Er wusste es auch nicht und fürchtete, dass sich ein tiefes Loch auftun würde. Anna war elf Jahre jünger und würde ihn noch nicht in den Ruhestand begleiten.

Hinnerk Levensen stieß ihn an. »Dann hast ja Zeit. Deine Stimme ist gefragt. Nicht nur vom Bürgermeister bei der nächsten Kommunalwahl, auch von den ›Fideelen Nordstrandern‹.«

Der Shantychor war weit über die Grenzen der Insel hinaus bekannt, aber für Christoph keine Perspektive.

»Ich will durch meine unmusikalische Stimme deren hohen Standard nicht versauen«, antwortete er und wurde durch das Vibrieren seines Smartphones abgelenkt. Er versuchte, das Telefon aus der Hosentasche zu angeln, und warf einen Blick auf das Display. Es war die Husumer Dienststelle. Seit der Zusammenlegung der Husumer Polizeidirektion mit der Flensburger und der Änderung der Organisationsstruktur war Husum »nur noch« ein Polizeirevier. Im selben Gebäude war auch die Kriminalpolizeistelle untergebracht. Auch nach der Neuerung klappte die Zusammenarbeit hervorragend.

Er meldete sich.

»Die Streife hat einen mysteriösen Todesfall aus Runeesby gemeldet. In der Biike wurde ein Mensch verbrannt. Die Meldung ist in der Leitstelle Nord in Harrislee aufgelaufen. Ich dachte, es würde Sie interessieren.«

»Ein Unfall?«

»Wenn er an ein Holzkreuz gebunden war?«, antwortete der Beamte mit einer Gegenfrage.

»Dafür ist Flensburg zuständig.«

»Die sind gerade im Einsatz an der Geltinger Bucht.«

»Gut«, stöhnte Christoph. »Ich komme.«

Anna hatte mitgehört.

»Du machst – was?«, fragte sie.

»Ich habe einen Einsatz.«

»Es gibt noch zweihundertsiebzig andere Polizisten.«

»Aber nur fünfundzwanzig bei der Kripo, und die sind auf Husum, Niebüll und Sylt verteilt. Und nur einer heißt Christoph Johannes.«

»Wird Zeit, dass du in Pension gehst.«

»Aber nur mit dir zusammen.« Er hauchte ihr einen Kuss auf die Stirn und stand auf.

»Musst du jetzt schon pinkeln?«, fragte Hinnerk Levensen. »Wie soll das erst werden, wenn du mehrere Bier getrunken hast?«

»Das musst du doch kennen. Wie oft bist du nachts unterwegs Richtung Topf?«

Levensen sah ihm mit bösen Blick hinterher.

Vor der Tür versuchte Christoph, Oberkommissar Große Jäger zu erreichen.

»Hallo«, meldete sich ein Junge im Stimmbruch.

»Moritz?«, fragte Christoph.

»Höchstpersönlich.«

»Ist Wilderich da?«

»Klaro. Meinen Sie, er hätte mir sein Handy geliehen? Moment.«

Moritz Krempl müsste jetzt vierzehn Jahre alt sein, überlegte Christoph. Er war der Sohn der Gardinger Ärztin Heidi Krempl, mit der Große Jäger mittlerweile mehr als eine lockere Freundschaft verband.

»Christoph? Komm rüber, wenn du dich auf Nordstrand langweilst«, sagte Große Jäger. »Hier brennt zwar nicht der Busch, aber lustig ist es allemal.«

»In Runeesby brennt nicht nur der Busch, sondern auch ein Mensch.«

»Scheiße.«

»Wilderich!«, hörte Christoph aus dem Hintergrund die Maßregelung Heidi Krempls.

»Ich bin unterwegs«, schloss Große Jäger. »Bis gleich in Husum.«

Feuchter Schnee hatte sich auf den Fahrzeugen ausgebreitet, sodass sie gerade eben mit einem weißen Schleier bedeckt waren. Nach dem ersten Betätigen des Wischers waren die Scheiben frei. Christoph verließ den Parkplatz und fuhr an der Nordstrander Biike vorbei. Vom prächtigen lodernden Feuer war nur ein glimmender kümmerlicher Rest übrig geblieben. Auf dem Damm zum Festland begegnet er keinem Fahrzeug. Auch in der Kreisstadt war niemand unterwegs. Nur wenige Fahrzeuge schlichen über die rutschigen Straßen.

Das lang gestreckte Gebäude der Husumer Polizei war verwaist. Lediglich in der Wache im Erdgeschoss waren drei Beamte, die sehnsüchtig dem Ende ihrer Schicht entgegensahen.

Christoph suchte sein Büro in der zweiten Etage auf, das er mit dem Oberkommissar teilte. Er nutzte die Wartezeit, um weitere Erkundigungen einzuholen. Teilnehmer der Runeesbyer Biike hatten die Polizei alarmiert. Von der Leitstelle Nord in Harrislee war ein Streifenwagen des Niebüller Reviers in Marsch gesetzt worden. Dessen Besatzung hatte vor Ort den Sachverhalt aufgenommen und der Leitstelle Meldung erstattet. Die wiederum hatte Christoph informiert und gleichzeitig die Flensburger Spurensicherung nach Runeesby geschickt.

Während Christoph noch die dürftigen Informationen zu ordnen versuchte, flog krachend die Tür auf.

Es war wie immer. Der Oberkommissar mit dem dunkel schimmernden Haar, in das sich immer mehr graue Strähnen einwoben, war unrasiert. Er trug dieselbe schmuddelige Jeans, die er auch schon am Tage angehabt hatte. Der Schmerbauch verdeckte die Gürtelschnalle. Unter der offenen Lederweste mit dem Einschussloch trug er ein Holzfällerhemd. Zwischen Zeige- und Mittelfinger glomm die Zigarette. Christoph unterließ es, anzumerken, dass das Rauchen im Gebäude verboten sei. Große Jäger hätte erwidert, dass das Morden auch nicht erlaubt sei. Trotzdem geschah es.

Die ausgestreckte Hand mit der Zigarette wies zur Fensterbank. »Was hast du in der Zwischenzeit gemacht?«

Es klang unfreundlich, allerdings nur für denjenigen, der den Oberkommissar nicht kannte. Natürlich hatte Christoph keinen Kaffee gekocht. Die Maschine auf der Fensterbank war außer Betrieb.

»Ich habe gedacht, nach der aufregenden Begegnung mit Heidi Krempl wäre Koffein ungesund für dein schwaches Herz.«

Große Jäger schüttelte den Kopf. »Es ist einer der Fehler der

Landesregierung, dass sie das Denken für Dienstgrade oberhalb des Oberleutnants nicht verboten hat.« Der Oberleutnant entsprach dem Oberkommissar. »So kann nie etwas Gescheites entstehen.«

Er beugte sich über Christophs Notizen, nahm ihm den Zettel weg und versuchte, sie zu lesen.

»Du kommst aus Kiel, ja?«, murmelte er dabei. »Hat man euch bis heute nicht das Schreiben beigebracht? Oder seid ihr alle am Historischen Institut der Christian-Albrecht-Universität ausgebildet worden?«

»Christian-Albrechts-Universität. Mit ›s‹«, korrigierte Christoph.

Große Jäger warf ihm einen spöttischen Blick zu. »Nicht nur Historiker, sondern auch Kleinkrämer.«

»Was hat das mit Geschichte zu tun?«

»Na ja. Ein alter Mann. Und statt normaler Schriftzeichen ähnelt deine Handschrift Hieroglyphen.«

»Ich werde dafür sorgen, dass du in die Telefonzentrale versetzt wirst. So ein Meckerbolzen wie du schreckt alle Anrufer ab.« Christoph stand auf. »Komm, lass uns fahren. Ich erzähle dir unterwegs, was ich bisher in Erfahrung bringen konnte.«

Es herrschte wenig Verkehr auf der Bundesstraße. Nur vereinzelt kamen ihnen Fahrzeuge entgegen. Auch Bredstedt und die anderen kleinen Orte wirkten wie ausgestorben. Hinter Niebüll, wo die Straße schnurgerade parallel zur Eisbahn nach Sylt führte, begegnete ihnen überhaupt niemand mehr. Klanxbüll versteckte sich im Schneegrieseln.

»Kann es noch einsamer werden?«, fragte Große Jäger.

»Ja«, antwortete Christoph. Und er hatte recht.

Nur wenige Anwesen, die weit auseinanderlagen, säumten die Straße. Neudorf hieß die Ansammlung weniger Häuser, an der sie auf einen noch schmaleren Weg abbogen.

Die Dunkelheit verschluckte das öde Land links und rechts der Straße.

»Bei Sonnenschein siehst du auch nicht mehr«, knurrte der Oberkommissar.

»Du hast hier einen wunderbaren Blick über eine traumhafte

Landschaft«, entgegnete Christoph. »Diese Region bietet Natur pur. Wo findest du das sonst? Ein wenig weiter liegt auf der rechten Seite der Solarpark Rodenäs.«

»Um diese Jahreszeit macht die Natur Pause. Wer hat sich eigentlich das Biikebrennen an diesem abgeschiedenen Ort ausgedacht? War das die Bundesvereinigung der Masochisten?«

»Spare dir deine klagenden Worte, bis wir den Fall gelöst haben«, schlug Christoph vor und hielt an, um sich zu orientieren. Die Straße endete an einem kleinen Dreieck. Kein halbes Dutzend Häuser bildete diese Ansiedlung.

»Siehst du.« Große Jäger fuchtelte mit dem Arm in der Luft herum. »Selbst das Navi hat Probleme.«

»Wir müssen nach links«, entschied Christoph und achtete nicht auf die Meckerei, sondern fuhr weiter. Sie überquerten einen Binnendeich und folgten einer schmalen Straße durch die Einöde. Nach einem Kilometer hatten sie den Veranstaltungsort für das Biikebrennen erreicht.

In der Dunkelheit war nicht viel zu erkennen. Lediglich die aufgebauten Scheinwerfer der Feuerwehr und der Spurensicherung beleuchteten gespenstisch die Szene. Dazwischen zuckten die Blaulichter der Einsatzfahrzeuge. An einem runden Bierstand, der ebenfalls über eine eigene Beleuchtung verfügte, herrschte reger Betrieb. Abseits parkte eine Reihe von Fahrzeugen.

Hauptkommissar Jürgensen, der Leiter der Flensburger Spurensicherung, war nur am weißen Schutzanzug mit der Aufschrift »Polizei« auf dem Rücken erkennbar. Er hatte sich eine Pudelmütze tief in die Stirn gezogen und reagierte mit einem Knurrlaut auf Große Jägers »Na, Klaus? Willst du auch zum Biikebrennen?«. Christoph schenkte er ein angedeutetes Kopfnicken.

»Wissen wir schon etwas?«, fragte Große Jäger.

»Wir?« Jürgensen zog hörbar die Nase hoch. »Ich! Nur Barbaren wie den Nordfriesen fällt es ein, bei solchem Wetter ins Freie zu gehen.«

»Wir sind Naturburschen und nicht solche Warmduscher wie ihr Flensburger«, erwiderte Große Jäger.

»Ich dachte immer, seit Jeanne d'Arc wäre die Sitte des Scheiterhaufens Vergangenheit. Ihr lebt hier ja hinter der Zeit, aber dass es *sooo* lange ist, hätte ich mir nicht träumen lassen.« Der Hauptkommissar drehte den Kopf zur Seite und nieste.

»Eins«, zählte Große Jäger. Das »zwei« folgte bei der nächsten Niesattacke. Nach »drei« trat eine Pause ein. Schließlich sah Jürgensen sie wieder an.

»Du wirst alt, Klaus. Nur drei Mal? Früher warst du besser. Außerdem ist dein Stöhnen nur vorgeschoben. Extra für dich haben wir heute an der ganzen Küste wärmende Feuer angezündet.«

»Das fand das Opfer bestimmt nicht lustig«, wurde Jürgensen ernst.

»Wer ist das Opfer?«, fragte Christoph.

Jürgensen zuckte mit den Schultern. »Das kann ich dir auch nicht sagen. Zum Glück treffen wir nicht oft auf Verbrennungsopfer.« Der Hauptkommissar stapfte voran. »Leider konnten wir keinen Sichtschutz installieren«, erklärte er unterwegs. »Dafür ist es zu stürmisch.«

Christoph grüßte die beiden Beamten aus dem Niebüller Streifenwagen, die als Erste vor Ort waren. »Wir haben die Namen mehrerer Zeugen notiert«, erklärte Polizeihauptmeister Knippel. »Fritz Bornholt aus Ascheffel, das liegt in den Hüttener Bergen unweit Eckernförde, hat das brennende Kreuz mit dem Objekt daran zuerst entdeckt. Er dachte zunächst, es würde sich um eine Strohpuppe handeln. Erst dem Wehrführer der Freiwilligen Feuerwehr Rodenäs, die die Biike organisiert und betreut hat, ist aufgefallen, dass dort ein Mensch verbrannt ist.«

»Wie heißt der Wehrführer?«, fragte Christoph.

Knippel sah sich um und zeigte auf einen Mann in einem Feuerwehrschutzanzug. »Der da drüben ist es. Jens Rickert. Mehr wissen wir noch nicht.«

»Seid ihr nur zu zweit hier?«, wunderte sich Große Jäger.

Hauptmeister Knippel nickte. »Ja. Wir sind die Beamtenschwemme. Und wenn es nach den Kieler Sparkommissaren geht, wird demnächst nur ein Polizist zu solchen Einsätzen erscheinen.« Es klang sarkastisch.

Die beiden Husumer gingen auf den Feuerwehrmann zu, der sie inzwischen auch bemerkt hatte und ihnen entgegensah.

Christoph stellte sich und den Oberkommissar vor.

»Das hatten wir auch noch nicht«, sagte Rickert ein wenig atemlos. »Ist hier 'ne ruhige Gegend. Unspektakulär. Aber das da ein Mensch —« Er brach mitten im Satz ab.

»Die Biike wurde durch die Feuerwehr betreut?«, fragte Christoph.

»Ja.« Rickert nickte. »Von uns, der Feuerwehr Rodenäs. Runeesby hat keine eigene. Wir sammeln die Tannenbäume ein, zusätzlich bringen die Bauern und Anwohner Buschwerk und Ähnliches hierher. Die Biike gibt es schon eine Reihe von Jahren.«

»Bei diesem Wetter, Schneegrieseln und starkem Wind, lässt sich das Feuer doch kaum entzünden«, sagte Christoph.

»Wir nehmen dazu Ethanol. Das verdunstet nicht so schnell, und es besteht keine Explosionsgefahr, ist aber trotzdem leicht brennbar. Ethanol verursacht keine schlagartige Verpuffung.«

»Haben Sie die Biike vor dem Anzünden nicht kontrolliert?«, mischte sich Große Jäger ein. »Es kommt doch immer wieder vor, dass junge Leute im Osterfeuer verbrennen, weil sie es bewachen, dabei viel Alkohol konsumieren und nicht merken, wenn die Jugend aus dem Nachbardorf den Haufen entzündet.«

Rieckert zeigte mit dem Finger zum Himmel. »Bei dem Wetter? Um diese Jahreszeit? Normalerweise entzünden wir die Biike mit trockenen Strohballen, die wir unterschieben und dann mit Gasbrennern in Brand setzen. Nur in diesem Jahr ... Bei der Nässe, da haben wir eine andere Lösung gewählt.«

»Sollte der Haufen nicht vor dem Entzünden umgesetzt werden, damit keine Tiere verbrennen, die darin Schutz vor der Witterung gesucht haben?«, hakte Große Jäger nach.

Die Antwort bestand nur aus einem hilflosen Achselzucken. Der Wehrführer schwieg einen Moment. »Wir haben sofort aus unserem Fahrzeug die TS —«

»Die was?«, unterbrach Christoph.

»Tragkraftspritze«, erläuterte Rieckert. »Die haben wir herausgeholt und eine Wasserversorgung aufgebaut. Gleich neben dem Parkplatz liegt das Speicherbecken des Rickelsbüller Koogs. Dort haben wir Wasser entnommen und gelöscht. Wir haben Schaummittel zur Verdünnung zugesetzt, um eine bessere Eindringtiefe zu erreichen.«

Gemeinsam mit Klaus Jürgensen näherten sich die Husumer dem schwarz verkohlten Holzkreuz und der daran angebundenen Gestalt.

»Sieht aus wie ein Kind. So klein«, sagte Große Jäger. »Da ist nichts mehr zu erkennen.«

»Das ist so bei Brandopfern«, erklärte Jürgensen. »Der Mensch besteht zu etwa fünfundfünfzig Prozent aus Wasser. Das gilt für Frauen. Bei Männern sind es zehn Prozent mehr.«

»Logisch. Das liegt am Bier, dass die Kerle zuvor getrunken und angesammelt haben.« Versonnen strich sich Große Jäger über den Bauch. »Durch die große Hitzeentwicklung verdampft es, und der Körper schrumpft.« Er beugte sich vor und musterte die kaum erkennbaren menschlichen Überreste. »Da ist nichts zu erkennen. Mann? Frau? Um diese Jahreszeit ist man üblicherweise dick in Winterkleidung eingehüllt. Bei der dominieren die Kunststofffasern.« Er streckte die Hand vor. »Diese Plastikklumpen. Das ist geschmolzene Kleidung.«

»Welche Chancen haben wir, Spuren festzustellen?«, fragte Christoph. »Ich meine, irgendwie muss das Opfer ja hergekommen sein.«

»Schlecht«, erwiderte Jürgensen und zeigte andeutungsweise zum Himmel. »Das Wetter hält schon ein paar Tage an. Der Boden ist nicht durchgefroren.«

»Das könnte von Vorteil sein«, warf Christoph ein.

Jürgensen schüttelte den Kopf. »Wenn sich sonst niemand im Umfeld aufgehalten hätte. Aber hier, rund um die Biike, ist die Feuerwehr gelaufen. Und mit ein wenig Abstand dazu ist der aufgeweichte Boden von den Besuchern zertrampelt. Da drüben – da stehen die Busse. Ganze Ladungen voll haben die hier ausgespuckt. Abgesehen von denen, die auf eigene Faust hierhergekommen sind.«

»Vielleicht findet ihr doch etwas«, sagte Christoph aufmunternd und wandte sich an den Wehrführer. »Ihnen oder Ihren Männern ist nichts aufgefallen?«

»Wir hatten keine Chance«, erklärte Rieckert. »Es gab keine Veranlassung, in den letzten Tagen hier vorbeizuschauen. Sie haben selbst gesehen, wie abseits das hier liegt. Es sind zwei Kilometer bis zum Dreieck am Norddeich. Da stehen die nächsten Häuser. Um diese Jahreszeit kommt niemand hierher. Schon gar nicht bei dem Wetter.«

»Wo geht es da hin?« Christoph zeigte Richtung Süden. Ein kleines Häuschen mit drei Blechtüren stand neben der durch ein Tor gesperrten Durchfahrt.

»Der kleine Bau dort gehört zum Schöpfwerk Rickelsbüller Koog. Der See hier nimmt das Wasser auf. Von dort wird es nach draußen, also in die See, gepumpt. Da entlang kommen Sie zum Hindenburgdamm, über den die Eisenbahn nach Sylt führt. Das Tor ist allerdings verschlossen.«

Die Beamten hatten es geprüft. Das Schloss war unversehrt.

»Zur anderen Seite, Richtung Norden, geht's ins Nichts.«

»Was heißt ›Nichts‹?«, fragte Christoph.

»Hier ist die Grenze. Unsichtbar. Sie verläuft mitten auf der Straße. Wenn Sie herfahren, sind Sie in Dänemark. Die Rückfahrt, also die südliche Straßenseite, führt Sie durch Deutschland. Da drüben, gleich hinter uns, liegt der Nationalpark Vadehavet. Als Vadehavet bezeichnen die Dänen einen Teil der Nordsee. Auf der anderen Seite liegt das Naturschutzgebiet Rickelsbüller Koog. Außer dieser Straße und dem Parkplatz gibt es hier nichts. Absolut nichts.«

»Konnte man das Kreuz wirklich nicht sehen?«, mischte sich Große Jäger ein.

»Sie sind nicht von hier?«, antwortete der Wehrführer mit einer Gegenfrage. »Bei einem Wetter wie heute ist es trübe. Dazu das Schneegrieseln. Da schalten Sie kurz nach Mittag das Licht an. Als wir herkamen, war es schon finster.«

»War schon jemand hier?«

»Nein.« Rieckert sah über die Schulter. »Nur Hottenbeck.«

»Wer ist das?«, fragte Christoph.

»Der betreibt den Bierstand. Wohnt in Runeesby und hat einen Getränkehandel.«

»Der war vor Ihnen hier?«

»Ja. Es dauert eine Weile, bis der alles aufgebaut hat. Wir sind so gegen fünf gekommen. Um sechs wird die Biike entzündet.«

Christoph zeigte auf das Brandopfer. »Kümmert ihr euch darum?«

Jürgensen nickte.

Wieder einmal empfand Christoph große Hochachtung vor der Arbeit der Spurensicherer. Anstatt es in Worte zu kleiden, klopfte er dem Hauptkommissar anerkennend auf die Schulter, bevor er sich umdrehte und, gefolgt von Große Jäger, zum Bierausschank ging. Die Busse waren inzwischen abgefahren. Nur drei Unentwegte hielten sich noch am Stand auf, während die zwei Mitarbeiter hinter dem Tresen mit Aufräum- und Abbauarbeiten beschäftigt waren.

»Moin«, grüßte Christoph. »Polizei Husum. Hat jemand von Ihnen etwas gesehen?«

»Nö«, sagte ein Biertrinker in einer dicken Daunenjacke. »Erst als jemand rief, da sei etwas nicht in Ordnung, sind wir darauf aufmerksam geworden. Oder?« Er sah seinen Nachbarn an.

»Mich musst nicht fragen«, erwiderte der in stoischem Gleichmut und zeigte auf den dritten. »Stoffels und ich sind erst später gekommen. Wir waren noch bei Ahrens. Der hatte Probleme mit seiner Elektrik. Dem ist beim Heimwerken die Sicherung um die Ohren geflogen.«

»Wer ist Ahrens?«, fragte Christoph.

»Hat 'nen Hof. Gleich nebenan in Runeesby«, antwortete der Biertrinker.

»Und Ihr Name ist?«, wollte Christoph wissen.

»Wo das denn?«

»Wir benötigen die Namen der Zeugen.«

»Aber ich bin doch kein ein. Sag doch, dass ich nie nix geseh'n hab.«

»Trotzdem«, beharrte Christoph.

»Tu ich nich versteh'n. Wenn ich heute nix sagen kann, dann bin ich morgen auch nich schlauer.«

»Nee.« Sein Nachbar klopfte ihm auf die Schulter. »Knud, lass man. Du bist immer 'nen Happen doof. Gestern. Heute. Und morgen.« Der Mann sah Christoph an. »Garantiert.«

»Klötenkasper«, erwiderte Knud.

»Knud Knudsen?«, fragte Christoph.

Der Mann sah ihn mit großen Augen an. »Bist Hellseher? Woher weißt das denn?«

»Tjä, Knud. So Kaliber wie dich kennt man. Du bist eben dümmer, als die Polizei erlaubt.«

Christoph hatte geraten. In diesem Landesteil waren Namenskombinationen wie Hans Hansen, Peter Petersen, Niels Nielsen oder eben Knud Knudsen beliebt. Er hatte Glück gehabt.

»Sie wohnen auch –«, wollte er sagen, wurde aber von Knudsen unterbrochen.

»Jo. Gleich da drüben.« Der Mann zeigte in keine bestimmte Richtung. Das war nicht erforderlich. Es ging nur Richtung Osten.

Christoph wandte sich an den Wirt. »Sie sind Herr Hottenbeck?«

Der hochgewachsene stämmige Mann mit dem grauen Vollbart und den schulterlangen Haaren unterbrach seine Aufräumarbeiten. »Ja. Warum?«

»Sie waren vor allen anderen hier?«

»Warum?«

»Beantworten Sie bitte einfach die Fragen meines Kollegen«, mischte sich Große Jäger höflich, aber bestimmt ein.

Auch Christoph war der lauernde Unterton Hottenbecks nicht entgangen.

»Wir mussten das hier aufbauen«, bequemte sich der Wirt zu einer Antwort. »Und jetzt wieder abräumen. Ich habe keinen Bock, bei dieser Scheißkälte noch länger hier draußen zu hocken.« Er sortierte Bierkrüge in einen Plastikkorb. »Wiebke«, sprach er die Frau an, die mit ihm hinterm Tresen arbeitete. »Kümmer dich mal um die Glühweinbecher. Und hier, die Flaschen, die müssen da drüben in den Karton.«

»Bin doch nicht das erste Mal hier, Wolfgang«, erwiderte die Frau unwirsch.

»Sie sind lange vor den anderen hierhergekommen«, stellte Christoph fest.

»Sagte ich doch«, behauptete Hottenbeck. »Meine Frau«, dabei zeigte er auf die Frau mit dem runden Gesicht und dem sich deutlich unter der Winterjacke abzeichnenden mittleren Ring, »und ich mussten das einrichten. Dauert immer ein bisschen.«

»War noch jemand hier? Haben Sie andere Leute gesehen?«

»Klar, die Feuerwehr. Die haben sich um ihren Mist da drüben an der Biike gekümmert.«

»Die war vor Ihnen hier?«

Während Hottenbeck nickte, mischte sich seine Frau ein. »Die sind erst später gekommen, Wolfgang. Bestimmt.«

»Woher willst du das wissen?«

»Du bist eine halbe Stunde vor mir mit der Pritsche und dem Anhänger losgefahren. Ich war noch im Lager. Wir hatten noch Kunden«, sagte sie zu den Polizisten gewandt. »Dann bin ich meinem Mann hinterher.«

»Das heißt, Sie waren zunächst ganz allein hier.«

Hottenbeck hob nur müde die Hand. Dann griff er zwei Glühweinbecher, hielt sie prüfend gegen das Licht und füllte sie anschließend aus dem Wärmebehälter voll. Er schob die beiden Trinkgefäße den Polizisten zu.

»Hier, sonst friert ihr euch noch den Hintern ab. Ist der Rest. Wird sowieso weggekippt.«

»Danke nein«, lehnte Christoph ab und konnte nicht verhindern, dass Große Jäger blitzschnell zugegriffen und den Becher an die Lippen gesetzt hatte. Genauso schnell zog er ihn wieder weg.

»Verflixt. Ist das heiß«, stöhnte der Oberkommissar.

Knudsen grinste. »Darum heißt das Zeug auch Glüh- und nicht Eiswein.«

»Du bist im Dienst«, ermahnte Christoph seinen Kollegen.

»Und? Ich bin Polizist, aber nicht Eskimo«, erwiderte Große Jäger und versuchte erneut, am Becher zu nippen. Diesmal klappte es.

»Sie waren also zunächst allein auf diesem Platz.«

»Hab nicht darauf geachtet.«

»So viele Leute tummeln sich hier nicht«, mischte sich Große Jäger ein. »Außerdem sieht man jeden Neuankömmling von Weitem. Sie müssen doch bemerkt haben, ob schon jemand hier war. Ein Auto. Keiner geht die Strecke zu Fuß.«

»Ich habe andere Dinge im Kopf gehabt«, behauptete Hottenbeck. »Nun hab ich keine Zeit mehr. Ich muss hier weg.«

Bevor der Wirt zugreifen konnte, hatte sich Große Jäger den zweiten Becher mit Glühwein geschnappt und trank ihn aus.

Die beiden Polizisten wünschten den Anwesenden noch einen schönen Abend und kehrten zu den Beamten der Spurensicherung zurück.

»Ein merkwürdiger Bursche«, sagte Große Jäger unterwegs. »Hat er wirklich nichts gesehen? Oder will er etwas verbergen?«

Christoph zeigte in die Dunkelheit. »Hier ist es stockfinster. Und wenn er mit dem Aufbau seines Getränkestandes beschäftigt war, hat er nicht auf den Holzstapel geachtet. Selbst der Feuerwehr, die viel dichter dran war, ist das Kreuz in der Biike entgangen.«

»Merkwürdige Leute«, sagte Große Jäger.

»Nordfriesen«, antwortete Christoph.

Hauptkommissar Jürgensen hatte keine weiteren Neuigkeiten. »Das habe ich auch nicht erwartet.«

»Gibt es einen Hinweis auf die Identität des Opfers?«, fragte Christoph.

Jürgensen ließ ein gekünsteltes Lachen hören. »Wie denn? Selbst wenn er irgendwelche Papiere bei sich trug ... Beim Zustand der Leiche kommen wir an nichts heran. Da ist alles verkohlt. Wir können hier vor Ort nichts weiter untersuchen. Jede Maßnahme würde die verkohlten Überreste zerbröseln lassen. Das möchte ich nicht riskieren.«

»Irgendjemand muss ihn doch vermissen?«, überlegte Christoph laut.

»Nicht unbedingt. Wenn er alleinstehend war. Oder nicht von hier stammt«, wandte Große Jäger ein.

Christoph schüttelte den Kopf. »Nein. Die Gegend ist so abgelegen, zumal zu dieser Jahreszeit – dahin verirrt sich niemand durch Zufall. Das Kreuz – die Biike. Das war geplant. Da wurde auch kein Leichnam entsorgt. Hinter dieser Tat steckt etwas anderes.«

»Das fürchte ich auch«, stimmte ihm Große Jäger zu. »Und jetzt geht es ins Wochenende.«

»Halt«, hörten sie hinter sich Jürgensen rufen. Sie drehten sich um und sahen den Hauptkommissar winken.

»Was ist, Klaus?«, fragte Große Jäger. »Ist es dir gelungen, den Toten durch Mund-zu-Mund-Beatmung zu reanimieren?«

Jürgen hielt den beiden Husumern die offene Handfläche hin. »Das haben wir eben im Umkreis gefunden. Zufall.«

Die beiden Beamten beugten sich über die Handfläche.

»Was ist das?«, fragte Große Jäger und besah sich einen gelben

Button. Im Hintergrund war eine weiße Pflanze aufgedruckt, darüber eine Klaviertastatur.

»Jazzclub Louisiana Café – Flensburg-Husum««, las der Oberkommissar vor.

»Den kenne ich«, sagte Christoph.

»In Husum ist mir nichts fremd, aber davon habe ich noch nicht gehört. Wo liegt dieses Etablissement?«

»Das ist ein Verein, in dem sich Freunde des klassischen Jazz zusammengefunden haben. Sie treffen sich an jedem ersten Donnerstag im Monat in Husum. Dieser Button ist das Erkennungszeichen.«

»Die Eintrittskarte?«

»Nein«, erklärte Christoph. »An jedem ersten Donnerstag im Monat ist Jazz bei ›Tante Jenny‹.«

»Unsere ›Tante Jenny‹?«, fragte der Oberkommissar.

Christoph nickte. »Ich bin schon oft dort gewesen.« »Tante Jenny« war eine Husumer Traditionsgaststätte in einem der hübschen alten Häuser am historischen Binnenhafen. »Der Eintritt ist frei. Seit über zwanzig Jahren spielt dort die ›Stormtown Jazzcompany‹ klassischen New-Orleans-Jazz.«

»Eh!« Große Jäger war stehen geblieben und sah Christoph an. »Du bekommst ja richtig Glanz in die Augen.«

Christoph bat Jürgensen, den Button umzudrehen. Neugierig beugten sich die drei über das blanke Blech der Rückseite.

»Da finden sich nur wenig Schmutzpartikel«, stellte Große Jäger fest.

Christoph nickte. »Bei der Feuchtigkeit der letzten Zeit würden wir schnell Ansätze von Rost finden.«

»Innerhalb weniger Tage«, bestätigte Jürgensen.

»Das könnte jemand verloren haben.« Christoph dachte laut nach.

»Idealerweise einer der Täter«, sagte Große Jäger.

»Du sprichst in der Mehrzahl? Davon würde ich auch ausgehen. Einer allein kann das nicht aufbauen. Das waren mehrere.« Niemand widersprach Klaus Jürgensen.

»Das wird eine heikle Angelegenheit.« Dem Oberkommissar war das Jagdfieber anzumerken.

»Moment«, bremste ihn Christoph. »Dieser Fall wird von den Flensburgern verfolgt.«

»Das ist zu befürchten. Aber vielleicht können wir den Kollegen ein wenig behilflich sein.« Große Jäger zeigte Daumen und Zeigefinger und ließ zwischen beiden einen Spalt von wenigen Millimetern.

Christoph schmunzelte. Natürlich gab es in Husum keine Mordkommission, wie der Volksmund das K1 der Bezirkskriminalinspektion nannte. Aber »Amtshilfe« durften sie leisten.

»Wir fahren erst einmal zurück«, schlug Christoph vor. »Mehr können wir hier nicht ausrichten.«

ZWEI

Das Wetter hatte sich übers Wochenende nicht von der besten Seite gezeigt. Schneegriesel, dazu ein frischer bis stürmischer Wind, der die Temperaturen wesentlich kälter erscheinen ließ, als die Anzeige des Thermometers zeigte, und der nur wenige Spaziergänger ins Freie gelockt hatte.

Anna hatte aus dem Fenster gesehen, den Kopf geschüttelt und Christoph allein zum Gang über den Deich geschickt. Sie hatte nichts gesagt, aber ihre Verstimmung über sein plötzliches Fortgehen hatte noch den ganzen Sonnabend über angehalten.

Christoph hatte im Internet recherchiert, Kontakt zum Präsidenten des Jazzclubs aufgenommen und gefragt, ob es ein Mitgliederverzeichnis gebe.

»Ich komme am Montag zu Ihnen«, hatte Jens Ehret versprochen.

Es klopfte, und ein Mann mit weißem Vollbart streckte seinen Kopf zur Tür herein. »Ich wollte zu Herrn Johannes«, sagte er.

»Das bin ich.« Christoph bot ihm den Besucherstuhl an seinem Schreibtisch an. »Herr Ehret?«, riet er.

Der kräftig gebaute Mann, der ein wenig an einen pensionierten Kapitän erinnerte, nickte.

»Wir haben einen Button des Louisiana Café Jazzclubs gefunden«, begann Christoph.

Ehret hob den Zeigefinger. »Es soll nicht besserwisserisch klingen, aber wir heißen Jazzclub Louisiana Café. Genau umgekehrt. Das ist wichtig, weil unser Club nach einem Stück des bekannten Jazzpianisten Jan Luley benannt ist.«

»Diese Buttons geben Sie an Mitglieder Ihres Clubs aus?«

»Richtig. Wir erheben keine regelmäßigen Clubbeiträge. Wer Mitglied werden möchte, erwirbt gegen einen geringen Betrag den Button. An unseren Clubabenden, die regelmäßig am ersten Donnerstag im Monat bei ›Tante Jenny‹ in Husum stattfinden, sind die Mitglieder durch den Button erkennbar.«

»Das bedeutet, dieser Button wird nur von Clubmitgliedern getragen?«

Ehret druckste ein wenig herum. »Na ja«, kam es zögerlich über seine Lippen. »Überwiegend.«
»Es gibt Ausnahmen?«
»Schon. Leute, die sich um die Husumer Jazzszene verdient gemacht haben, erhalten den Button als Ehrengabe.«
»Musiker?«
»Fast nur.«
»Fast?«
»Musiker, die in Husum aufgetreten sind. Ganz selten aber auch andere Leute.«
»Gibt es ein Mitgliederverzeichnis?«
Ehret nickte und griff in seine Jackentasche. »Ich habe es Ihnen mitgebracht.«
Christoph warf einen kurzen Blick darauf. Er lächelte.
»Stimmt irgendetwas nicht?«, fragte Ehret.
»Meine Frau und ich waren zufällig am Tag der Clubgründung zu Gast bei ›Tante Jenny‹. Wir haben auch einen Button erworben. Ich finde meinen Namen aber nicht auf der Liste.«
»Es war hektisch an dem Abend, zumal wir auch noch einen großartigen Gast hatten.«
»Ich weiß. Jan Luley ist gemeinsam mit den Lokalmatadoren aufgetreten.«
»Es tut mir leid«, bekannte Ehret.
Das bedeutet, dachte Christoph, dass die Liste nicht vollständig ist.
»Um was geht es überhaupt?«, fragte der Clubpräsident.
»Wir haben an einem Tatort einen Clubbutton gefunden und suchen den Inhaber als Zeugen.«
»Als Zeugen?« Es klang misstrauisch.
»Ja. Hat sich seit dem vergangenen Freitag jemand bei Ihnen gemeldet und um einen Ersatzbutton gebeten, weil er seinen verloren hat?«
»Nein. Das klingt mysteriös.«
»Keineswegs«, versuchte Christoph abzuwiegeln. »Falls das noch geschehen sollte, bitte ich Sie, uns zu benachrichtigen.«
»Ich könnte dem Clubkollegen dann sagen, er soll sich direkt mit Ihnen in Verbindung setzen«, sagte Ehret.

»Mir wäre der umgekehrte Weg lieber«, entgegnete Christoph.

»Es wäre auch gut, wenn Sie es vertraulich behandeln würden.«

»Also ... Auch dem Musikfreund nichts sagen?«, fragte Ehret ungläubig.

»Richtig.«

»Das ist ja ein Ding.« Erschrocken drehte er sich um, als es hinter ihm schepperte und die Tür mit einem lauten Krachen gegen die Wand schlug.

»Das ist mein Kollege, Große Jäger«, stellte Christoph vor und zeigte dann auf den Clubpräsidenten. »Herr Ehret hat uns eine Übersicht der Mitglieder des Jazzclubs gebracht.«

Große Jäger knurrte nur.

Christoph wunderte sich über dessen Beratungsresistenz. Auch Heidi Krempl hatte ihn nicht von seinen Gewohnheiten abbringen können. Er trug weiterhin die abgenutzte Jeans und die speckige Lederweste. Auf den unrasierten Wangen und am Kinn bildeten die Bartstoppeln einen dunklen Kontrast. Und die Haare glänzten. Es war mit Sicherheit kein Gel, das der Oberkommissar für den Kopfschmuck nutzte.

Große Jäger ließ sich in seinen Schreibtischstuhl fallen. Christoph war froh, dass er in Gegenwart eines Besuchers darauf verzichtete, seine Füße in der herausgezogenen Schreibtischschublade zu parken.

»Sollten Ihnen weitere Namen einfallen«, sagte Christoph zu Ehret, »verständigen Sie uns bitte.«

Der Clubpräsident versprach es und verabschiedete sich.

»Sonst gibt es keine Neuigkeiten?«, fragte Große Jäger. »Viel ist es nicht. Wir wissen immer noch nicht, wer das Opfer ist.«

»Du könntest –«, begann Christoph.

Der Oberkommissar winkte ab. »Ich bin kein Amateur. Ich werde alle Vermisstenmeldungen durchgehen.« Er sah zur Fensterbank. »Wird Zeit, dass wieder ein *Kind* zu uns kommt.«

»Du meinst einen jungen Kollegen?«

»Hörst du mir nicht zu? Der könnte diese Aufgabe übernehmen und Kaffee kochen«, fügte er an, griff sich den Becher, dessen Außenseite Rinnsale trockenen Kaffees zierten, und verließ das Büro. Wenig später kehrte er zurück. »Wird Zeit, dass hier ein anderer Wind weht. Nirgendwo bekommt man Kaffee. Tante Hilke ist krank. Grippe.«

»Wir haben einige Ausfälle«, bestätigte Christoph. »Du wirst dir deinen Kaffee doch selbst kochen können.«

Große Jäger streckte Christoph den Becher entgegen. »Das war dein größter Fehler, dass du Mommsen hast gehen lassen.« Er zeigte auf den freien dritten Schreibtisch. »Hättest du ihn nicht vergrault, gäbe es stets frischen Kaffee.«

Natürlich hatte Christoph den damals jungen Kommissar nicht vergrault. Mommsen hatte die Polizeihochschule in Münster besucht, war zum Kriminalrat befördert worden und leitete jetzt die Kriminalpolizeistelle in Ratzeburg.

Große Jäger rief in Flensburg an und schaltete den Raumlautsprecher ein. Nach dem üblichen Geplänkel, ob die Flensburger oder die Nordfriesen die besseren Menschen seien, wollte der Oberkommissar wissen, ob die Spurensicherung weitere Hinweise gefunden hatte.

»Rund um die Biike gab es zahlreiche Trittspuren. Die aufzunehmen ist aber nicht effektiv. Das waren die Feuerwehrleute, aber auch viele der Besucher der Veranstaltung. Das führt uns nicht weiter. Wir waren am Sonnabend noch einmal bei Tageslicht vor Ort. Auch das hat nichts ergeben. Das gilt auch für die Reifenspuren, die wir aufgenommen haben. Es sieht aus, als könnten wir sie der Freiwilligen Feuerwehr zuordnen.«

»Da wir davon ausgehen, dass die Täter mit den Gebräuchen des Biikebrennens und auch der Örtlichkeiten vertraut waren, sind das wertvolle Hinweise. Es wäre doch denkbar, dass sich der Kreis der Tatverdächtigen aus Mitgliedern der Feuerwehr rekrutiert.«

Große Jäger nahm Kontakt zum Rodenäser Wehrführer auf.

»Wissen Sie, ob das Einsatzfahrzeug in der Zeit von Mittwoch bis Freitag bewegt wurde, also bevor Sie zur Biike gefahren sind?«

»Das ist definitiv nicht gefahren«, bestätigte Jens Rieckert.

»Sie sind sich absolut sicher?«, hakte Große Jäger nach.

»Ja. Nach jedem Einsatz halten wir den Kilometerstand fest. Routinemäßig prüfe ich es. Wir sind nur zur Biike auf dem Platz vorne am Deich gewesen.«

»Damit scheidet diese Möglichkeit aus«, sagte Christoph aus dem Hintergrund. »Wir müssen nach anderen Verdächtigen Ausschau halten. Das bedeutet Polizeiarbeit vor Ort. Befragung der Anwohner. Sind dort fremde Autos aufgefallen? Hat sich jemand merkwürdig verhalten? Die Gegend ist so dünn besiedelt, da fallen auswärtige Autos auf. Insbesondere um diese Jahreszeit.«

»Gibt es Hinweise auf die Identität des Opfers?«, fragte Große Jäger.

»Mir ist nichts bekannt. Das alles liegt jetzt beim LKA in Kiel.«

Sie wurden durch das Klingeln des Telefons unterbrochen. Christoph nahm ab.

»Ich komme«, sagte er und erklärte seinem Kollegen, dass der Flensburger Polizeidirektor, der nach der Zusammenlegung der Flensburger mit der Husumer Direktion der verantwortliche Leiter war, ihn in den Besprechungsraum gebeten hatte.

Behrend Petersen war ein hager wirkender Mann, sportlich und durchtrainiert. Jeder wusste, dass er Marathonläufer war.

»Herr Johannes«, empfing ihn der Polizeidirektor und bat Christoph, Platz zu nehmen, nachdem auch der dritte Mann im Raum mit Handschlag begrüßt worden war.

»Sie sind als Interimslösung vor zehn Jahren nach Husum gekommen, um kommissarisch die Leitung der hiesigen Kriminalpolizeistelle zu übernehmen. Wie erfolgreich das war, zeigt sich daran, dass niemand daran dachte, Ihr Intermezzo zu beenden. Ganz im Gegenteil. Ungern blicken wir auf den Kalender, aber im nächsten Jahr steht Ihre wohlverdiente Pensionierung an. Jeder, der in Ihre Fußstapfen tritt, wird es schwer haben. Darum sind wir der Überzeugung, Ihr Nachfolger sollte Gelegenheit zur Einarbeitung bekommen.«

Natürlich hatte Christoph an das Ende seiner Dienstzeit gedacht, es aber immer wieder erfolgreich verdrängt. Es traf ihn unvermutet wie ein Keulenschlag, dass man schon ein Jahr im Voraus den Nachfolger nach Husum beorderte. Einen Kriminalrat. Die Leitungsfunktion der Husumer Kripo war eine Position des höheren Dienstes. Als Erster Hauptkommissar gehörte er dem gehobenen Dienst an. Das waren im öffentlichen Dienst zwei Welten. Auch wenn sich der Neue erst einarbeiten musste, wurde Christoph ins zweite Glied zurückversetzt. Wäre das im ersten Jahr seiner Husumer Zeit geschehen, hätte er es als natürlich empfunden. Aber heute ... Er konnte nicht verhehlen, dass ihn die Nachricht traf.

»Obwohl Ihr Nachfolger über eine herausragende Qualifikation verfügt und Führungserfahrung mitbringt, bin ich mir sicher, dass Sie ihn in die Geheimnisse des Husumer Erfolgs einweihen werden. Ihre Arbeit ist weit über die Grenzen Nordfrieslands hinaus legendär und geachtet. Ich wünsche Ihnen eine erfüllte Zusammenarbeit.«

Dann gab Petersen beiden die Hand.

»Ab wann?«, fragte Christoph und konnte nicht vermeiden, dass seine Stimme belegt klang.

»Ab sofort.«

Es war alles korrekt und auch vorausschauend geplant. Trotzdem fühlte sich Christoph übergangen. Hätte man ihm das nicht früher mitteilen können? Warum diese überraschende Ankündigung?

Mit dünnen Worten verabschiedete er sich und kehrte in sein Büro zurück.

»Was ist mit dir?«, fragte Große Jäger, der aufsah, als Christoph den Raum betrat. »Du bist doch nicht bei der Dschungelshow des Unterschichtenfernsehens, wo man die abgehalfterten B-Promis zwingt, zerriebenen Affenarsch zu essen?«

Christoph winkte ab.

»Nun komm. Was ist los?«

»Wir haben einen Dienststellenleiter.«

»Klar. Dich.«

»Nein. Einen Kriminalrat. Wie es der Stellenplan vorsieht.«

»Waaas?« Große Jäger rückte ganz dicht an Christophs Schreibtisch heran.

»Du weißt, dass ich im letzten Jahr vor der Pensionierung bin. Da ist es nur folgerichtig, wenn der Nachfolger zeitig eingearbeitet wird.«

»Du glaubst doch nicht im Ernst, dass irgendjemand in der Lage ist, Husum zu übernehmen und auch noch erfolgreich zu führen.«

»Doch!«

»Und welcher Trottel soll das sein?«

»Kein Trottel, sondern ein exzellenter Polizist.«

Große Jäger öffnete den Mund. Die Überraschung war ihm ins Gesicht geschrieben. »Nein!«

»Doch.«

Dann herrschte Schweigen, bis Große Jäger nach einer ganzen Weile sagte: »Es hätte schlimmer kommen können.«

Recht hatte er, dachte Christoph. Kriminalrat Harm Mommsen war schließlich ein Eigengewächs der Husumer.

»Für dich habe ich noch einen freundschaftlichen Rat«, sagte Christoph.

Große Jäger musterte ihn fragend.

»Komm nicht in Versuchung, Mommsen anzumachen, weil er dir nicht den Kaffee kocht.«

Beide lachten.

»Nun wartet der Alltag auf uns«, sagte Christoph entschlossen. »Wir müssen die Einwohner Runeesbys befragen, ob ihnen etwas aufgefallen ist.«

»Darum habe ich mich gekümmert«, sagte Große Jäger. »Da wir viele Ausfälle haben, sollen sich die Niebüller darum kümmern.« Er stutzte und kniff die Augen zusammen. »Dürfen wir darüber noch nachdenken?«

»Wir sollten solche Sprüche lassen«, mahnte ihn Christoph.

»Kennst du Mats Skov Cornilsen?«

Christoph nickte. Der junge Kommissar war erst knapp ein Jahr auf der Niebüller Außenstelle.

Auf der Fahrt in die ehemalige Kreisstadt Südtonderns schwiegen die beiden. Jeder hing seinen Gedanken nach.

Das Niebüller Polizeirevier in der Gather Landstraße lag in unmittelbarer Nachbarschaft des Krankenhauses mit dem Luftrettungszentrum Nord.

»Zwischen dir und dem Rettungshubschrauber der Deutschen Rettungsflugwacht liegen Welten«, sagte Große Jäger.

Christoph sah ihn fragend an.

»Du bist Christoph der Erste, die Schraube heißt ›Christoph Europa 5‹.«

Einwohner und Besucher Nordfrieslands wussten die segensreiche Einrichtung der fliegenden Ambulanz zu schätzen. In dem schwierigen Gebiet mit den fünfzehn Inseln und Halligen war die Luftrettung überlebenswichtig. Das Einzugsgebiet des rot-weißen Hubschraubers erstreckte sich über die nahe Grenze hinaus bis in den Süden Dänemarks. Auch auf diesem Gebiet klappte die Zusammenarbeit reibungslos.

Am oberen Rand der Fassade des Krankenhauses prangte ein großes Bild, auf dem im Stile naiver Maler ein blondes Kind inmitten einer typischen heimischen Auenlandschaft zu sehen war. Daneben stand »Hier bin ich geboren« sowie auf Dänisch »Her er jeg født«.

In dem lang gestreckten Gebäude aus dunklen Backsteinen nebenan befand sich auch das Polizeirevier Niebüll. Vor dem Eingang standen zwei blau-silberne Mercedes Vito der Schutzpolizei. Ein blaues Hinweisschild verwies auf die Dienststelle der Kriminalpolizei, die in einem anderen Gebäudeteil auf der Rückseite untergebracht war. Dort verwiesen gleich zwei Hinweise auf die Kriminalpolizeiaußenstelle. Wie in diesem Teil Nordfrieslands üblich, erläuterte auch das Schild in friesischer Sprache, dass hier die »KRIMINÅÅLPOLITII – BÜTERKANTOOR« residierte.

Mats Skov Cornilsen war sechsundzwanzig Jahre alt und gebürtiger Niebüller. Er gehörte der dänischen Minderheit an. Seine schlaksige Figur wirkte fast zerbrechlich. Man musste nach oben sehen, um die blonden Haare mit dem leichten Rotschimmer zu sehen. Christoph schätzte Cornilsen auf eine Größe von zwei Metern. Das runde Gesicht, von dem manche behaupten, es sei typisch für die Dänen, stand ein wenig im Widerspruch zum schlanken Körperbau. Am linken Ohrläppchen hing ein Ein-Euro-Stück-großer goldener Ring.

Mit einem festen Händedruck erwiderte Cornilsen die Begrüßung der beiden Husumer.

»Kennen Sie den Vorgang Runeesby?«, eröffnete Christoph das Gespräch.

Cornilsen nickte. »Niebüll liegt zwar ganz am Rand, aber nicht am Ende der Welt. Wir sind oben. Gaaaanz oben.«

»Das sagt der Bezirksjodler von der Zugspitze auch«, warf Große Jäger ein.

Cornilsen lachte. »Jodeln kann ich auch, wenn ich mir die Finger geklemmt habe.«

Christoph erläuterte dem Kommissar die Aufgabe. »Im Zweifelsfall müssen wir von Haus zu Haus gehen und die Einwohner befragen.«
»Wir?« Cornilsen ließ ein jungenhaftes Lachen hören.
»Nimm deinen Sachverstand mit«, riet Große Jäger »Dann seid ihr zu zweit.«
Cornilsen wiederholte in knappen Worten seinen Auftrag. Er schloss mit »Na denn dann« ab.
»Bitte?«, fragte Christoph.
»Ich sagte, ich bin schon unterwegs.«

»Ein merkwürdiger Kauz«, stellte Große Jäger fest, als sie wieder in Christophs Volvo saßen. »Und nun?«
»Ich möchte mir noch einmal den Tatort bei Helligkeit ansehen«, sagte Christoph und fuhr zum Parkplatz an der Grenze.
Um diese Jahreszeit wirkte alles trostlos und verlassen. Kaum jemand kam hierher. Selten verirrten sich Spaziergänger oder Naturfreunde in diese Einöde. Sie passierten den Huckel, der über den Mitteldeich führte, und folgten der Straße. Zu beiden Seiten dehnte sich die Marsch aus, unterbrochen von kleinen Seen, bis zur linken Hand der größere Rickelsbüller See fast bis an den Seedeich reichte.
»Hast du den Bauernhof gesehen, vorne, am Dreieck, wo wir auf den Grenzweg abgebogen sind?«, fragte Christoph.
»Natürlich, auch wenn dort keine junge Frau am Gartenzaun stand.«
»Der liegt in Dänemark. Wir sollten bei unseren Ermittlungen auch in Betracht ziehen, dass Täter und Opfer von der anderen Seite kommen könnten.«
Große Jäger kratzte sich hörbar die Bartstoppeln. »Das wird heikel. Dürfen wir das ohne Zustimmung der Brüsseler Bürokratie überhaupt? Oder muss das europaweit ausgeschrieben werden? Schließlich könnte sich auch die zyprische oder die litauische Polizei um den Fall bemühen«, lästerte der Oberkommissar.
Bei Tageslicht sah es um diese Jahreszeit auch nicht verlockender aus. Am Rande des kleinen Platzes stand eine hölzerne Schutzhütte, in der Tafeln über das Wattenmeer, die Natur und den Deich

informierten. Am Vortag war die große Menge Treibsel unsichtbar geblieben, die hier gesammelt wurde. Das Areal konnte sogar auf einem befestigten Weg umfahren werden. Von der Deichkrone grüßte ein Seefahrtzeichen.

Sie stiegen aus und gingen zu dem schwarzen Rund, das von der Biike übrig geblieben war. Auch bei Tageslicht war nicht mehr zu erkennen. Klaus Jürgensen hatte sich gemeldet und mitgeteilt, dass er und sein Team am Vortag noch einmal das ganze Areal abgesucht hätten.

»Nichts«, war das knappe Ergebnis gewesen.

»Was sollte das Ganze?«, fragte Christoph. »Ein Kreuz, an dem ein Mensch festgebunden wurde. Haben die Täter gewusst, dass das Opfer bei diesen Temperaturen vorher erfrieren würde?«

»Sozusagen ein eiskalter Mord«, stimmte Große Jäger zu.

»Mich interessiert noch eine Kleinigkeit.« Christoph rief Jürgensen an. »Habt ihr festgestellt, ob das Opfer geknebelt war? Oder konnte es rufen?«

»Wen denn?«, erwiderte der Flensburger.

»Daran habe ich auch gedacht. Aber wenn man dem Opfer den Mund verschlossen hat, befürchteten die Täter, dass es sich während der Biike, also wenn Menschen anwesend wären, bemerkbar machen könnte.«

»Guter Gedanke. Moment.« Es dauerte drei Minuten, bis Jürgensen sich wieder meldete. »Ich habe in den Vorabbericht der Kieler gesehen. Da steht nichts von einer Knebelung.«

Es war fast ein schwacher Trost und ein kleiner Hinweis auf die Täter. Die wollten offenbar ein Zeichen setzen, aber das Opfer nicht durch eine Lebendverbrennung unnötig quälen.

»Bist du davon überzeugt?«, fragte Große Jäger skeptisch, nachdem Christoph ihm seine Gedanken vorgetragen hatte. »Vielleicht sind die Täter auch zu blöd, um daran zu denken.«

Leider hatte der Oberkommissar mit dieser Einschätzung oft recht.

»Wir fahren jetzt nach Højer«, entschied Christoph.

»Prima. Das gibt Auslandsspesen.« Große Jäger rieb sich die Hände.

»Irrtum. Wir sind undercover unterwegs.«

Sie benutzten den schmalen Weg, der vom Dreieck an der Abzweigung auf einem Sommerdeich mitten durch den Nationalpark Vadehavet Richtung Norden führte. Einzig ein halb zugewuchertes Schild »Tønder Kommune« verriet, dass sie die Landesgrenze überschritten hatten. Links und rechts erstreckte sich die weite Marsch. Nur selten tauchte ein einsames Gehöft auf, bis sie schließlich das verschlafene Nest im äußersten Südwesten des Königreichs erreicht hatten.

»Hier ist auch nicht mehr Leben als bei uns«, stellte Große Jäger fest.

»Es ist fast einhundert Jahre her«, erklärte Christoph, »dass von hier aus der Fährverkehr nach Sylt abgewickelt wurde.«

»Und dann ist der Ort gestorben. Friede seiner Asche. Was willst du hier eigentlich?«

»Mich erkundigen, ob hier jemand vermisst wird. Oder ob es Auffälligkeiten gab.«

»Welcher Art?«

»Lass uns in ein Café gehen.«

Nach längerem Suchen fanden sie die Højer Cafeteria im Ballumvej. Das Eckhaus in frisch gestrichenem Pastellgelb unterschied sich wohltuend von vielen anderen Häusern der Stadt, die in einem sehr schlechten Zustand waren. Die Fassaden bröckelten, frische Farbe schien kaum ein Gebäude gesehen zu haben, und auf der gegenüberliegenden Straßenseite rostete ein Gittermast vor sich hin, der nicht nur als Träger für die Straßenlampe diente, sondern von dem auch Freiluftstromleitungen die Straße entlangführten.

»Das sieht hier aus, als hätten die Dänen vor fünfzig Jahren diesen Teil ihres Landes vergessen«, unkte Große Jäger. »Hier ist die Zeit stehen geblieben. Hoffentlich hält man uns nicht für Missionare.«

Christoph lachte. »Für diese Gegend hast du die falsche Religion. *Dein* Chef Papst Franziskus ist sicher eine Bereicherung für die Menschen, unabhängig von ihrem Glauben, aber –«

»Der erste Missionar, der hier wirkte, war Ansgar. Und zu dessen Zeit gab es noch keine ›Betriebsaufspaltung‹ in katholisch und evangelisch. Das hat erst *euer* Martin Luther bewirkt. Aber wenn ich mich hier in Højer umsehe, muss es zu Luthers Zeiten genauso ausgesehen haben. Na ja, vielleicht gab es damals noch keine Satellitenschüssel«, lästerte Große Jäger.

Sie nahmen an einem der Tische Platz. Die Karte bot die übliche Auswahl »dänischer Nationalgerichte«: Pita – Pizza – Pasta. Kurz darauf erschien ein junges Mädchen. Christoph schätzte, dass sie noch zur Schule ging. Auf die auf Dänisch vorgetragene Frage nach dem Verzehrwunsch bestellte Christoph für beide Kaffe, den man hier nur mit einem »e« schrieb.

»Die Zeiten von Smörrebröd sind lange vorbei«, schwärmte Große Jäger von vergangenen Tagen, als die kunstvoll belegten Schnittchen Augen- und Gaumenfreude zugleich waren.

»Wir suchen einen Freund«, begann Christoph, als die Getränke serviert wurden.

»Wie heißt er?«, fragte die junge Frau interessiert.

»Das wissen wir nicht. Wir haben ihn in Husum getroffen. Ein netter Bursche. Er hat gesagt, dass er für ein paar Tage verreist. Wir würden gern etwas für ihn abgeben.«

Die Bedienung musterte die beiden Beamten mit einem ratlosen Blick. »Mehr wissen Sie nicht? Wie sieht er aus? Jung? Alt?«

Große Jäger fuhr sich verlegen mit der Hand durchs Gesicht. »Es ist uns ein bisschen peinlich. Als wir uns kennenlernten, war die Feier schon weit fortgeschritten.«

Sie lachte herzhaft. »*Du blev drukket?*«, fragte sie. »Du warst betrunken?«

Die beiden Beamten nickten pflichtschuldig.

»Das können viele gewesen sein.«

»Er war allein unterwegs.«

»Ich kenne nicht alle Leute in Højer, aber doch recht viele. Vielleicht war es Jesper Kragh. Das ist so ein Hansdampf.«

»Hat der manchmal Streit, ich meine, wehrt er sich, wenn man ihn anmacht?«, fragte Christoph.

»Er ist kein Radaubruder. Aber zu nahe kommen darf man ihm auch nicht. Jesper lässt sich nicht alles gefallen. Aber ob er der ist, mit dem ihr in Husum getrunken habt? Das weiß ich natürlich nicht.«

»Und andere?«

Sie schüttelte den Kopf. »Weitere fallen mir nicht ein.«

»Wo wohnt Jesper?«, fragte Christoph.

»In der Søndergade. Die Hausnummer kenne ich nicht. Aber das Haus ist nicht zu verfehlen. Es ist ein reetgedecktes Eckhaus mit einem komplett vermoosten Dach. Total *hyggeligt*.« Die junge Frau benutzte den dänischen Ausdruck für »gemütlich«. »Gleich daneben steht eine alte Kastanie auf dem Kopfsteinpflaster.«

Dann kehrte sie zum Tresen zurück.

»Wir sollten die dänische Polizei um Hilfe bitten«, schlug Große Jäger vor.

»Hier gibt es keine. Die zuständige Politi sitzt in Tønder. Das ist wie bei uns. Der gute alte Sheriff vor Ort ist abgeschafft. Alles wird zentralisiert. Damit gehen auch die Kenntnisse vor Ort verloren.«

Sie tranken den Kaffee aus und suchten die Søndergade auf. Die Straße mit dem buckeligen Kopfsteinpflaster beherbergte im vorderen Teil die Verkaufsstätte der einheimischen Wurstfabrik. Zwei hölzerne Gardesoldaten mit dem Danebrog in der Hand flankierten den Eingang zum Ladengeschäft mit dem übergroßen Werbebanner »Højer Pølser«. Selbstbewusst verkündete ein Aufkleber im Schaufenster, dass hier die besten Würstchen Dänemarks produziert würden.

Ein Stück weiter stand in einem Hinterhof der örtliche Lieferwagen der dänischen Post. Es folgten auf der linken Straßenseite windschiefe Häuser, die wirkten, als würden sie sich vor dem stetig blasenden Wind ducken wollen. Das letzte Haus war mit Reet eingedeckt. Hier sollte Jesper Kragh wohnen.

Es gab kein Namensschild. Auch das mehrfache Betätigen der Klingel und geduldiges Warten führten nicht weiter. Niemand öffnete. Dafür erschien ein Nachbar am Gartenzaun.

»*Hej. Hvem er du søger?*«

»Moin«, erwiderte Christoph. »Wir wollen zu Jesper.«

»Der ist nicht da.«

»Ist er nur kurz weg?«

Der Nachbar schüttelte den Kopf. »Ich weiß nicht. Ich glaube, er ist schon länger unterwegs. Das macht er öfter. Ich habe sein Auto schon ein paar Tage nicht mehr gesehen.«

»Den blauen Ford Fiesta?«

»Nein. Jesper hat einen uralten Opel Kadett. Einen weißen.

Aber das sieht man nicht, weil er nie gewaschen wird. Was ist mit Jesper?«, wurde der Nachbar misstrauisch. »Was wollt ihr von ihm?«

»Wir sind Freunde. Da wir in der Gegend waren, wollten wir *Goddag* sagen«, erklärte Christoph und wünschte dem Nachbarn noch einen schönen Nachmittag. Die beiden Beamten beeilten sich, zu ihrem Wagen zurückzukehren.

»Das ist sehr vage«, sagte Große Jäger, als sie wieder im Auto saßen. »Der Typ kann überall sein.«

Leider musste Christoph ihm recht geben.

Große Jäger holte sein Handy hervor und rief in Husum an. »Könnt ihr an die Streifenhörnchen in Nordfriesland weitergeben, dass sie Ausschau nach einem möglicherweise uralten Opel Kadett mit dänischem Kennzeichen halten? Der Wagen soll weiß sein.«

»Erinnerst du dich an Freitagabend, als wir an der Runeesbyer Biike eintrafen?«, fragte Christoph auf der Rückfahrt.

»Mit Begeisterung. Ich habe mich unendlich gefreut, als du mich zu Hause angerufen hast.«

»Zu Hause? Zuerst war Moritz am Apparat.«

»Na und? Ich war in der Nachbarschaft unterwegs.«

»In Garding. Bei Heidi Krempl.«

»Hör mal.« Es klang unwirsch. »Ich interessiere mich doch auch nicht dafür, ob bei euch im Badezimmer deine Zahnbürste links oder rechts im Becher steckt.«

»Das meine ich auch nicht«, sagte Christoph. »Wie viele Leute haben am Bierstand bedient?«

Große Jäger dachte kurz nach. »Drei«, sagte er schließlich.

»Das habe ich auch gesehen. Als wir mit Hottenbeck, dem Wirt, sprachen, erzählte er immer nur von sich und seiner Frau. Wo ist die dritte Person geblieben?«

»Das kannst du präzisieren. Es war ein Mann. Fragen wir doch einfach mal Hottenbeck?«

Runeesby bestand nur aus einer einzigen Straße, an der mit großen Abständen die Häuser lagen. Es waren ausnahmslos noch betriebene oder ehemalige Höfe.

»Hier hat keiner gebaut, nur um in einer besonders idyllischen

Gegend zu wohnen«, stellte Christoph fest. »Ich möchte wetten, das sind Leute, die hier seit Generationen leben und die ein besonderer Umstand hierher verschlagen hat.« Ein Schild im Vorgarten wies auf »Getränkehandel – Zeltverleih – Hottenbeck« hin. Etwas seitlich versetzt stand die Scheune, die jetzt als Lagerraum genutzt wurde.

»Ein großes Haus für zwei Personen«, stellte Große Jäger fest. »Es würde nicht schaden, wenn sich jemand erbarmen und es neu streichen würde.«

Auf der mit Kopfstein gepflasterten Fläche stand der türkisblaue Mercedes-Pritschenwagen mit der Aufschrift »Hottenbeck Getränke« auf der Plane.

»Modell 814«, erklärte der Oberkommissar. »Schon lange auf der Straße, aber unverwüstlich.«

Sie traten durch die Blechtür in die Halle. Die Scheune war nur unzureichend mit Gipskarton verkleidet. Es sah ungemütlich aus. Rissiger Beton auf dem Fußboden, Neonlampen, die an Seilen hingen, und an den Seiten und in der Mitte aufgetürmte Getränkekisten, die auf Paletten standen. Seitlich befand sich ein Holztresen, auf dem eine Registrierkasse stand. Daneben lag ein Stapel Post. Im Hintergrund waren in einem Holzregal Flaschen mit Alkoholika gelagert.

Der Raum war nicht geheizt. Es war bitterkalt. Hottenbeck stand hinterm Tresen. Er trug eine grobe Cordhose und eine Jacke aus grobem Drillich. Am Kragen lugten zwei Pullover hervor.

»Moin«, grüßte Christoph. »Wir haben noch ein paar Fragen.«

Der Getränkehändler hatte sie wiedererkannt. »Ich habe Ihnen alles erzählt, was ich weiß«, sagte er. Es klang abweisend.

»Wir würden gern mit Ihrer Frau sprechen.«

»Die hat auch nicht mehr gesehen als ich.«

»Trotzdem. Vielleicht kann auch der dritte Mann ein paar Informationen beisteuern.«

»Welcher dritte?«, stellte sich Hottenbeck dumm.

»›Der dritte Mann‹«, mischte sich Große Jäger ein und stimmte ein paar missglückte Takte des Harry-Lime-Themas aus dem gleichnamigen Kinoklassiker mit Orson Welles an.

»Was meinen Sie damit?«

»Sie haben zu dritt bedient.«

Hottenbeck wich Christophs Blick aus. »Nein«, behauptete er. »Wir sind ein reiner Familienbetrieb.«

»Wollen Sie uns verar–?«

»Wo erreichen wir Ihre Frau?«, unterbrach Christoph den Oberkommissar.

»Weiß nicht. Ich glaube, die ist unterwegs. Es bringt doch nichts, sie noch einmal zu befragen. Die kann nichts anderes sagen als das, was ich schon erzählt habe.«

»Sie sind doch keine eineiigen Zwillinge«, sagte Große Jäger. »Frauen haben eine ganz andere Beobachtungsgabe.«

»Ich will das aber nicht.«

Große Jäger lachte höhnisch auf. »Davon lassen wir uns aber nicht abhalten.«

Demonstrativ drehte er sich um und verließ den Lagerraum. Christoph folgte ihm. Sie überquerten den Hof und versuchten es an der Hintertür. Dort fand sich kein Klingelknopf. Große Jäger drückte die Türklinke herab. Der Eingang war unverschlossen, aber Christoph hielt ihn zurück.

»Hottenbeck hat sich störrisch verhalten. Er könnte uns Ärger bereiten, wenn wir ins Haus gehen.«

Widerwillig ließ Große Jäger von seinem Vorhaben ab. »Gut«, sagte er. »Versuchen wir es von der Vorderseite.«

Sie umrundeten das Haus und läuteten am Haupteingang. Große Jäger zeigte auf einen großen Briefkasten, der nicht zum Gebäude passte. Ein Namensschild fehlte. »Wir sind hier auf dem Land. Der Briefträger liefert die Post hinten im Lager ab. Dort lag auch der Stapel. Was soll dieser Kasten hier?« Er beugte sich hinab und öffnete die Klappe. »Da ist etwas drin«, stellte er fest.

Es dauerte eine gefühlte Ewigkeit, bis ein Schlüssel gedreht und die Tür geöffnet wurde. Vor ihnen stand Hottenbeck.

»Sind Sie der Zwilling oder das Original?«, fragte Große Jäger.

»Ich habe Ihnen schon gesagt: Wir wissen nicht mehr als das, was wir erzählt haben.«

»Sie lassen uns jetzt mit Ihrer Frau sprechen, oder sie darf morgen nach Husum kommen. Die wird begeistert sein. Eine nette Gelegenheit, um wieder einmal shoppen zu gehen. Nebenbei wird sie auch auf unserer Dienststelle ein Protokoll zu *ihren* Beobachtungen unterschreiben. Also?«

Hottenbeck nagte an der Unterlippe. Ihm war anzumerken, dass er mit sich kämpfte. Schließlich trat er einen Schritt zur Seite. »Kommen Sie rein.«

Die gefliese Diele musste früher einmal großzügig gewesen sein. Jetzt war sie mit Kartons vollgestellt. »Weinflaschen«, las Christoph auf den Etiketten. Ein windschiefer Schrank aus Spanplatten passte ebenfalls nicht hinein. Die breite Treppe ins Obergeschoss war ausgetreten und mit fleckigen halbrunden Teppichfliesen aus Nadelfilz beklebt.

Frau Hottenbeck stand im Hintergrund. Sie musste alles gehört haben.

»Moin«, grüßte Christoph. »Wir können uns eine lange Vorrede sparen.«

Die Frau knetete ihre Finger. Die Unsicherheit war an dem zwischen den Schultern eingezogenen Kopf ersichtlich.

»Mein Mann hat Ihnen schon alles berichtet«, sagte sie mit kaum wahrnehmbarer Stimme.

»Wir würden es gern von Ihnen hören«, erklärte Große Jäger.

»Ich weiß auch nicht mehr.«

»Was sollen Sie uns erzählen?«, fragte der Oberkommissar mit einschmeichelnder Stimme.

Ein hilfesuchender Blick traf ihren Mann.

»Wiebke weiß auch nicht mehr als ich«, mischte sich Hottenbeck ein.

»Ja«, hauchte seine Frau.

»Wer hat Ihnen beiden beim Biikebrennen hinterm Tresen geholfen?«, fragte Christoph.

»Das ... das –« Sie brach ab.

»In der Biike ist ein Mensch verbrannt. Ist Ihnen das bewusst?« Große Jäger hatte scharf gesprochen.

»Das ist doch etwas ganz anderes«, sagte Frau Hottenbeck leise.

»Decken Sie einen der Täter? Wissen Sie etwas, das für unsere Ermittlungen von Bedeutung ist?«

»Mensch. Wolfgang. Sag du es«, flehte sie ihren Mann an.

»Los, Hottenbeck. Raus mit der Sprache«, schnauzte Große Jäger.

Der Getränkehändler fuhr sich mit gespreizten Fingern durch das Haar. »Verflixt. Wir sind ein kleiner Laden. Haben Sie eine Vorstellung, wie schwer es ist, gegen die Großen zu bestehen?« Er streckte den Arm aus. »Die Leute fahren nach Süderlügum oder Niebüll und laden sich den Kofferraum voll. Gegen die kommen wir mit unseren Preisen nicht an. Bier wird immer teurer. Kein Wunder, dass der Konsum ständig zurückgeht. Und dann bescheißen uns die großen Brauereien auch noch, indem sie die Preise abgesprochen haben. Wir müssen sehen, wie wir zurechtkommen. Deshalb haben wir den Bierstand. Veranstaltungen wie das Biikebrennen gibt es nicht oft. Davon müssen wir leben.«

»Und?«, fragte Christoph. »Was ist daran so geheimnisvoll?«

»Wir können uns keine Angestellten leisten.«

»Deshalb haben Sie jemanden beschäftigt und schwarz bezahlt, ohne Steuern oder Sozialabgaben dafür zu entrichten«, riet Christoph.

Hottenbeck nickte stumm.

»Wir verfolgen keine steuerlichen Vergehen.«

»Nicht heute«, ergänzte Große Jäger. »Wer ist der dritte Mann hinterm Tresen gewesen?«

Erneut nagte Hottenbeck an der Unterlippe.

»Nazir«, kam es schließlich gepresst über seine Lippen.

»Nazir – wer? Haben Sie in der Schule nicht gelernt, in ganzen Sätzen zu antworten?«

»Nazir Dahoul.«

»Der wohnt – wo?«

Hottenbeck streckte den Finger aus und zeigte nach oben.

»Aha.« Große Jäger lachte spöttisch auf. »Im Himmel. Und wie kommt Nazir dort abends hin?«

»Nicht im Himmel. Hier oben. In der ersten Etage.«

»Das ist aber praktisch. Dann wollen wir uns mit dem Herrn mal unterhalten. Ist er zu Hause?«

Jeder Widerstand bei den Hottenbecks war erloschen. Der Mann nickte müde und trat zur Seite, als die beiden Beamten die schmuddelige Treppe erklommen.

Auf dem Podest am Ende der Treppe stapelten sich Kartons. Zwei Mülltüten standen an die Wand gelehnt. Ein kleiner Schrank, bei dem eine Tür schief in den Angeln hing, fügte sich in das ungemütliche Chaos ein. Vier Türen zweigten vom Flur ab.

Christoph öffnete die erste. Dahinter verbarg sich ein Badezimmer, aus dem feucht-muffiger Geruch herausdrang. Die dunkelblauen Fliesen waren teilweise gerissen. Wäsche hing überall herum. In der Ecke am Fenster hatte sich schwarzer Schimmel ausgebreitet.

Große Jäger hatte Christoph über die Schulter gesehen. »Das ist aber ein Idyll«, stellte er fest. »Ist das eine Ferienwohnung?«

Sie klopften an der zweiten Tür. Niemand antwortete.

»Hallo?«, rief Große Jäger. Als sich keiner meldete, drückte er die Türklinke herab.

In dem kleinen Raum drängten sich zwei bärtige Männer auf den Betten an die Wand. Mit großen Augen sahen sie den beiden Beamten entgegen.

»Polizei«, erklärte Christoph. Er verzichtete darauf, seinen Dienstausweis zu zücken. Die Männer zeigten keine Reaktion.

Ein alter Kleiderschrank, von dem an zahlreichen Stellen die Kunststoffbeschichtung abgeplatzt war und den Blick auf die Spanplatten freigab, ein Gartentisch und zwei Klappstühle sowie ein Regal, an dessen Front ein Vorhang den Einblick verwehrte, komplettierten die Einrichtung. Das Regal schien als Kochstelle zu dienen. Eine zweistellige Kochplatte, ein Sammelsurium an Tellern, Gläsern und Bechern, Besteckteile und ein paar Lebensmittelvorräte ließen es vermuten.

Christoph hielt Ausschau nach einem Kühlschrank. Er konnte nichts entdecken. »Polizei«, wiederholte. Die Männer saßen regungslos und starrten ihn an.

»Wie heißen Sie?« Es erfolgte immer noch keine Reaktion.

Große Jäger streckte die Hand aus. »Papiere!«, forderte er. Die beiden Männer rührten sich immer noch nicht. Nur die Augen, die den Polizisten folgten, waren in Bewegung.

»Was ist?«, fragte Große Jäger. »Verstehen Sie mich?«

Es half nichts. Die Männer blieben stumm.

»Darf ich mich mal umsehen?« Nachdem kein Widerspruch erfolgte, öffnete Große Jäger den Schrank. Darin fanden sich nur wenige Habseligkeiten. Ein bisschen Kleidung, darunter keine für den norddeutschen Winter geeignete. Der Oberkommissar durchsuchte auch die Taschen. Er fand keinen einzigen Hinweis auf die Identität, keine persönlichen Gegenstände. Große Jäger fuhr mit der Durchsuchung des Regals fort. Dort standen Konservendosen mit Bohnen, Mais, ein hartes Weißbrot, Teebeutel und Zucker.

»Dieses Sternehotel scheint Vollpension anzubieten«, knurrte der Oberkommissar. »Wenn die Gäste schweigen, sollten wir den Hotelier befragen.« Er drehte sich um und rief laut: »Hottenbeck. Raufkommen.«

Zunächst schien es, als würde der Getränkehändler der Aufforderung nicht nachkommen. Schließlich knarrten die Stufen doch. Von Hottenbeck war alle Selbstsicherheit abgefallen.

»Können Sie uns das erklären?«, fragte Christoph.

»Das sind Freunde.«

»Halten Sie uns nicht mit Märchen auf«, sagte Christoph scharf. »Also!«

»Nicht von mir. Von einem Bekannten.«

»Und dessen Namen kennen Sie nicht.«

Der Getränkehändler senkte den Blick.

»Wer von denen ist Nazir Dahoul?«

Die Antwort war so leise, dass die Polizisten sie nicht verstanden.

»Lauter«, forderte Große Jäger den Mann auf.

»Keiner. Nazir wohnt da.« Er zeigte auf eine andere Tür.

Christoph klopfte gegen die Tür. »Herr Dahoul? Öffnen Sie. Hier ist die Polizei.«

Im Zeitlupentempo bewegte sich die Türklinke, dann wurde die Tür einen Spalt geöffnet. Die Hälfte eines Gesichts tauchte auf.

»Machen Sie schon«, forderte Große Jäger den Mann auf.

Die Tür wurde ganz geöffnet.

»Nazir Dahoul?«, fragte Christoph.

Der Mann nickte. Dahoul trug einen dichten Schnauzbart. Die dunklen Augen wanderten von Christoph zu Große Jäger und zurück.

»Was wollen Sie?«, fragte er auf Deutsch.

»Zunächst einmal Ihre Papiere«, antwortete Große Jäger und hielt die Tür auf, nachdem Dahoul ihr einen sanften Stoß gegeben hatte.

Der Raum war nicht so dürftig möbliert wie der andere. Ein altes Büfett, ein Schlafsofa und ein Couchtisch, wie man ihn in den siebziger Jahren besaß, ein mittelgroßer Röhrenfernseher und ein Wäscheständer bildeten die Einrichtung. Selbst ein an manchen Stellen abgenutzter Teppich lag aus.

Dahoul ging zum Schrank, suchte herum, wanderte weiter zum Wäscheständer und kramte in einer Hose, die dort hing. Er kehrte mit einem elektronischen Aufenthaltstitel zurück. Mit dem Dokument im Scheckkartenformat konnten Menschen ihre Berechtigung zur Anwesenheit in der Bundesrepublik nachweisen. Große Jäger prüfte das Dokument und gab es zurück.

»Ist okay«, sagte er zu Christoph.

Dahoul war vierunddreißig Jahre alt und stammte aus Syrien.

Christoph zeigte über die Schulter. »Sind das Landsleute von Ihnen?«

»Ich habe mit denen nichts zu tun«, behauptete Dahoul.

»Das sieht Herr Hottenbeck aber anders. Er hat behauptet, es wären Freunde von Ihnen«, mischte sich Große Jäger ein.

So hatte es der Getränkehändler nicht formuliert, aber mit Sicherheit gehörten die beiden schweigsamen Männer nicht zu Dahouls persönlichem Bekanntenkreis.

»Die haben nicht so viel Glück gehabt wie ich.« Dahoul hielt den Aufenthaltstitel in die Höhe, um anzudeuten, was er meinte.

»Die beiden sind auf der Durchreise«, vermutete Christoph. Viele Illegale versuchten, nach Skandinavien zu gelangen. Schweden war das Traumziel. Die Elche galten als liberal und nahmen auch Asylbewerber auf, die aus anderen europäischen Ländern wieder in ihre Heimat zurückgeschickt wurden.

Dahoul zuckte nur mit den Schultern.

»Was sagen Sie dazu?«, fragte Christoph Hottenbeck.

»Das ist nur für eine Nacht«, behauptete der Getränkehändler.

»Wollen Sie uns für dumm verkaufen?«, fuhr ihn Große Jäger an. »Die ganze Einrichtung ... Das ist zwar primitiv, aber kein Provisorium. Wie lange machen Sie das schon?«

»Gar nicht«, behauptete Hottenbeck. Es klang nicht überzeugend.

»Wir müssen Ihr Zimmer durchsuchen«, erklärte Große Jäger

Dahoul und begann, sich in dem Raum umzusehen. Er öffnete die Schränke, fühlte in den Taschen der Kleidung, suchte in den Ritzen der Sitzmöbel und auf den Schränken.

»Nichts«, stellte er fest.

Es fanden sich keine Waffen und keine Hinweise auf Drogen, nur wenige persönliche Gegenstände. Ein paar Briefe, Aufforderungen von Behörden, etwas mehr als fünfzehn Euro in Kleingeld sowie Zigaretten und Streichhölzer. Große Jäger lächelte, als er zwei leere Bierflaschen sah.

»Sie sind kein strenggläubiger Moslem?«, fragte er und erhielt keine Antwort.

»Sie haben Hottenbeck«, der Oberkommissar verzichtete auf das »Herr«, »beim Getränkestand auf dem Parkplatz am Deich geholfen?«

Auch hierzu schwieg Dahoul.

»Es war ein reiner Freundschaftsdienst«, meldete sich Hottenbeck aus dem Hintergrund. »Meine Frau hatte noch Kunden. Hier, im Lager. Allein kann man den Stand nicht aufbauen. Da hat Nazir mit angepackt.«

»Machen Sie das öfter?«, fragte Christoph.

»Nein! Das war eine Ausnahme. Nazir darf nicht arbeiten. Sie kennen die Bestimmungen besser als ich.«

»Sie halten sich offenbar nicht an die Gesetze«, erwiderte Christoph. »Ist Menschenschmuggel ein einträgliches Geschäft?«

»Wie? Was? Menschenschmuggel?«

»Die beiden Landsleute von Dahoul. Ist das Ihr Geschäft, oder wollen Sie es Dahoul in die Schuhe schieben?«

»Nein! Ich ... Also —« Hottenbeck brach ab.

»Was ist? Ich möchte eine Antwort.«

»Das ist alles ganz anders.«

»Dann erklären Sie es uns.«

»Das ist nur eine humane Tat. Die da«, er zeigte auf die beiden immer noch starr dasitzenden Männer, »sind ganze arme Schweine. Sie sind zwischen die Fronten im syrischen Bürgerkrieg geraten. Wissen Sie, wie hoch die Hürden sind, um dem Elend zu entfliehen? Da muss man doch helfen.«

»Und an der Hilfe verdienen?«, fragte Christoph.

Hottenbeck zog es vor, zu schweigen.

Große Jäger hatte sein Telefon hervorgeholt. »Schick uns mal eine Streife der Bundespolizei vom Revier in Bredstedt«, sagte er. »Wir haben hier zwei Illegale ohne Papiere aufgegriffen, vermutlich Syrer.«

»Muss das sein?«, fragte Hottenbeck zaghaft. »Kann man nicht ein Auge zudrücken?«

»Ihnen wird ganz etwas anderes aufs Auge gedrückt«, erwiderte Große Jäger und zeigte auf die letzte geschlossene Tür. »Was ist dadrin?«

»Nichts«, behauptete der Getränkehändler.

»Die Leere interessiert mich immer«, erklärte der Oberkommissar.

Niemand hinderte ihn daran, in den Raum zu sehen. Der erwies sich als kleine Kammer mit schrägen Wänden und einer noch dürftigeren Einrichtung als der Zweierraum. Ein ungemachtes Feldbett stand an der Wand.

»Wer übernachtet hier?«, fragte Große Jäger.

»Keine Ahnung, wie der hieß.«

»Hieß?«, fragte Christoph. »Heißt das, er ist verschwunden?«

»Das kommt gelegentlich vor. Die Leute haben viel durchgemacht, sind von einem Versteck zum nächsten weitergereicht worden, von der türkischen Grenze bis hierher. Wenn sie hier ein paar Tage sind, werden sie unruhig. Manche verschwinden über Nacht, machen rüber über die Grenze nach Dänemark.«

»Wann ist der Letzte weg?«

Hottenbeck zog die Stirn kraus. »Weiß nicht so genau. Ich glaube, am Donnerstag.«

»Sie haben ihn nicht gesucht, als er plötzlich verschwunden war?«

»Wo denn? Der kann überall sein.«

»Zum Beispiel auf der Biike?«, fragte Christoph. »Die war am Folgetag.«

»Sind Sie verrückt?« Es klang wie ein Aufschrei. »Sie glauben doch nicht im Ernst, dass er da«, dabei zeigte Hottenbeck auf die Kammer, »auf der Biike verbrannt ist?«

»Wir werden die Spurensicherung anfordern«, beschloss Christoph. »Die werden hier alles auseinandernehmen. Haben Sie außer dem Lieferwagen noch ein anderes Fahrzeug?«

»Ja. Einen Passat.«

»Gut. Alle Fahrzeuge sind ebenfalls beschlagnahmt.«

»Das können Sie doch nicht machen! Wir brauchen die Autos«, protestierte Hottenbeck.

»Doch, das dürfen wir. Wir müssen prüfen, ob Ihr verschwundener dritter Gast mit einem Ihrer Fahrzeuge transportiert wurde.«

»Das ist doch verrückt«, stöhnte Hottenbeck, lehnte sich mit dem Rücken gegen die Wand und rutschte daran herunter, bis er in der Hocke blieb. Dann schlug er die Hände vors Gesicht. »Das ist doch verrückt.«

Es dauerte fast eine Stunde, bis die Streife der Bundespolizei eintraf und die beiden Männer mitnahm, die keinen Widerstand leisteten. Sie waren ebenso bei ihrem Schweigen geblieben wie Hottenbeck und Dahoul.

Fast gleichzeitig traf Klaus Jürgensen mit seinem Team ein.

»Vielen Dank«, sagte der kleine Hauptkommissar zur Begrüßung. »Ihr habt uns eine große Last abgenommen. Wir wussten nicht, wie wir den Tag totschlagen sollten. Gähnende Langeweile beherrscht unseren Alltag.«

Große Jäger klopfte dem Flensburger auf die Schulter. »Dir kann man nichts recht machen. Nun haben wir keine Leiche, der Einsatz findet im Haus statt, alles ist sauber … Was willst du noch mehr, Klaus?«

»Ich bete jeden Abend, dass eine große Flutwelle kommt und dich mit ins Meer zieht.«

»Das bringt auch nichts«, erklärte Große Jäger. »Du kennst doch die Geschichte von Jonas, den ein Wal geschluckt und später wieder ausgespuckt hat.«

»Ich bin nicht katholisch«, antwortete Jürgensen. »Aber dir traue ich alles zu.« Dann wies er seine Mitarbeiter ein.

»Merkwürdig, dass einer der Flüchtlinge am Tag vor der Biike verschwindet und plötzlich ein Unbekannter verbrennt, den niemand vermisst«, sagte Große Jäger, als sie wieder im Auto saßen.

»Das ist ein Ansatzpunkt, ebenso wie der verschwundene fröhliche Däne. Aber«, gab Christoph zu bedenken, »was hat es mit dem Button des Husumer Jazzclubs für eine Bewandtnis? Weder der Flüchtling noch der Däne dürften als Mitglieder in Frage kommen.«

»Und einer der Täter?«

»Der Button wird getragen, wenn die Leute zum Jazz gehen, aber sonst nicht. Ich fürchte, uns stehen noch eine Reihe von Rätseln bevor. Vielleicht hat Jens Ehret inzwischen etwas herausgefunden«, sagte Christoph.

»Du meinst den Vorsitzenden vom Jazzclub?«

Christoph nickte und suchte in seinem Smartphone nach der Rufnummer.

»Die Mehrheit unserer Clubmitglieder wohnt weiter Richtung Husum. Da oben an der Grenze fällt mir keiner ein. Lediglich Tyler McCoy kommt von da«, erklärte Ehret.

»Wer ist das?«

»Ein Ehrenmitglied, so wie Jan Luley. Tyler ist ein begnadeter Jazzmusiker. Amerikaner. Er hat mit den Großen der Szene gespielt, und wir haben uns immer gefreut, wenn er als Gast mit der Stormtown Jazzcompany in Husum aufgetreten ist.«

»Hat McCoy einen gelben Button von Ihnen bekommen?«

»Ob er gelb war … Ich weiß es nicht. Aber einen Button hat er bestimmt erhalten.«

»Wissen Sie, wo er wohnt?«

»Irgendwo da oben.«

»Ist in der Zwischenzeit jemand zu Ihnen gekommen und hat um Ersatz für seinen Button gebeten?«

»Nein«, wehrte Ehret ab.

Nach dem Gespräch rief Christoph in Husum an und ließ sich die Adresse McCoys geben.

»Das muss ganz in der Nähe sein«, sagte Große Jäger und sah sich suchend um.

Es war der direkte Nachbar, gut einen halben Kilometer entfernt.

»Hier kannst du oben ohne sonnenbaden. Das stört nicht.«

Christoph warf einen Seitenblick auf Große Jägers Schmerbauch. »Du erschreckst die Möwen, wenn du dich so präsentieren würdest.«

Versonnen strich sich der Oberkommissar über seinen Leib.

»Der ist ganz schön rundlich«, merkte Christoph an.
»Ein gutes Herz braucht eben viel Platz.«
Christoph lächelte. In der Tat war der Oberkommissar gutmütig, eine raue Schale um einen weichen Kern, fast ein Teddybär.
Christoph startete den Motor und ließ ihn langsam die Straße entlangrollen, die eher einem ausgebauten Feldweg entsprach. Gehwege, Straßenlampen, Briefkästen – das alles gab es hier nicht.
Von Weitem war das nächste Haus zu sehen. Es war im Stil vieler Gebäude der Gegend errichtet. Bei fast allen konnte man erkennen, dass es die ursprüngliche Heimat eines Landwirts gewesen war. Das traf auch auf dieses Haus zu. Die Scheune war abgerissen. Eine brüchige Betonplatte war das Überbleibsel des Unterstandes.
Das ältere Gebäude war aus dunklen Rotklinkern errichtet worden. Deutlich war zu erkennen, dass die raue Witterung am Mauerwerk genagt hatte. Ziegel und Fugen wirkten angegriffen. Soweit es um diese Jahreszeit erkennbar war, wirkte der Garten, als würde er nicht englisch gepflegt werden, ohne allerdings verwildert zu sein.
Vor dem Haus stand ein älterer Mazda.
Christoph parkte den Volvo daneben.
Die Tür wurde schon geöffnet, als sie auf dem Weg dorthin unterwegs waren. Eine schlanke Frau mit kurzen grauen Haaren sah ihnen über den Rand der Halbbrille entgegen, die sie auf der Nasenspitze trug. Sie hob fragend eine Augenbraue in die Höhe.
»Frau McCoy?«, fragte Christoph und stellte sich und Große Jäger vor, nachdem sie genickt hatte.
»Polizei?« Es blitzte in ihren smaragdgrünen Augen kurz auf. »Ist etwas mit Jannes?«
»Ist das Ihr Mann?«
»Nein. Unser Sohn. Jannes ist Stabsapotheker bei der Bundeswehr. Er ist im Augenblick in Afghanistan.«
»Wir haben nur ein paar allgemeine Fragen. Ihr Mann ist Musiker?«
»Ja«, antwortete sie zögerlich. »Wollen Sie mir nicht erst einmal sagen, weshalb Sie hier sind?«
»Wir würden gern mit Ihrem Mann sprechen.«

»Mit Tyler? Aber warum denn?« Die Frau legte ihr Misstrauen nicht ab.

»Ist er zu Hause?«

»Nein. Sagen Sie – was geht hier vor?«

»Der Präsident des Jazzclub Louisiana Café sagte uns, dass Ihr Mann dort Ehrenmitglied ist.«

»Das trifft zu. Tyler ist Musiker – das sagte ich schon. Er unterrichtet als Dozent Jazz- und Pop-Posaune an der Musikhochschule in Lübeck. Dort ist er jetzt auch.«

»Sie sind sich ganz sicher?«

»Natürlich. Er ist am Donnerstag gefahren.«

»Mit dem Auto?«

Frau McCoy sah an den Beamten vorbei zum Parkplatz. »Tyler fährt ungern Auto. Unser Wagen steht da draußen. Deshalb gehe ich auch davon aus, dass er nicht verunglückt ist.«

»Und er hat sich am Wochenende bei Ihnen gemeldet?«

»Ja, sicher. Er war mit Basilius Kühirt und einem weiteren Musikerkollegen verabredet.«

»Wer ist das?«

»Den kennen Sie nicht? Kühirt ist Professor in Lübeck. Die drei wollten übers Wochenende etwas im Studio einspielen. Ab heute hat Tyler wieder Unterricht zu geben.«

»Er hat Sie vom Handy aus angerufen?«

Sie zeigte das erste Mal ein entspanntes Lächeln. »Das hat mein Mann hier vergessen. Das kommt öfter vor. Tyler hat nur seine Musik im Kopf.«

»Wie haben Sie ihn erreicht?«

»Ich habe bei Basilius Kühirt angerufen.«

»Da war Ihr Mann?«

»Richtig.«

Christoph entschuldigte sich für die Störung. Frau McCoy blieb hartnäckig und wollte wissen, weshalb die Polizei Erkundigungen über ihren Mann einzog. Dem Hinweis, es sei Routine, schenkte sie keinen Glauben.

»Den können wir abhaken«, sagte Große Jäger. »Es bleiben uns zwei magere Spuren: der Däne und der untergetauchte Syrer.«

»Tyler McCoy«, wiederholte Christoph mehrfach, als sie wieder im Auto saßen. »Ich bin mir nicht sicher. Posaune, sagte seine Frau. In Husum war gelegentlich mal ein dunkelhäutiger Musiker zu Gast. Der war richtig klasse.«

Unzufrieden fuhren sie nach Husum zurück. Dort meldete sich am Abend Kommissar Cornilsen bei Große Jäger.

»Ich habe alles abgeklappert. Bekomme ich für jede Adresse Fleißkärtchen?«

»Bei deiner Größe schadet es nicht, wenn du dir ein Stück Bein ablatschst. Wir schicken dich so lange durch die Landschaft, bis du ins Schema passt.«

»In welches Schema?«

»Wir haben hier auf der Dienststelle einen virtuellen Maßstab. Dort werden alle hineingepresst.«

»Wird da nur die Körpergröße oder auch der Leibesumfang als Kriterium angenommen?«

»Mats – so heißt du doch?«

Cornilsen bestätigte es.

»Pass mal auf – Hosenmatz. Nun erzähl dem Onkel, was du herausgefunden hast.«

Der Kommissar berichtete von seinen Besuchen bei den Bewohnern Runeesbys. »Alle haben sofort vermutet, dass es mit den Ereignissen von der Biike zusammenhängt. Jeder wollte mich ausquetschen.«

»Hast du etwas erzählt?«, fragte Große Jäger.

»Hör mal. Ich habe nach dem Abitur überlegt, ob ich Journalist oder Polizist werde. Das Verbreiten von Neuigkeiten habe ich zurückgestellt und mich für die Polizei entschieden.« Dann setzte er seinen Bericht fort. Niemand hatte etwas gesehen oder gehört. »Das gilt auch für benachbarte Häuser von Rodenäs, die an der Straße liegen. Es gab keine Auffälligkeiten. Alle haben versichert, dass ihnen jeder Fremde aufgefallen wäre, gerade um diese Jahreszeit. An zwei Adressen habe ich niemanden angetroffen. Die werde ich mir morgen vornehmen.«

»Wie heißen die?«

»Das eine war ... Moment. Ah, hier. McCoy.«

»Kannst du streichen.«

»Beim zweiten Haus stand kein Name an der Tür. Dort soll ein älterer Mann sehr zurückgezogen leben. Über den Getränkehandel muss ich nichts berichten. Als ich dort eintraf, wimmelte es von Spürnasen aus Flensburg. Der Hottenbeck – Mensch, war der sauer.«

»Ganz gut für den Anfang«, sagte Große Jäger lobend.

»Na denn dann«, verabschiedete sich Cornilsen.

Den Rest des Tages verbrachten die beiden Beamten mit der Dokumentation ihrer bisherigen Ermittlungen. »Sehr mager«, stellte Christoph zum Feierabend fest.

DREI

Die morgendliche Dienstbesprechung verlief heute etwas anders. Die Nachricht von Mommsens Rückkehr hatte sich bereits am Vortag wie ein Lauffeuer verbreitet. Viele Beamte, die ihn noch von früher kannten, begrüßten ihn mit großem Hallo. Den neuen Kollegen stellte er sich in Einzelgesprächen vor.

In der Frührunde herrschte dennoch eine gespannte Atmosphäre. Christoph bemerkte, wie ihn die Mitarbeiter verstohlen musterten und die Blicke zwischen ihm und Mommsen hin- und herwanderten.

»Moin«, ergriff der Kriminalrat das Wort, nachdem er Christoph den Vortritt gelassen hatte. »Noch einmal offiziell für die, die mich noch nicht kennen: Mein Name ist Harm Mommsen. Ich bin ein Husumer Urgewächs und freue mich, wieder hierherzukommen. Auch während meiner Zeit in Ratzeburg habe ich meinen Wohnsitz in Nordfriesland nicht aufgegeben. Einmal Husum – immer Husum. Wir werden künftig eng zusammenarbeiten. Ich bin Teamplayer. Und das meine ich wörtlich.« Er zeigte auf Christoph. »Zunächst bin ich aber neugierig. Und überzeugt, dass ich hier noch eine Menge lernen kann. Fangen wir heute damit an. Bitte.«

Die anwesenden Polizisten besprachen die aktuellen Fälle.

»Es ist ganz schön eng im Augenblick«, stellte Kommissar Wehner fest. »Wir sind ohnehin unterbesetzt. Die Ausfälle durch Krankheit und Urlaub machen uns zu schaffen.«

Christoph nickte. »Wir denken über eine Lösung nach.« Dann gab er einen Überblick über den Ermittlungsstand im Mordfall von Runeesby.

»Wissen wir, wer das Opfer ist?«, fragte Wehner.

»Leider nicht. Wir haben zwei Ansatzpunkte.« Christoph berichtete vom angeblich verschwundenen Syrer, der vorübergehend bei Hottenbeck untergeschlüpft war. »Außerdem könnte Jesper Kragh, ein dänischer Staatsbürger, betroffen sein. Die Kollegen von der Schutzpolizei halten Ausschau nach ihm und seinem Wagen.«

»Wie kommen Sie auf den?«, fragte Wehner.

»Das willst du gar nicht wissen«, mischte sich Große Jäger ein.
Als Wehner den Mund öffnete, streckte ihm der Oberkommissar die Hand entgegen, als würde er auf einer Kreuzung ein Fahrzeug anhalten wollen.
»Na?« Große Jäger rollte die Frage förmlich über die Zunge. Dabei kniff er die Augen zusammen und versuchte, Wehner mit überzogen finsterem Blick anzusehen.
Alle lachten.

Nachdem Christoph in sein Büro zurückgekehrt war, rief er das Kieler LKA an.
»Wir sind noch nicht dazu gekommen, die Fahrzeuge des Getränkehändlers zu untersuchen«, erklärte der Kieler Kriminaltechniker. »Das steht aber heute auf unserem Arbeitsplan. Allerdings muss ich bemängeln, dass die Vorgaben von Ihnen recht vage sind. Wonach sollen wir suchen?«
»Wir möchten wissen, ob die beiden Fahrzeuge Hottenbecks zum Transport von Menschen benutzt wurden.«
»Geht es ein wenig präziser?«
»Leider nicht.«
»Wie immer«, stöhnte der Kieler.
Christophs nächste Frage war, ob jemand vermisst wurde. Es gab keine neuen Fälle.
Christophs Telefon meldete sich.
»Diether. Rechtsmedizin Kiel«, sagte die Stimme. Christoph hatte schon öfter mit dem Pathologen zu tun gehabt.
»Sie wollen uns ein paar Vorabinformationen zum Verbrennungsopfer aus Runeesby mitteilen«, vermutete Christoph.
»Mit Ihrem Instinkt sollten Sie Polizist werden«, spottete Dr. Diether. »Das ist die zweitbeste Alternative, falls die Fähigkeit zur Voraussage nicht für die Lottozahlen reicht. Mit Sicherheit ist das Opfer verbrannt. Das hätten Sie jetzt nicht geglaubt, oder?«
»Ich dachte, es wäre ertrunken«, ging Christoph auf die Frotzelei ein.
»Vielleicht. Er wurde jedenfalls nicht erschossen.«
»Er?«, fragte Christoph.
»Definitiv. Viel war nicht mehr übrig vom Opfer, aber das

konnte ich feststellen. Die Todesursache allerdings ist nicht mehr einwandfrei bestimmbar. Ich vermute, der Mann ist erfroren. Klingt makaber, was? Auf einem Scheiterhaufen gefunden und dann … erfroren. Wenn man einmal außen vor lässt, dass der Tod unschön ist, war es aber die beste Lösung.«

»Das würde bedeuten, man hat das Opfer eine ganze Weile vor dem Entzünden der Biike dorthin gebracht.«

»Beweisen kann ich es nicht, aber ich würde raten, dass dies bereits am Vorabend geschehen ist.«

»Welche Anhaltspunkte gibt es dafür, ich meine, für den Vorabend?«

»Hören Sie mir nicht zu? Das war eine private Meinung. Kommen Sie nach Kiel und sehen Sie sich die Überreste genau an. Nur Dr. Quincy könnte Ihnen sagen, was der arme Bursche zuletzt gegessen und welche Sorte Zahnpasta er benutzt hat. Ich möchte auch keine Reklamationen, dass wir den Leichnam nicht wieder ordnungsgemäß zusammengenäht haben. Wir haben uns beim Zusammenkehren aber alle Mühe gegeben. Wenn man ihn – ich betone: wenn – bereits am Vortag dort festgebunden hat, ist er mit Sicherheit erfroren. Das wäre umso sicherer gewesen, wenn man das Opfer auch noch nass gespritzt hätte. Doch auch so hat es gereicht. Ich habe mit den Meteorologen gesprochen. Wir hatten in der Region in der letzten Nacht um null Grad bei einer Windgeschwindigkeit von etwas über sechzig Kilometern die Stunde. Das entspricht Windstärke sieben. Fast acht. Es hat also ordentlich gepüstert.«

»Sie meinen den Effekt des Windchills?«

»Richtig. Unter diesen Umständen können auch Lufttemperaturen über dem Gefrierpunkt zum Tode führen. Der Wärmehaushalt des Menschen hängt von mehreren Faktoren ab. Die Unterkühlung erfolgt in drei Phasen. Zunächst zittern Sie, haben eine erhöhte Atemfrequenz und Pulsschlag. Der Blutdruck steigt. Man nennt das Abwehrphase. Der Körper versucht, sich gegen die Unterkühlung zu wehren, und transportiert das warme Blut dorthin, wo es dringend zur Erhaltung der Vitalfunktionen benötigt wird. Das reicht bis etwa vierunddreißig Grad. Es folgt die Erschöpfungsphase bis etwa einunddreißig Grad Kerntemperatur. Sie geht einher mit Puls-

und Blutdruckabfall, Müdigkeit und Apathie, Muskelstarre, aber auch Herzrhythmusstörungen, Gliederschmerzen und Angstgefühl. Das ist grauenvoll. In der Lähmungsphase lassen die Schmerzen nach. Es kommt zu einer Hirnschwellung. Reflexlosigkeit, Atem- und Herzstillstand sind die Folgen.«

»Wir brauchen aber ein paar mehr Anhaltspunkte«, beharrte Christoph.

»Dann liefern Sie mir nächstes Mal besser erhaltene Leichen. Leider liegen nur vage Anzeichen für eine Hirnschwellung vor. Und da ich keinen Bruch des Schädelknochens oder andere Anzeichen für eine Gewalteinwirkung feststellen konnte, müssen Sie mit meiner Vermutung leben. Immerhin: Sie können das noch. Das ist besser, als es dem Häuflein Elend geht, das mir auf dem Seziertisch zerbröselt ist. Es liegt aber eindeutig ein Mordbrand vor.«

»Mordbrand«, wiederholte Christoph. Ein Brandmord war eine Lebendverbrennung. Bei einem Mordbrand wurde ein Leichnam angezündet.

»Durch die Verdampfung des Gewebewassers erfolgt eine hitzebedingte Fixation der inneren Organe. Außerdem habe ich die CO-Hb-Konzentration analysiert. Damit lässt sich nachweisen, ob es eine Rauchgasinhalation gegeben hat. Tote atmen in der Regel nicht mehr so tief ein. Kohlendioxid hat eine etwa dreihundertfach höhere Affinität –«

»Danke, Herr Dr. Diether«, unterbrach Christoph den Rechtsmediziner. »Die detaillierten Fakten entnehmen wir Ihrem Bericht. Ich bedanke mich für die schnellen Ergebnisse.«

»Sie wissen immer noch nicht, auf welchen bürgerlichen Namen das Aschehäuflein auf meinem Seziertisch gehört hat? Bringen Sie mir eine Referenz, zum Beispiel die berühmte Zahnbürste.«

»Können Sie anhand der DNA Rückschlüsse auf die Herkunft des Opfers ziehen?«, fragte Christoph.

Dr. Diether lachte auf. »Sie wollen jetzt nicht auf die Fantasygeschichten hinaus, die uns das Unterschichtenfernsehen als spannende Kriminalfilmunterhaltung serviert?«

»Nein. Mich würde interessieren, ob das Opfer beispielsweise aus Syrien stammen könnte.«

»So genau lässt es sich kaum eingrenzen. Wenn überhaupt,

geht es über die mitochondriale Abstammung. Die mtDNA-Haplogruppen lassen möglicherweise einen Rückschluss auf die geografische Herkunft zu. Man könnte darüber eingrenzen, ob das Opfer aus Nord- oder Südeuropa, dem Nahen Osten, Afrika, Asien oder ursprünglich aus Amerika stammt. Das heißt zum Beispiel, wenn Sie einen US-Bürger haben, kann die Information lauten, er stammt aus Südeuropa, weil seine Vorfahren Italiener waren.«

Christoph berichtete Große Jäger vom vorläufigen Untersuchungsergebnis der Rechtsmedizin.

»Hast du mit Dr. Diether gesprochen?«

Christoph nickte.

»Der eignet sich auch nicht als Tröster zartbesaiteter Schwiegermütter.«

»Er wählt drastische Formulierungen«, stimmte Christoph ihm zu. »Immerhin wissen wir jetzt, dass man das Opfer am Vortag dort festgebunden hat. Wir sollten alle Häuser in der Region aufsuchen und die Bewohner befragen, ob ihnen in dieser Hinsicht etwas aufgefallen ist. Sind Fremde dort herumgefahren?«

»Oder Einheimische«, ergänzte Große Jäger. »Schließlich sind die bestens mit den Bräuchen des Biikebrennens vertraut und kennen die Abläufe.«

»Der Platz liegt so abgeschieden, dass wir Fremde fast ausschließen können. Ich glaube nicht, dass die Wahl des Tatorts Zufall war.«

Große Jäger lehnte sich zurück, sodass die Lehne seines Stuhles bedenklich knarrte. »Dann ist alles nicht so schlimm. In Rodenäs leben etwas über vierhundert Menschen, in Runeesby noch einmal fünfzig.«

»Im Amt Südtondern sind es fast vierzigtausend«, wandte Christoph ein.

»Das ist zu weit gefasst. Ich bleibe bei den vierhundertfünfzig, zusätzlich eintausendfünfhundert aus Højer nördlich der Grenze. Wenn wir die Kinder und die Alten abziehen, wird es schon überschaubar.«

Die beiden sahen auf, als sich die Tür öffnete und Mommsen eintrat.

»Hi«, grüßte der Kriminalrat und warf einen Seitenblick auf Große Jägers in der Schublade geparkten Füße.

»Dir ist die lange Abwesenheit von Husum wohl nicht bekommen«, knurrte der Oberkommissar. »Hier heißt es ›Moin‹.«

Mommsen ignorierte ihn und nahm auf dem Besucherstuhl vor Christophs Schreibtisch Platz.

»Wie kommt ihr voran?«, fragte er. »Mich würden mehr Details interessieren, als du vorhin vorgetragen hast.«

»Ganz gut, auch ohne Hilfe«, sagte Große Jäger mürrisch und wandte Mommsen den Rücken zu.

Christoph zuckte mit den Schultern und gab einen ausführlichen Statusbericht ab, in dem er auch auf das Gespräch mit dem Kieler Rechtsmediziner einging. »Es gibt ein größeres Umfeld, das es abzuklopfen gilt«, schloss er. »Da wir derzeit mehrere krankheitsbedingte Ausfälle haben, unterstützen uns die Niebüller Kollegen.«

»Ich habe davon gehört«, sagte Mommsen. »Kommissar Cornilsen. Soll hoffnungsvoller Nachwuchs sein.«

»Früher haben die Jungspunde Kaffee gekocht. Heute sind das nur noch Schnacker«, mischte sich Große Jäger ein, ohne sich umzudrehen.

»Ich habe überlegt, Cornilsen während der Ermittlungen nach Husum zu holen«, sagte Christoph.

»Eine gute Idee.«

»Wer entscheidet darüber?«

»Um das klarzustellen: Du hast hier viele Jahre überzeugende Arbeit geleistet. Wer könnte sich da einmischen?«

»Nur ein Größenwahnsinniger«, kommentierte Große Jäger aus dem Hintergrund.

»Jetzt halt endlich die Klappe«, sagte Christoph schroff. Im selben Augenblick tat es ihm leid. Große Jäger hatte, wenn auch auf ungeschickte Weise, seine Verbundenheit ihm gegenüber ausdrücken wollen. Sein Groll richtete sich gegen Mommsen, in dem er einen Angreifer auf Christophs Führungsrolle vermutete.

Beleidigt zog der Oberkommissar den Kopf zwischen die Schulterblätter ein.

Mommsen räusperte sich. »Es ist eine schwierige Konstellation. Ich meine, es sollte sich bis zu deiner Pensionierung im kommenden

Jahr nichts ändern. Deine Erfahrung und deine Umsicht werden benötigt. Es dürfte auch keinen Kollegen in der gesamten Kriminalpolizeistelle geben, der das anders sieht. Allerdings ... Wir sind eine Behörde.«

Christoph nickte.

»Es gibt klar definierte Unterschiede in der Hierarchie zwischen dem gehobenen und dem höheren Dienst. Rein formell werde ich – zumindest nach außen – auftreten müssen. Offiziell bin ich der Leiter der Dienststelle.«

»Jawohl, Herr Kriminalrat«, schnauzte Große Jäger.

»Sehen wir es einmal so«, schlug Mommsen vor. »Die Richtlinien der Politik bestimmt der Bundeskanzler, während der Präsident als Staatsoberhaupt in Erscheinung tritt.« Mommsen stand auf und legte Große Jäger eine Hand auf die Schulter. »So! Nun werde ich Kaffee kochen.«

»Hoffentlich hast du das nicht verlernt.« Der Oberkommissar klang versöhnlicher. Dann streckte er die Hand in die Höhe und zeigte den nach oben gerichteten Daumen.

Christoph nutzte die Zeit, um Kontakt zur Bundespolizei in Bredstedt aufzunehmen.

»Ich suche den Vorgang raus. Kleinen Moment«, sagte Oberkommissar Kopitzki und meldete sich kurz darauf wieder. »Ah ja. Hier ist das Ding. Das war gestern. Die haben die von der Kripo –«

»Das waren wir«, unterbrach ihn Christoph.

»Ah ja. Also. Wir haben die beiden Männer abgeholt und verhört. Keine Papiere. Die haben behauptet, aus Syrien zu kommen und Bürgerkriegsflüchtlinge zu sein. Das klingt nicht sehr glaubwürdig. Die Menschen aus Syrien können sich in der Regel ausweisen. Sie wissen, dass sie gute Aussichten haben, eine Aufenthaltserlaubnis zu bekommen.«

»Vieles spricht aus humanitären Gründen dafür. Schließlich gibt es in deren Heimat kaum eine reelle Überlebenschance für die Menschen.«

»Ah ja«, sagte Kopitzki zum wiederholten Mal. »Wir haben unsere eigene Erfahrung. Syrer kommen häufig mit Familienangehörigen. Die beiden sind uns sehr suspekt vorgekommen. Wir haben sie nach Rendsburg gebracht. In Abschiebehaft.«

»Wohin will man sie abschieben, wenn man keine Papiere hat?«, fragte Christoph.

»Das ist in der Tat ein Problem. Zunächst werden die beiden einen Asylantrag stellen. Dann wird alles aufwendig geprüft. Das kann Monate dauern. Es klingt herzlos, aber damit können wir uns nicht befassen. Unsere Aufgabe lautet, Leute ohne gültige Papiere festzusetzen.«

»Was geschieht mit Hottenbeck? Das ist der Getränkehändler in Grenznähe, der den beiden und anderen wahrscheinlich Unterschlupf gewährt hat.«

»Moment.« Christoph hörte Papier rascheln. »Ah ja. Gegen den werden wir ermitteln. Also dann, bis zum nächsten Mal«, verabschiedete sich Kopitzki.

»Ah ja«, sagte Christoph.

Auf der Bundesstraße Richtung Norden herrschte lebhafter Verkehr.

»Heute ist allerhand los«, sagte Große Jäger, der sich träge auf dem Beifahrersitz von Christophs Volvo lümmelte.

Christoph schmunzelte. »Erzähl das einem Kölner, Frankfurter oder Stuttgarter, der sich Tag für Tag Stoßstange an Stoßstange im Stau durch seine Stadt schiebt.«

»Gut«, stimmte Große Jäger zu. »Wenn man den Vordermann sieht und im Rückspiegel auch das nachfolgende Fahrzeug zu erkennen ist, nennen wir es ›Stau auf Nordfriesisch‹. Kein Wunder, wenn die Mehrzahl der Autos fremde Kennzeichen hat.«

»Wir freuen uns über jeden Gast, der unsere schöne Region besucht«, sagte Christoph.

Hinter Niebüll fragte Große Jäger: »Was wollen wir eigentlich in Runeesby?«

»Cornilsen hat sich schon umgehört, ob den Einheimischen etwas aufgefallen ist. Ich möchte mich mit diesem Ahrens unterhalten, mit Bürgermeister Sönnichsen und dem Nachbarn der Familie McCoy, dem sonderbaren Einsiedler, wie unser junger Kollege ihn beschrieben hat.«

Pay Ahrens war Landwirt. Der Hof zeigte sich vom Äußeren her schlicht und funktionell, aber aufgeräumt. Es hatte angefangen, leicht zu schneien. Eine dünne Schneedecke, die an eine Schicht Puderzucker erinnerte, überzog das Land.

Vor dem Haus parkte ein Opel Antara. Die Spur im Schnee zeigte, dass er vor Kurzem noch bewegt worden war.

Christoph stellte den Volvo neben dem von einer Schmutzkruste überzogenen Cross-Country ab, dann klopften sie an die Hintertür. Es dauerte eine Weile, bis ihnen eine vollschlanke Frau mit kurzen roten Haaren öffnete.

»Sie kommen wegen dem Toten von der Biike, was?«, fragte sie, nachdem die Beamten sich vorgestellt hatten. »Hab schon gehört, dass Sie hier im Dorf unterwegs sind. Da schnacken alle drüber. Is ja auch 'n Ding. So was!« Sie schüttelte den Kopf. »Komm Sie man rein. Mein Mann is auch da.«

»Jetzt im Winter geht es ein wenig ruhiger bei Ihnen zu?«, fragte Christoph.

»Von wegen. Wir machen nur Milchwirtschaft. Die Kühe kennen kein Unterschied in die Jahreszeit. Zum Glück ist heute viel modernisiert. Kostet ein Vermögen. Aber ohne das könn' Sie nicht überleben.«

Der enge Flur, in dem sie standen, war düster. An einer Garderobenleiste an der Wand hing Arbeitskleidung.

»Pay«, rief die Frau. »Komm mal. Da sind welche, die woll'n was wissen. Wegen dem Toten von der Biike.« Sie öffnete eine Tür. »Geh'n Sie man da rein.«

Christoph sah auf seine schmutzigen Schuhe und den sauberen Teppich des Esszimmers, in das sie gebeten wurden. Frau Ahrens hatte es mitbekommen.

»Macht nichts«, sagte sie. »Das kenn wir hier aufn Hof. Hier wird es immer schietig.« Sie drehte den Kopf ein wenig zur Seite. »Pay. Nun komm.« Die Frau zog zwei hochlehnige Stühle vom Esstisch. »Setzen Sie sich«, forderte sie die beiden Beamten auf. »Woll'n Sie 'nen Kaffee?«

Ohne die Antwort abzuwarten, verschwand sie.

Im Türrahmen stieß sie mit einem groß gewachsenen Mann zusammen.

»Tach«, sagte Ahrens und ließ sich auf der gegenüberliegenden Seite des Tisches nieder. Die Arbeit im Freien hatte ihm eine gesunde frische Farbe verliehen. Tiefe Furchen durchzogen das Gesicht, aus dem eine kräftige Knollennase heraussprang. Alles an dem Mann war massig. Er bekam Christophs erstaunten Blick mit. An der Wand hingen Schwerter, Streitäxte, ein Morgenstern, eine Armbrust und Langbögen. In einer Vitrine fanden sich verschiedene Kreuze auf Samtkissen ausgestellt: das nordische Kreuz, das keltische Kreuz und weitere, die Christoph nicht zuordnen konnte.

»Ein Hobby von mir. Ich beschäftige mich mit der germanischen Geschichte.«

»Wir möchten wissen, ob Ihnen im Zusammenhang mit der Tat auf dem Parkplatz an der Biike etwas aufgefallen ist?«, fragte Christoph.

»Hab davon gehört. War aber nicht da. Wir hier in Runeesby sind zu wenige, um das zu machen. Deshalb kommen ganze Busladungen Fremde hierher. Das ist mir zu viel Rummel. Eine einzige Sauferei.«

»Wir haben schon gehört, dass Sie nicht bei der Biike waren.«

»So?« Ahrens zog eine der buschigen Augenbrauen in die Höhe. »Von Stoffels? Der arbeitet bei Elektro-Ketelsen und war mit einem Kollegen bei uns auf dem Hof. Kurz vor der Biike.«

»Ist Ihnen am Donnerstag oder am Freitag etwas aufgefallen?«, fragte Christoph.

»Was denn?«

»Fremde? Unbekannte Fahrzeuge?«

»Ich steh nun nicht den ganzen Tag am Fenster und lauer darauf, dass was passiert.« Ahrens kratzte sich den Ansatz des lichten Haarschopfes. »Nee. Hier ist im Winter tote Hose. Und im Sommer auch«, schob er hinterher. »Hierher verirrt sich kaum jemand. Ist auch gut so.«

»Nordfriesland lebt vom Tourismus«, warf Christoph ein.

»Aber nicht hier bei uns. Wir wollen unsere Ruhe haben. Obwohl hier viel Platz ist und wir alle weit auseinanderwohnen, ist es im Sommer unerträglich.«

»Was?«, fragte Große Jäger.

»Zweihundert Meter sind es zwischen uns. Zweihundert.« Ahrens hielt den Zeige- und den Mittelfinger in die Luft. »Trotzdem müssen wir uns den ganzen Sommer über diese Negermusik anhören.«

»Die nächsten Nachbarn sind die McCoys«, stellte Christoph fest. »Tyler McCoy ist Jazzmusiker.«

»Jazz. Pah. Negermusik ist das. Bei gutem Wetter tauchen da ganze Heerscharen auf. Weiß der Teufel, wo die herkommen. Die hocken die halbe Nacht auf der Terrasse, und dann geht es wumm-wumm-wumm. Grauenvoll, diese Musik. Das ist Unkultur bis zum Gehtnichtmehr.«

»Jazzmusik ist etwas Fröhliches, Ursprüngliches«, erklärte Christoph. »Wo Musik ist, ist Frieden.«

»Dieser Lärm. Das soll Musik sein? Das kommt direkt aus dem Urwald. Der Neger da drüben –«

»Es entspricht der Political Correctness, nicht mehr von Negern zu sprechen«, belehrte ihn Christoph.

»Man wird rammdösig von diesem Krach. Wir haben nicht nur schöne Tage. Die wenigen muss man nutzen. Und wenn man dann mal draußen sitzen kann, dann geht's wieder bumm-bumm. Der Neg –. Der Typ hat nicht nur in dieses schrille Ding geblasen, sondern auch am Klavier gehockt. Richtig spielen kann er darauf aber nicht.«

»Es sei Ihnen zugestanden, dass Sie Jazz nicht hören mögen. Aber deshalb kann man doch tolerant sein.«

»Ist der Schwarze da drüben tolerant? Warum soll nur ich es sein? Wenn er wenigstens vernünftige Musik machen würde. Es gab mal einen anderen Neger. Ist schon lange her. So ein lustiger mit Seppelhose und Tirolerhut. Der hat Stimmungsmusik gemacht. Wie hieß der noch gleich?«

»Sie meinen Billy Mo.«

»Richtig. Genau der. Das ging ins Blut. Da steppte der Bär, wenn die Platte lief. Aber diese Scheiße hier …«

»Sie haben Streit mit Ihren Nachbarn?«

»So würde ich das nicht sagen. Aber man darf doch mal sagen, dass es einem nicht gefällt. Wir kennen hier so etwas nicht. Warum sollen wir, die hier seit Generationen leben, uns anpassen? Von uns hat die keiner gerufen. Das ärgert mich. Außerdem lassen die ihre Köter immer frei rumlaufen. Ich bin Jäger wie viele Bauern. Wenn ich die mal erwische, dann ...« Ahrens deutete an, als würde er ein Gewehr anlegen und zielen.

»Die Familie McCoy wohnt schon lange in Runeesby«, stellte Christoph fest.

»Da können Sie mal sehen, wie lange wir das schon ertragen müssen.«

»Was sagen Ihre Nachbarn dazu?«

»Heutzutage wagt ja keiner mehr, den Mund aufzumachen. Sie gelten dann gleich als Nazi. Außerdem bekommen die nicht so viel vom Lärm ab. Und überhaupt ... Solche Musik mag hier keiner.«

Frau Ahrens schleppte ein Tablett mit Tassen, Zucker und Kaffeesahne herbei. Beim zweiten Gang brachte sie die Kanne mit und schenkte ein.

»Bewirtschaften Sie den Hof allein?«, fragte Christoph.

Ahrens schüttelte den Kopf, nachdem er schlürfend einen Schluck des heißen Getränks zu sich genommen hatte.

»In ein oder zwei Jahren wird unser Sohn den Betrieb übernehmen. Das wird auch Zeit. Ich habe mein Leben lang geschuftet. Sesselfurzer haben keine Vorstellung davon, wie das schlaucht. Das geht auf die Knochen. Als ich anfing, war das Leben des Bauern noch viel mehr von körperlicher Anstrengung geprägt. Davon haben die jungen Leute keine Vorstellung.«

»Ihr Sohn ist das einzige Kind?«

»Wir haben einen Sohn. Aswin. Der soll den Hof übernehmen. Die Tochter, sie heißt Odila, wohnt jetzt in Schleswig. Das ist auch gut so.« Ahrens beugte sich vor. »Was meinen Sie, wie der Sohn von diesem Schwarzen um unser Haus rumgeschlichen ist. Der war so scharf auf Odila, dass ich ihn fast mit der Schrotflinte verjagen musste.«

»Pay«, fuhr seine Frau dazwischen. »Du übertreibst maßlos. Das ist doch ganz natürlich, dass sich ein junger Mann für ein Mädchen interessiert, zumal sie als Kinder miteinander gespielt haben. Da hattest du nichts gegen.«

»Doch«, sagte Ahrens trotzig und stand auf. »Ich muss wieder was tun. War's das? Wie ich schon sagte – wir haben nichts gesehen. Uns ist nichts aufgefallen.«

»Stimmt«, bestätigte seine Frau zum Abschied und geleitete die Beamten zur Tür.
»Wo finden wir Ihren Sohn?«, fragte Christoph. »Vielleicht hat der eine Beobachtung gemacht.«
Frau Ahrens senkte die Stimme, damit ihr Mann es nicht mitbekam. »Der ist beim alten Thurow und hilft ihm. Das darf Pay aber nicht wissen. Sonst wird er wieder knatschig. Wenn Sie hier die Straße runterfahren, linksrum. Können Sie gar nicht verfehlen.«

»Ahrens hat sich sehr abfällig über die Jazzmusik geäußert. Er hat auch erwähnt, dass sich unter den Einwohnern kaum jemand fände, der sich für Jazz begeistern würde«, sagte Christoph auf dem Weg zum Auto. »Tyler McCoy dürfte weit und breit der einzige Vertreter dieser Musikrichtung sein.«
»Natürlich.« Große Jäger war abrupt stehen geblieben. »Der Präsident vom Jazzclub Louisiana Café hat auch gesagt, dass ihm in dieser Gegend keine Clubmitglieder bekannt sind. Außer Tyler McCoy. Und an der Biike haben wir den Button des Clubs gefunden. Wer trägt so etwas?« Es entstand eine kurze Pause. Dann sah der Oberkommissar Christoph mit großen Augen an »Du meinst doch nicht etwa …?«
»Wir dürfen diese Möglichkeit nicht ausschließen.«

Auch ohne Anschrift fanden sie das gesuchte Haus. Vor der Tür stand ein älterer Mercedes mit einem einachsigen Anhänger. Ein jüngerer Mann mit einem wild aussehenden Spitzbart sah auf, als sie vor dem Gespann hielten. Er stemmte die Hände in die Hüfte und blickte ihnen erwartungsvoll entgegen.
»Moin, Polizei Husum«, sagte Christoph. »Herr Ahrens?«
Er nickte stumm.
»Ihre Mutter hat uns verraten, wo wir Sie antreffen können.« Christoph warf einen Blick in den Anhänger. Dort hatten sich allerhand Gegenstände angesammelt. Es waren Kuriositäten, die aber nicht wie Sperrmüll aussahen. Holzschnitzereien, Masken, Speere, Schilde.
»Räumen Sie ein Museum aus?«, fragte Große Jäger.
»Ich helfe nur.«

»Wem gehören die Sachen?«

»Einem Nachbarn.« Er zeigte auf das ältere Siedlungshäuschen im Hintergrund. »Herrn Thurow.«

»Waren Sie beim Biikebrennen?«, wollte Christoph wissen.

Der junge Ahrens nickte. »Klar. Das ist doch Pflicht für einen Nordfriesen.«

»Ihr Vater sieht das anders.«

»Sein Ding.«

»Haben Sie während der Biike, in der Zeit davor oder am Vortag etwas Auffälliges bemerkt? Ortsfremde? Ungewöhnliche Fahrzeugbewegungen?«

»Nein. Nichts. Ich bin Mitglied der Freiwilligen Feuerwehr Rodenäs. Ich war an beiden Tagen nicht unterwegs. Ausgenommen zur Biike. Sonst habe ich mich auf dem Hof aufgehalten.«

»Wann sind Sie zur Biike gefahren?«

»Ich war irgendwann zwischen fünf und halb sechs da. So genau weiß ich das nicht mehr.«

»Kann das jemand bestätigen?«

»Was soll das denn?« Empörung zeichnete sich auf seiner Miene ab. »Was wollen Sie damit sagen?«

»Wir suchen Zeugen. Das Mordopfer ist schließlich nicht allein dorthin marschiert«, sagte Große Jäger. »Vielleicht wurden die Täter gesehen?«

»Von mir? Das ist doch hirnrissig.«

»Wir müssen alle in Frage kommenden Leute aufsuchen. Jeder könnte etwas gesehen haben, ohne sich über die Bedeutung der Beobachtung im Klaren zu sein.«

»Ich war das nicht. Ich meine, der etwas gesehen hat.«

»Wen haben Sie an der Biike angetroffen?«, fragte Christoph.

»Verstehe ich nicht«, sagte Ahrens.

»Als Sie kamen – wer war schon da? Wer hat Sie gesehen?«

»Weiß ich nicht mehr. Mensch, das ist stockfinster um die Zeit. Sie stellen das Auto irgendwohin und latschen los. Die ersten Busse waren schon da, überall stehen Leute. Am Bierstand ist Betrieb. Da achtet man doch nicht drauf, wem man zuerst begegnet.«

»Da war also schon ordentlich was los«, sagte Große Jäger.

»Hab ich doch erzählt. Sonst noch was?« Er drehte sich um und stapfte in Richtung des Hauses. Die beiden Beamten folgten ihm und riefen »Hallo«, als der junge Mann durch die offene Tür ins Innere verschwand.

Niemand antwortete. Sie betraten den Flur und hörten Stimmen aus einem der Räume. Nach einem nochmaligen »Hallo« tauchte ein älterer Mann mit einem schneeweißen Bürstenhaarschnitt auf. Er sah sie verwundert an.

»Herr Thurow? Wir sind von der Husumer Polizei.« Christoph stellte sich und Große Jäger vor. Dann erläuterte er den Grund ihres Besuchs.

»Unfassbar. Ich habe davon gehört«, sagte Thurow mit fester, wohlklingender Stimme.

»Waren Sie auch beim Biikebrennen?«

»Ich?« Es klang eine Spur Empörung in der Frage mit. »Sind Sie mit dem Hintergrund dieses Brauchs vertraut? Sie erwarten nicht von mir, dass ich dem heidnischen Ursprung huldige?«

»Das ist nordfriesische Tradition«, erklärte Christoph. »Am *Piddersdai*, also am Petritag, wird die Biike entzündet. Dieser harmlose Brauch hat inzwischen auch im Binnenland und vereinzelt an der Ostseeküste Einzug gehalten, auch wenn dort die kulturelle Überlieferung fehlt.«

»Die Menschen vergessen immer mehr unsere christlichen Wurzeln. Viele wissen nicht mehr, warum wir Ostern feiern, und Pfingsten ist zu einem Fest mit einem zusätzlichen freien Tag degeneriert. Dagegen wird Halloween groß begangen, aber Fronleichnam nimmt man hier im Norden überhaupt nicht mehr wahr. Wo soll das noch hinführen?« Es wirkte einen kurzen Moment so, als würde er ausspeien wollen. »Es ist ja nicht nur ein harmloser Spaß, wenn die jungen Leute eines Dorfes versuchen, die Biike des Nachbarortes vorzeitig zu entzünden. Noch schlimmer ist das Verbrennen des Petermännchens. Damit ist der Papst gemeint, also das Petrus-Amt. Mit diesem symbolischen Akt wird der christliche Glaube abgelehnt. Wussten Sie, dass am 22. Februar, also dem Tag nach diesem barbarischen Brauch, die katholische Kirche das Fest *Kathedra Petri* begeht? Das bedeutet ›Stuhl Petri‹ und zielt auf die Vorrangstellung des Lehramts ab. Die Verbrennung des

Petermännchens ist eine reine Verhöhnung des Petrus-Amtes. Das soll ich gutheißen?«

»Man sagt auch, dass mit dem Petermännchen der Winter ausgetrieben werden soll«, erklärte Christoph.

»Das sind Versuche, die Verleumdung der Kirche zu mindern. Warum unternimmt niemand etwas dagegen? So verwerflich es auch ist, einen Menschen in der Biike zu verbrennen, ich betone ausdrücklich, dass diese Sünde durch nichts zu rechtfertigen ist – durch nichts! –, so hoffe ich doch, dass diese schändliche Tat zum Nachdenken anregt und man zumindest hier auf eine Fortsetzung des heidnischen Brauchtums verzichtet.«

»Sie stammen nicht aus der Gegend?«, schaltete sich Große Jäger ein.

»Nein. Ich bin vor vier Jahren hierhergezogen, um meinen Frieden vor Gott und mit mir selbst zu finden.«

»Gibt es einen triftigen Grund dafür?«, fragte Christoph vorsichtig.

»Ja«, sagte Thurow und hielt Ahrens am Ärmel fest, der die nächsten Gegenstände hinaustragen wollte. »Darüber muss ich noch einmal nachdenken«, sagte er in herrischem Tonfall.

Ahrens stellte die geschnitzte Holztruhe wieder ab.

»Das reicht für heute.« Immerhin schob Thurow noch ein »Danke« zwischen den halb geschlossenen Zähnen hervor.

»Tschüss«, verabschiedete sich der junge Mann.

»Auf Wiedersehen.«

Christoph horchte auf. Kaum jemand sprach so. Thurow stammte nicht von hier. Mit müden Schritten ging der alte Mann voran und führte sie in einen anderen Raum. Hier wirkte alles düster. Dunkles, fast schwarzes Holz herrschte vor. Hinter den Fenstern einer Glasvitrine standen Bücher mit Golddruck auf dem Rücken. In einem Bücherregal waren weitere Bücher aufgereiht. Irgendwie schien die Zeit in diesem Zimmer stehen geblieben zu sein. Bibeln in mehreren Ausfertigungen, das Neue und das Alte Testament, der Katechismus, aber auch ledergebundene Bände zur Philosophie prägten das Bild. Ein alter Schreibtisch stand gegen die Wand geschoben, in der Mitte des Raums war ein runder Tisch mit geschwungenen Beinen platziert, dessen Platte von einer weißen

Decke bedeckt war, die mit einer geklöppelten Borte umsäumt war. Die vier Stühle mit dunkelgrünem Samtbezug wirkten, als würde eine Staubwolke emporsteigen, wenn man sich darauf niederließ. Besonders eindrucksvoll war das große Kreuz mit einer holzgeschnitzten Christus-Figur.

»Sie haben einen engen Bezug zu Ihrem Glauben?«, stellte Christoph fest.

»Wundert Sie das? Erwarten Sie von einem Geistlichen etwas anderes?«

»Entschuldigen Sie«, sagte Christoph. »Das war mir nicht bekannt. Sie sind emeritierter katholischer Pfarrer? In welcher Gemeinde haben Sie gewirkt?«

»Die kennen Sie nicht.«

»Welchen Bezug haben Sie zu Naturvölkern? Haben Sie in Übersee missioniert?« Christoph dachte an die exotisch wirkenden Gegenstände, die der junge Ahrens aus dem Haus getragen hatte.

Thurow funkelte Christoph an. In seinen Augen blitzte es auf. »Was verstehen Sie unter Naturvölkern? Ist es die Dekadenz der Europäer, die glauben, in anderen Teilen der Welt würden noch Wilde herumlaufen? Und unter ›Übersee‹ versteht man Teile der Erde, die durch große Ozeane vom alten Europa getrennt sind.«

»Ich kenne nicht die Bedeutung der einzelnen Gegenstände, die Sie haben fortschaffen lassen. Haben manche davon eine spirituelle Bedeutung? Das widerspräche Ihrer Religion. Sie waren also in Afrika.«

»Das ist nicht schwer zu erraten. Und die ›spirituellen Gegenstände‹, wie Sie es nannten … Kann das nicht auch Volkskunst sein?«

»Der Begriff ›Kunst‹ ist nicht eindeutig definierbar«, mischte sich Große Jäger ein. »Es liegt sicher im Auge des Beschauers. Ist nicht manches von dem, was bei uns Kunst genannt wird, interpretationsbedürftig? Die Mona Lisa erfüllt jeden Betrachter mit Ehrfurcht. Bei mancher Gegenwartskunst ist auch mit Erläuterungen nichts erkennbar.«

Thurow nickte versonnen. »Ein weites Feld, über das sich vortrefflich streiten ließe.« Er wechselte den Blick und sah Christoph an. »Wer versteht etwas von Afrika? Niemand denkt darüber nach, dass dort vermutlich die Wiege der Menschheit stand. Wie klein ist Europa? Wenn Sie den riesigen europäischen Anteil Russlands an Europa einbeziehen, ist Afrika dennoch drei Mal so groß. Wieso maßen wir uns an, überlegen zu sein?«

»Ich verstehe, dass jemand der Faszination des Schwarzen Kontinents erliegt, wenn er dort gelebt hat. Wie lange waren Sie da?«

»Fünfunddreißig Jahre.«

»Und wo?«

»In Nyamlell.«

Die beiden Polizisten wechselten einen ratlosen Blick. Thurow bemerkte es und lächelte verschmitzt.

»Das ist ein Ort im Nordwesten des Bundesstaates Northern Bahr el Ghazal. Das wiederum liegt im Südsudan.« Der Geistliche beugte sich vor. »Sie kennen die Geschichte des Südsudans? In einem blutigen Bürgerkrieg hat man sich die Unabhängigkeit vom Sudan erkämpft. In diesem Bundesstaat leben mehrheitlich die Dinka, ein schwarzafrikanisches Volk, das sich zum Christentum bekennt. Christliche Organisationen haben sich wesentlich am Freikauf der Sklaven beteiligt.«

»Das ist lange her«, warf Große Jäger ein.

Thurow erhob den Zeigefinger. »Irrtum. Über die nahe Grenze des Sudans kommen Sklavenjäger und entführen die Dinka. Die Schwarzafrikaner sind bei den arabischstämmigen Bewohnern des Sudans verhasst. Die Araber sind Muslime. Sie verachten die Dinka wegen der Hautfarbe und der Zugehörigkeit zum Christentum.«

»Das war eine schwierige Mission. Wie kommt es, dass Sie sich für Afrika interessiert haben?«

Thurow bewegte seinen Oberkörper hin und her. »Mein Platz ist da, wo meine Kirche mich hinstellt.«

»Und welcher Weg hat Sie in diese abseits gelegene Region geführt?«

Der Geistliche lachte bitter auf. »Sie haben wirklich keine Ahnung. So faszinierend Afrika ist, so lebensfeindlich kann es sein. In jeder Hinsicht. Wenn Sie den falschen Leuten in die Hände fallen, zählt ein Leben nichts. Das Klima, die mangelnde Gesundheitsfürsorge, Krankheiten, deren Namen Sie noch nie gehört haben, eine unvorstellbare Armut, Clankämpfe … Ich bin jetzt zweiundsiebzig und habe ziemlich viel durchgemacht und auch überstanden. Für mich ist der Sudan nichts mehr. So berauschend das Land auch ist, man muss auch loslassen können, akzeptieren, dass es ein Ende gibt.«

»Das erklärt aber nicht, weshalb Sie sich ausgerechnet Runeesby als Altersruhesitz ausgesucht haben. Hier ist doch – nichts. Einfach gar nichts.« Große Jäger zog fragend eine Augenbraue in die Höhe.

»Meine Herren! Sind Sie hergekommen, um mit mir zu diskutieren, wie und wo ich leben möchte?«

»Wir suchen Zeugen, denen etwas Außergewöhnliches aufgefallen ist. Unbekannte Fahrzeuge, Fremde. Oder auch innerhalb der Dorfgemeinschaft.«

»Mir sind keine Auswärtigen aufgefallen, weder Leute noch Fahrzeuge.«

»Und sonst?«

Erneut erschien der spöttische Zug um die Mundwinkel. »Wenn Sie sich einen Priester auswählen, um ihn über seine Mitbewohner auszufragen, dann liegen Sie falsch.«

Große Jäger lachte. »Es geht hier nicht um das Beichtgeheimnis. Oder?« Der Oberkommissar schüttelte den Kopf. »Nein«, stellte er mit Entschiedenheit fest. »Von den Einheimischen gehört niemand zu Ihrer Fakultät. Wenn sich hier jemand zum Christentum bekennt, dann ist er Lutheraner.«

Thurow wollte aufstehen, doch Christoph bedeutete ihm mit einer Handbewegung, sitzen zu bleiben.

»Eine letzte Frage. Zu Ihren Nachbarn gehört ein dunkelhäutiger Amerikaner.«

»Der Musiker?«

»Kennen Sie ihn? Haben Sie Kontakt miteinander?«

Jetzt stand der Geistliche auf. »Ich habe zu niemandem Kontakt. Ich bin mit mir selbst und meinem Leben ausgelastet.«

»Wenn Ihnen noch etwas einfällt –«, setzte Christoph an, aber Thurow unterbrach ihn.

»Ich bin nicht dement und habe nichts vergessen, was es zu sagen gegeben hätte. Auf Wiedersehen, meine Herren.« Er begleitete die beiden Polizisten bis zur Haustür.

»Ein merkwürdiger Kauz«, stellte Große Jäger fest, als sie wieder im Auto saßen.

»Das wird er von uns auch behaupten«, erwiderte Christoph. »Ich frage mich aber, warum Thurow sich von den sogenannten Kunstgegenständen trennt, die er schließlich aus Afrika bis hierher geschleppt hat. Es sind Erinnerungen an sein Leben. Weshalb müssen die plötzlich weg?«

Große Jäger zeigte mit dem Daumen über die Schulter. »Frag ihn doch. Für mich ist er genauso rätselhaft wie das Alte Testament. Übrigens …« Er schlug Christoph auf den Oberschenkel, dass der zusammenfuhr. »So ganz zufrieden war Gott mit seinem Sohn nicht?«

»Ist das jetzt Gotteslästerei?«, fragte Christoph.

»Na ja. Warum hat Gott ein *Neues* Testament geschrieben? Und nun – lass mich raten. Jetzt fahren wir noch mal zu Frau McCoy?«

Christoph nickte und steuerte das Haus der Familie an.

Monika McCoy sah sie irritiert an, als sie öffnete. Sie war mit einem unifarbenen Hausanzug bekleidet und hatte Notenblätter unter den Arm geklemmt.

»Sie machen auch Musik?«, fragte Christoph.

Sie nickte. »Ich bin Kirchenmusikerin. Auf Honorarbasis. Die kleineren Gemeinden müssen sparen. Das geht oft zulasten der Musik. Ich leite noch zwei Chöre und vertrete sonntags im Gottesdienst. Gern hätte ich eine eigene Karriere als Organistin gestartet, habe aber zugunsten der Familie und der Entwicklung meines Mannes darauf verzichtet.«

»Hmh«, antwortete Christoph. Zu oft hatte er diese Argumentation gehört. Manchmal fügten Frauen noch an: »Ich bin *nur* Hausfrau und Mutter.«

Als hätte Frau McCoy seine Gedanken geahnt, fuhr sie fort: »Ich habe ein anderes Talent entdeckt, als die Kinder noch klein waren. Die beiden waren ganz begierig darauf, vor dem Zubettgehen noch eine Geschichte erzählt zu bekommen. Ich habe manche Episoden aufgeschrieben und illustriert. Irgendwann konnte ich einen Verlag dafür begeistern.«

Christoph glaubte, sich vage erinnern zu können. »Sie haben die Bücher unter Ihrem Namen veröffentlicht?«

»Ja«, hauchte sie.

»Ich habe davon in der Zeitung gelesen und Ihre Bücher auch schon in der Buchhandlung entdeckt. Irgendetwas mit einer Zaubertrompete. Oder?«

Ein leichter Rotschimmer aus Verlegenheit huschte über ihre Wangen.

»›Der schwarze Mann mit der Zaubertrompete‹. Ich scheine damit die Kleinen zu erreichen. Andererseits musste ich auch viel Spott ertragen.«

»Der Erfolg spricht für Sie.«

»Na ja«, erwiderte sie. »Niemand nimmt mir ab, dass ich bei diesen Geschichten zunächst überhaupt nicht an meinen musizierenden Mann gedacht habe. Auch Tyler nicht. Erst als die Schmähungen über uns ausgeschüttet wurden, fiel es uns wie Schuppen von den Augen. Ich hatte gedacht, Tyler würde verletzt sein.«

»Und? War er?«

Ein erfrischendes Lachen zeichnete sich auf ihrem Antlitz ab. »I wo. Er hat mich in den Arm genommen und mir Mut zugesprochen. Dank seiner Reaktion habe ich alle Bedenken über Bord geworfen und weitergemacht. Selbst als später im Internet Fälschungen meiner Illustrationen kursierten. Irgendjemand hatte der Figur des schwarzen Mannes Tylers Gesichtszüge verpasst und den Text diskriminierend verändert.« Für einen kurzen Augenblick hielt sie inne, als würde sie alles noch einmal Revue passieren lassen. Dann gab sie sich einen Ruck. »Sie sind aber aus einem anderen Grund hier.«

»Hat sich Ihr Mann inzwischen gemeldet?«, fragte Christoph.

»Ich hatte Ihnen doch gesagt, dass er sein Handy vergessen hat. Das kommt öfter vor. Tyler ist kein Kommunikationsjunkie.«

»Können Sie ihn nicht auf einem anderen Weg erreichen?«

»In unserer Lübecker Wohnung haben wir keinen Telefonanschluss. Und Tyler mag es nicht, wenn jemand in der Hochschule anruft. Dort will er nicht gestört werden.«

»Wann erwarten Sie Ihren Mann zurück?«

»Zum Wochenende.« Sie wurde stutzig. »Sagen Sie, was soll das bedeuten? Was geht hier vor?«

»Wir machen unsere routinemäßige Polizeiarbeit«, schaltete sich

Große Jäger ein. Es klang beschwichtigend. Frau McCoy schien es nicht zu erreichen.

»Muss ich mir Sorgen machen?«

»Sie wissen, dass wir alle Bewohner Runeesby befragen, ob ihnen etwas aufgefallen ist. Deshalb würden wir gern mit Ihrem Mann sprechen. Vielleicht hat er etwas bemerkt«, sagte der Oberkommissar.

Monika McCoy atmete tief durch.

»Das kann ich mir nicht vorstellen. Tyler ist weltfremd. Ein Träumer. Er vergisst regelmäßig seine Umwelt. Wenn er mit seinen Gedanken abgetaucht ist, weiß ich, er darf nicht angesprochen werden. Dann ist sein Innerstes voll Musik.«

»Frau McCoy«, setzte Große Jäger an. »Können wir –?«

»Danke«, fuhr Christoph dazwischen. »Es ist alles in Ordnung.« Die Frau war ohnehin irritiert. Würden sie jetzt noch nach einem Gegenstand für eine DNA-Probe fragen, würden sie Ängste bei Monika McCoy schüren.

Als sie an der Garderobe vorbeikamen, fragte Große Jäger beiläufig: »Ist Ihr Mann frankophil?«

»Nein. Wie kommen Sie darauf?«

Christoph hatte seinen Kollegen sofort verstanden. »New Orleans. Die Stadt des Jazz. Da gibt es doch viele französische Einflüsse.«

»Ach so. New Orleans lässt Tyler nicht los. Manchmal überkommt es ihn. Dann trinkt er Rotwein, jagt durch die Geschäfte, bis er französischen Käse gefunden hat, und nach der zweiten Flasche setzt er sich die Baskenmütze auf.« Monika McCoys Blick wurde schwärmerisch. »All das ist Tyler. Beschwingt. Nachdenklich. Fröhlich. Liebevoll. Und voller Musik.«

Christoph stolperte und sah auf seine Schuhe. »Ich dachte, mein Schuhband ist offen«, sagte er und bückte sich. Die Frau tat einen halben Schritt zurück und deutete ein Bücken an, als sie ebenfalls auf Christophs Schuhe sah.

»Doch nicht«, sagte Christoph, bevor sie gingen.

Im Auto grinste ihn Große Jäger an.

»Du hast eigenwillige Ermittlungsmethoden«, sagte Christoph.

»Die klappen aber nur, wenn du mitmachst.« Dann ließ der

Oberkommissar die Baskenmütze, die er von der Garderobe entwendet hatte, auf dem Rücksitz verschwinden.

Während Große Jäger dafür sorgte, dass die Mütze zur Forensik nach Kiel expediert wurde, rief Christoph in der Lübecker Musikhochschule an und verlangte, Basilius Kühirt zu sprechen.

»Der Herr Professor ist gerade im Kurs. Da können wir in keinem Fall stören. Kann er zurückrufen?«

Eine Stunde später meldete sich Professor Kühirt. Er sprach mit einem unverwechselbaren Schweizer Dialekt, so als hätte er das Halsbonbon Ricola persönlich erfunden.

»Wir hätten gern mit Tyler McCoy gesprochen«, sagte Christoph.

»Was wollen Sie denn von ihm?«, antwortete Kühirt mit einer Gegenfrage.

»Es wäre uns lieb, wenn wir das mit Herrn McCoy persönlich erörtern könnten.«

»Dann machen Sie es. Weshalb rufen Sie mich an?«

»Tyler McCoy hat sein Handy zu Hause vergessen. Seine Frau sagte, wir könnten ihn nur über Sie erreichen.«

»Ich würde Ihnen ja gern weiterhelfen, aber Tyler ist im Moment nicht zu sprechen.«

»Wie erreichen wir ihn?«

»Das – das weiß ich auch nicht. Ich bin enttäuscht. Wir waren verabredet und wollten ins Studio, um eine Jamsession aufzuzeichnen. Es sonst nicht seine Art, Verabredungen zu schwänzen. Schön, manchmal vergisst er etwas. Aber irgendwann fällt es ihm wieder ein, und er kommt dann atemlos angehastet, um sich zu entschuldigen. Dieses Mal ist er einfach weggeblieben.«

»Sie haben seiner Frau doch gesagt, er wäre bei Ihnen in Lübeck.«

»Ja ... ähm. Das war ein Missverständnis. Ich habe Monika erzählt, wir wären fast im Studio. Ich war davon ausgegangen, dass Tyler in den nächsten Minuten kommen würde. Nun sagen Sie endlich, weshalb Sie so merkwürdige Fragen stellen.«

»Ich hatte Ihnen schon erklärt, dass wir mit Herrn McCoy sprechen möchten.«

Professor Kühirt war plötzlich aufgebracht. Temperamentvoll

drang er darauf, dass Christoph ihm die Wahrheit offenbarte. »Ich glaube Ihnen nicht.«

»Wir wissen auch nichts.« Das entsprach den Tatsachen. »Wenn Tyler McCoy bei Ihnen auftaucht, richten Sie ihm bitte aus, er möge sich umgehend bei uns melden«, bat Christoph.

Es war merkwürdig, dass plötzlich drei Menschen verschwunden waren. Jesper Kragh war noch nicht aufgetaucht, der plötzlich aus der Dachkammer Hottenbecks abgetauchte Unbekannte, vermutlich ein syrischer Asylbewerber auf dem Weg nach Skandinavien, und Tyler McCoy, der sein Ziel, die Lübecker Musikhochschule, noch nicht erreicht hatte.

Christoph beschloss, nach Lübeck zu fahren, da eine gezielte Fahndung nach den anderen beiden nicht möglich war.

»Das besagt aber nicht, dass es sich bei dem Opfer nicht um ein weiteres handeln könnte, von deren Existenz beziehungsweise Verschwinden wir noch nichts wissen«, gab Große Jäger zu bedenken. »Es gibt heute viele Menschen, die allein und ohne soziale Kontakte leben. Da fällt es womöglich lange nicht auf, wenn die nicht mehr präsent sind. Nicht für jeden wird eine Vermisstenanzeige aufgegeben.«

Anschließend nutzte der Oberkommissar die fast zweihundert Kilometer Fahrt, um schon an der Husumer Stadtgrenze sanft zu entschlummern. Er bekam nicht mit, wie sich Christoph auf der Bundesstraße bis Schleswig in eine Schlange hinter zwei Lkw einreihen musste, die wiederum durch einen vorausfahrenden Trecker gebremst wurden. Etwas zügiger ging es auf der Autobahn voran, bis die marode Rader Hochbrücke erneut den Verkehrsfluss stoppte. Die nächste Baustelle kam bei Neumünster, bevor es gefühlt »tagelang« im Überholverbot nach Bad Segeberg ging.

Hier wurde der Oberkommissar wach.

»Ah«, stellte er fest. »Die berühmte Kreuzung.« Er fuhr sich über die Bartstoppeln. »Hier wächst jedem ein Bart, bis man durch Bad Segeberg durch ist. Mit der Autobahn drum herum wird es vorerst nichts, da die Piste durch die Einflugschneise der Fledermäuse führt.« Er räkelte sich im Sitz zurecht. »Entweder sind die Straßen marode oder gar nicht gebaut. Wie lautetet der Slogan Schleswig-Holsteins? ›Das Land der Horizonte‹. Wohin du siehst – Bruch.

Wie gut, dass der Ministerpräsident keine Haare hat. Die müsste er sich sonst ständig raufen.«

»Das Land unterhält einen so teuren Polizeiapparat, dass man sich nichts anderes leisten kann«, lästerte Christoph.

»Darum werden wir immer weniger. Man müsste Beamter in Bayern sein.«

»Da scheitern wir beide an der sprachlichen Aufnahmeprüfung.«

Christoph verließ die Autobahn an der Abfahrt Mönkhagen, um sich den weiten Bogen zu sparen, der südlich um Lübeck herumführte. Ab Stockelsdorf herrschte lebhafter Verkehr. Nach dem Überqueren der Gleise nahe dem Hauptbahnhof fädelte sich Christoph im Kreisverkehr Richtung Zentrum ein.

Vor ihnen tauchte das berühmte Holstentor auf, ein nahezu ebenso imposantes Bauwerk wie der Kölner Dom. Zu DM-Zeiten zierte es den Fünfzig-Mark-Schein. Das spätgotische Bauwerk ist nicht nur das Wahrzeichen der Mutter aller Hansestädte, es findet sich auch seit fast hundert Jahren im Emblem des Deutschen Städtetages.

Große Jäger sah interessiert aus dem Fenster.

»Als Kieler wirst du mir nicht zustimmen, aber Lübeck hat einen besonderen Charme. Dir und deinen Artgenossen haben die Lübecker nie verziehen, dass ihr Landeshauptstadt geworden seid.«

»Das verdanken wir dem marienvernarrten Kaiser Wilhelm. Aber auch den Herzögen, die sich nie mit dem freien Bürgertum der Hansestadt anfreunden konnten. Vor über dreihundertfünfzig Jahren hat Herzog Christan Albrecht die Universität gegründet.«

»Das klingt sehr stolz, aber Lübeck verfügt auch über eine renommierte Hochschule. Die Lübecker Mediziner genießen einen exzellenten Ruf. Und was haben zu Zeiten der dänischen Herrschaft die patriotischen Nordmänner gesagt? ›Lüge ist auch eine Wissenschaft, sprach der Teufel. Er studierte in Kiel.‹«

Sie überquerten die Trave. Zuvor hatte Christoph nach rechts gezeigt. »In diesen alten Gemäuern befindet sich ein Textilkaufhaus, in dem meine Ex immer gern eingekauft hat.«

»Gibt es da auch junge Mode?«, fragte Große Jäger. »Die Häuser sehen historisch aus. Ich interessiere mich mehr für die andere Seite der Trave. Im Sommer herrscht da Hochbetrieb. Kneipen und Restaurants, Außengastronomie, man sieht etwas und wird gesehen. Außerdem fahren dort die Rundfahrtschiffe ab.«

Christoph steuerte das Parkhaus Mitte an und reihte sich in die kurze Warteschlange ein. Von dort waren es nur wenige Schritte bergab in die Große Petersgrube. Der kopfsteingepflasterte Weg führte an der Petrikirche vorbei, die mit ihrem schlicht in Weiß gehaltenen Inneren und der Kunstausstellung nicht jedermanns Zuspruch mehr fand. Die Seitengasse Kolk gewährte einen schnellen Blick auf ein historisches Stück Innenstadt.

Die Musikhochschule versteckte sich in mehreren stilvoll sanierten Gebäuden, die alle unter Denkmalschutz standen. Sie passte sich damit dem Ambiente der Umgebung an. Ein sehenswertes altes Kaufmannshaus löste das nächste ab. Die alten Gaslaternen nachempfundenen Lampen hatten ebenso Stil wie das neu eingefügte Gebäude vis-à-vis der Bäckerei. Nebenan wehte vor der Pizzeria fröhlich die italienische Flagge, während zwei Etagen darüber der rustikale Rotklinker des Treppengiebels faszinierte.

Der Haupteingang zur Musikhochschule war eher unauffällig, wenn man davon absah, wie prachtvoll das Haus mit der vanillefarbenen Fassade mit den kleinteiligen Fenstern restauriert worden war. Nur zwei unscheinbare Blechschilder kündeten von der Verwendung des Hauses. Zum Glück wurde der Blick von den Gebäuden mit ihren wunderbaren geschnitzten Türen eingefangen und fiel nicht auf die offenbar nur aus Teerflicken bestehenden Fußwege.

Die Musikhochschule hatte sich auch an anderen Plätzen Lübecks ausgebreitet. Nicht nur hier, sondern auch in der Holstentorhalle oder in der klassizistischen Eschenburgvilla war sie präsent.

Im Sekretariat war man behilflich, Professor Kühirt ausfindig zu machen.

Das Alter des Professors war schlecht einzuschätzen. Mit Sicherheit hatte er die sechzig überschritten, auch wenn er sich mit seiner schlanken Gestalt elastisch bewegte. Die Jeans mit den modischen Löchern passte ebenso zu ihm wie die Mokassins an den Füßen. Die Ärmel des saloppen Sporthemdes waren hochgerollt, aus dem weit geöffneten Kragen quollen grauweiße Brusthaare hervor. Die langen Haare, in gleicher Farbe wie die Brustbehaarung, waren zu einem Pferdeschwanz gebunden, der hinten über den Hemdkragen wippte. Zum jugendlich frischen Design passten auch die diamantenen Ohrsticker. Lediglich die Falten, die sich tief ins Gesicht gegraben hatten, unterschieden ihn im Aussehen von seinen Studenten.

Professor Kühirt vermied es, den beiden Polzisten die bemerkenswert schlanke Hand zu reichen.

»Grüezi«, sagte er mit unverkennbarem Schweizer Dialekt. »Sie sind diejenigen, mit denen ich telefoniert habe?«

»Mit mir«, bestätigte Christoph. »Hat sich Tyler McCoy inzwischen bei Ihnen gemeldet?«

»Der bekommt etwas zu hören«, schimpfte Kühirt und wurde sogleich ernst, als Christoph erklärte, dass McCoy nirgendwo aufgetaucht sei.

»Haben Sie es schon bei ihm in der Lübecker Wohnung versucht?«, fragte der Musikprofessor, um anzufügen: »Er hat eine Bleibe in der Fleischhauerstraße. Das ist ganz hier in der Nähe. Wenn Sie möchten … Ich habe einen Schlüssel für das Apartment. Moment.« Er wartete die Antwort nicht ab und kehrte kurz darauf mit einem Schlüsselbund zurück. »Einer passt für das Treppenhaus, der zweite für die Wohnung.«

Christoph sah auf die Schlüssel. »Sie sind gute Freunde?«, fragte er.

Professor Kühirt nickte heftig. »Mehr als das. Geben Sie den Schlüssel im Studiensekretariat ab.«

Große Jäger protestierte heftig, als Christoph zu Fuß zu McCoys Wohnung ging. Heute eilten nur Einheimische durch die historische Altstadt. Die zahlreichen Besucher, die im Sommer das Weltkulturerbe besuchten, blieben um diese Jahreszeit fern. Sehnsuchtsvoll blickte Große Jäger auf das legendäre Stammhaus Niederegger mit dem Café. Er ließ dafür sogar das alte Rathaus mit der berühmten Fassade unbeachtet. Der Treppenaufgang und die Rundbogen fesselten die Blicke der Besucher.

Sie bogen in die Fleischhauerstraße ab, passierten das in wirtschaftliche Not geratene Kaufhaus und unterschritten das Banner mit dem Straßennamen. Hinter der Königstraße führte ein schmaler

Eingang in die sich dahinter versteckende moderne Welt einer großen Buchhandlung.

Die Geschäfte dieser urigen Innenstadtstraße waren nicht von den großen Ketten geprägt. Apotheke, Tattoostudio und eine Suppenküche gegenüber McCoys Wohnung waren typisch für diesen Teil der Stadt. Direkt neben der Geschäftsstelle der Verbraucherzentrale befand sich die gesuchte Adresse. Der Perlenladen »Glücksfieber« ließ kaum Platz für den Hauseingang, den man leicht mit einer Toreinfahrt verwechseln konnte. Darüber schloss sich die kunstvoll gestaltete Fassade an. Eine von vielen in Lübeck.

Im kleinen Flur der Wohnung stand eine Anrichte, in deren Schubladen ein paar Handschuhe, Papiertaschentücher und der Plan der Müllabfuhrtermine lagen. Außerdem fanden sie einen Auszug der Bahnverbindungen von Lübeck nach Niebüll.

»Das ist ganz schön kompliziert, einmal quer durch das Land zu reisen«, stellte Große Jäger nach einem Blick darauf fest.

Die Küche maß nur wenige Quadratmeter. Eine Einbaufront aus weißem Kunststoff, eine Spüle, der Kühlschrank, zwei Kochplatten und ein Hängeschrank, in dem ein wenig Geschirr, aber auch Tee, Kaffee, Zucker und andere Kleinigkeiten aufbewahrt wurden.

Im Wohnzimmer stand eine Schlafcouch. Christoph zeigte auf die untere Seite, aus der Bettzeug aus einem Spalt hervorlugte. Das Bett war oberflächlich gemacht. Ein Esstisch mit zwei Stühlen, ein Schrank mit wenigen Kleidungsstücken und ein Sideboard, in dem drei Rotweinflaschen standen. Auf dem Möbel lagen Noten. Und CDs.

Christoph warf einen Blick darauf. »Alles Jazz.«

Sie waren nicht überrascht, als sie eine Posaune und ein Cornett vorfanden. Insgesamt war die Wohnung schlicht möbliert. Sie war nicht unordentlich, aber auch nicht akribisch aufgeräumt. Nirgendwo gab es Anzeichen, dass Tyler McCoy die Räume überraschend und unvorbereitet verlassen hatte. Ebenso wenig war sein Koffer aufzufinden, mit dem er seine Wohnung in Runeesby verlassen hatte.

Die beiden Beamten klingelten an den Türen der Mitbewohner. Nicht jeder war erreichbar.

»Kennen Sie Herrn McCoy?«

»Ich weiß nicht, wie er heißt, aber meinen Sie den schwarzen Musiker?«

»Ja.«

»Den kennt hier jeder Bewohner. Natürlich fällt er auf.« Der Mann beugte sich ein wenig vor und sprach leiser. »Wegen der Hautfarbe. Aber auch, weil er immer einen Instrumentenkoffer dabeihat. Soll ein ganz berühmter Mann sein, der hier bei uns wohnt. Sagen Sie, wissen Sie, was für ein Instrument er spielt?«

»Posaune«, sagte Christoph.

»Ach so. Bei den Symphonikern?«

»Wann haben Sie Herrn McCoy das letzte Mal gesehen?« Christoph ging nicht auf die Frage ein.

Der Mann zog die Stirn kraus. »Ja – wann war das? Ist schon eine Weile her. Genau kann ich das nicht sagen. Vielleicht zwei Wochen? Er war immer freundlich und gut drauf. Ein unheimlich netter Bursche. So etwas wünscht man sich als Mitbewohner. Anders als manch miesepetriger Zeitgenosse.«

»Und in den letzten Tagen?«

»Nee. Bestimmt nicht. Ich bin Frührentner. Hab immer viel Zeit und bin oft draußen unterwegs. Nee. Das wäre mir aufgefallen.«

Unter den weiteren Bewohnern, die sie befragten, wollte einer Tyler McCoy gestern gesehen haben.

»Bestimmt«, versicherte der Mann. Sehr glaubwürdig klang es nicht. Ein anderer war gerade aus dem Urlaub zurückgekehrt, ein weiterer antwortete: »Ich kümmere mich nicht um die Nachbarschaft. Ein Dunkelhäutiger? Ist mir nie aufgefallen. Keine Ahnung.«

Christoph zog die Stirn kraus. »Langsam mache ich mir große Sorgen um Tyler McCoy.«

Große Jäger brummte zustimmend. »Nach allem, was wir über ihn gehört haben, ist es nicht seine Angewohnheit, stillschweigend von der Bildfläche zu verschwinden.«

»Wir haben noch eine Möglichkeit, unseren Verdacht einzugrenzen: Dr. Diether.«

Christoph hatte Glück und erreichte den Kieler Rechtsmediziner sofort.

»Sie wollen wissen, ob wir etwas über die mitochondriale Abstammung des Runeesbyer Toten haben. Ja, wir konnten die mtDNA-Haplogruppen zuordnen. Mit hoher Wahrscheinlichkeit stammt das Mordbrandopfer aus Afrika.«

Christoph informierte Große Jäger, nachdem er mit der Forensik des LKAs gesprochen und um einen Abgleich der DNA aus der Baskenmütze mit dem Toten gebeten hatte.

»Vieles deutet darauf hin«, sagte Große Jäger. »Der Button des Jazzclubs, McCoys Verschwinden. Warum wird er auf diese Weise ermordet?«

»Getötet wurde er auf andere Weise«, korrigierte Christoph. »Man hat die Leiche auf der Biike verbrannt.«

»Das ist ein Ritual gewesen. Ein Holzkreuz. Da liegen keine persönlichen Gründe vor, keine Rache, Familienstreitigkeiten oder andere Auseinandersetzungen. Ein Holzkreuz und eine Verbrennung ...«

»Das klingt nach Ku-Klux-Klan«, ergänzte Christoph.

Große Jäger sah ihn entgeistert an. »Bist du verrückt? Das sind diese wahnsinnigen Kapuzenmänner aus dem tiefsten Süden der USA. Das ist überholte Geschichte. So etwas gibt es heute nicht mehr. Vergiss nicht, dass die Amerikaner einen schwarzen Präsidenten gewählt haben. Die Welt ist heute eine andere.«

»Das ist auch nur eine Möglichkeit, wenn auch eine sehr unwahrscheinliche.«

»Das meine ich auch«, sagte Große Jäger mit Bestimmtheit. »Und nun sprechen wir noch einmal mit Professor Kühirt.«

»Um Himmels willen. Noch ist nichts bestätigt. Wir sollten keine Gerüchte in Umlauf setzen.«

»Für wen hältst du mich?«

Der Musikprofessor zeigte sich überrascht, als die beiden Beamten erneut bei ihm auftauchten. »Haben Sie etwas gefunden?«

»Wir wollten Ihnen den Schlüssel zurückbringen, den Sie uns überlassen haben«, erklärte Christoph.

»Und? Was ist mit Tyler?«

»Es gibt keine Hinweise auf seinen Verbleib. Hatte er Feinde? Haben Sie jemals gehört, dass er bedroht wurde?«

Kühirt lachte auf.

»Tyler? Soll das ein Scherz sein? Wenn jemand den Friedensnobelpreis verdient hätte, dann er. Nennen Sie mir Menschen, die Musik machen und aggressiv oder gar bösartig sind.«

»Leider kommt es vor, dass Musik missbraucht wird«, sagte Große Jäger. »Denken Sie an die Hasssongs der rechten Szene, wo zur Gewalt aufgefordert wird.«

Kühirt winkte ab. »Die Spinner kann doch niemand ernst nehmen. Natürlich haben wir alle davon gehört, dass Menschen mit anderer Hautfarbe und anderem Aussehen verfolgt werden, dass man ihnen Gewalt angetan hat und auch vor Mord nicht zurückschreckt. Aber doch nicht hier – bei uns. Und nicht gegen Tyler McCoy. Er hat die Gottesgabe, jeden für sich einzunehmen, der ihm begegnet. Irgendwann wird er wieder auftauchen. Denken Sie an meine Worte. Sie kommen gar nicht umhin, ihn zu mögen.«

Christoph beschlich ein mulmiges Gefühl.

»Trotzdem. Hatte er Streit mit jemandem?«

»Tyler ist bei uns als Dozent für die Jazzposaune engagiert. Schon seit vielen Jahren. Das muss vor dem Hintergrund gesehen werden, dass an unserer Musikhochschule Hochbegabte studieren. Wir Lübecker haben ein besonderes Renommee. Er verfügt über eine unbeschreibliche Musikalität. Natürlich kann er Noten lesen, aber die sind eigentlich überflüssig. Für Jazz hat er das absolute Gehör. Und das Gefühl. Der ganze Mensch ist Musikalität. Da vibriert jede Nervenfaser, wenn Tyler Posaune spielt. Ich habe wenig Leute gehört, die so mitreißend dieses Instrument beherrschen. Vielleicht sagen Ihnen Namen wie Chris Barber oder Tommy Dorsey etwas.«

Christoph nickte. »Selbstverständlich. Und nicht nur die.«

»Mein Kollege ist von Geburt an Jazzfan«, mischte sich Große Jäger ein. »Er lässt keinen Auftritt der Stormtown Jazzcompany aus, die jeden ersten Donnerstag in Husum spielt.«

Professor Kühirts Augen leuchteten. »Das sind großartige Amateure, die einen mitreißenden Jazz darbieten. Tyler war öfter Gast bei denen. Aber nicht nur er.«

»Ich weiß. Den großen Knut Kiesewetter habe ich dort gehört, Jan Luley, der Namensgeber für den örtlichen Jazzclub, ist dort aufgetreten. Die Veranstaltung gliedert sich in drei Sets. Im mittleren darf sich jeder, der sich berufen fühlt, auf der Bühne in die Formation einreihen und mitspielen. Man glaubt nicht, wie begeisterungsvoll die ruhigen Nordfriesen mitgehen. Aber noch einmal zu unserer Frage. Wurde Herr McCoy bedroht?«

»Nicht dass ich wüsste. Na ja, nicht direkt.«

Christoph wurde hellhörig. »Also ist irgendetwas vorgefallen?«

»Das war im letzten Jahr.« Es klang beiläufig.

»Uns interessieren Einzelheiten.«

»Wir hatten einen ehrgeizigen Dozenten, der promovieren wollte. Tyler ist, wie ich schon mehrfach sagte, ein begnadeter Musiker. Ihm liegt es im Blut, auch wenn er nie studiert hat. Das ändert aber nichts an seinem enormen Wissen um den Jazz. Formell habe ich die Doktorarbeit dieses anderen Dozenten begleitet und sie Tyler kurz zur Ansicht gegeben.« Kühirt spielte verlegen mit seinen Fingern. »Prompt hat er Unzulänglichkeiten entdeckt. Mit anderen Worten: Der Mann hat abgekupfert. So habe ich die Promotion verworfen.«

»Hat der andere Dozent erfahren, dass Herr McCoy ihm auf die Schliche gekommen ist?«, fragte Christoph.

Der Musikprofessor nickte verlegen. »Irgendwie – ja.«

»Was ist dann geschehen?«

»Der Mann war natürlich nicht begeistert, zumal er die Musikhochschule danach verlassen musste. Die Musikszene ist überschaubar. Der Betrugsversuch blieb nicht geheim. Damit hat sich der Mann auch seinen Ruf ruiniert.«

»Und in seinem Zorn Drohungen gegen Herrn McCoy ausgestoßen?«

»Ja, aber das sollte man nicht ernst nehmen.«

»Wie heißt der Mann?«

»Muss das sein?«

»Ja«, sagte Christoph mit Entschiedenheit.

»Kazimierz Kreczma. Er stammt aus Polen. Wie viele hervorragende Jazzmusiker«, fügte Kühirt an. Es klang fast ein wenig entschuldigend.

Nachdenklich traten sie die lange Rückfahrt nach Husum an.

★★★

Die Sonne war seit fast sechs Stunden untergegangen. Dunkel war es schon früher geworden. Der ganze Tag war grau und trist gewesen. Ein nasskalter Wind hatte es noch kälter erscheinen lassen, als das Thermometer anzeigte.

Akimsola Kpatoumbi hatte davon nicht viel mitbekommen. Es war noch dunkel gewesen, als er zur Arbeit gefahren war. In dem Hotel nahe der Standpromenade in Westerland waren um diese Jahreszeit weniger Gäste als in der Hochsaison. Dennoch lockte auch diese Jahreszeit Menschen nach Sylt, die die Ruhe und das besondere Klima des Winters auf dieser Trauminsel genossen. Die Personaldecke war im Winter ausgedünnt. Viele Mitarbeiter zog es in der schwächeren Jahreszeit in die Skigebiete. Dort waren die Verdienstmöglichkeiten besser, sofern das Personal nicht ohnehin nur als Saisonkräfte beschäftigt wurde.

Hatte es Kpatoumbi besser? Oder schlechter? Er wurde auch in den Wintermonaten beschäftigt. Dafür blieb die Arbeit in der Spülküche des Hotelrestaurants an ihm allein hängen. Frühstück, Mittag, Kaffeezeit und Abendessen. Neben der Reinigung von Geschirr und Küche war er auch für die hoteleigene Wäscherei zuständig und half bei Bedarf im Zimmerservice. Und Bedarf war eigentlich immer gegeben.

Jetzt saß er rechtschaffen müde im Zug der Nord-Ostsee-Bahn, hatte die Augen geschlossen und war krampfhaft bemüht, nicht einzuschlafen. Nur wenige Plätze waren belegt. Im Sommer fuhren mehr Menschen zurück aufs Festland. Kaum ein Beschäftigter konnte sich den teuren Wohnraum, sofern er überhaupt zur Verfügung stand, auf der Goldgräberinsel leisten. Fast alle pendelten mit dem Zug zwischen dem Arbeitsplatz auf Sylt und dem Wohnort auf dem Festland. Die Zugbegleiterin ging durch den Waggon, nickte Kpatoumbi zu, in dem Wissen, dass er eine Monatskarte besaß. Auch für sie würde eine halbe Stunde später in Husum der Feierabend beginnen.

Zu sehen gab es nichts. Es war stockfinster, als der Zug über den Hindenburgdamm ratterte. Während die Urlaubsgäste tagsüber die außergewöhnliche Fahrt durch das Wattenmeer als kleines Abenteuer genossen, war es für Kpatoumbi tägliche Routine. Der Zug fuhr einen leichten Bogen nach rechts. Er registrierte es im Unterbewusstsein, räkelte sich und begann, seinen alten Rucksack mit ein paar Habseligkeiten zusammenzuraffen. Die Bahn reduzierte die Geschwindigkeit, und als sie den Bahnübergang passierten, der in der Dunkelheit nur durch das rote Blinklicht wahrgenommen werden konnte, stand Kpatoumbi auf und ging zur Tür. Er wartete ab, bis die grünen Leuchtdioden am Türöffner erschienen, legte seinen Finger auf das Display und stieg aus. Mit einem Achselzucken registrierte er, dass er heute der einzige Fahrgast mit dem Ziel Klanxbüll war.

Das Signal zum Türschließen ertönte, und Kpatoumbi war schon auf den Stufen zur Brücke, die die Gleise überquerte, als die Bahn anfuhr, beschleunigte und zügig in die dunkle Nacht davonrollte. Als er auf der anderen Seite den Hauptbahnsteig mit dem Bahnhofsgebäude erreichte, waren die Rücklichter nur noch kleine Punkte, die sich bald in der Marsch verlieren würden.

Alles war ruhig und still. Dunkle Fensterhöhlen des »Klanxbüller Kiosks mit Imbiss«, wie ein Schild verriet, starrten ihm entgegen.

Er packte die Kragen seiner für diese Jahreszeit viel zu dünnen Jacke und hielt sie zusammen. Die Müdigkeit tat ihr Übriges, um ihn frösteln zu lassen. Es war nicht weit bis zur kleinen Kellerwohnung in einem Einfamilienhaus, wo er eine bezahlbare Unterkunft gefunden hatte. Die Vermieter waren freundliche Leute, auch wenn er kaum Kontakt zu ihnen hatte.

Auf dem Park-and-ride-Platz standen nur wenige Fahrzeuge. Fahles Licht leuchtete die Szene kaum aus. Passanten würde er zu dieser Stunde nicht mehr begegnen. Umso erstaunter war er, als er im Halbschatten des Bahnhofsgebäudes eine kleine Gruppe gewahrte. Selbst die jungen Leute des kleinen Ortes lungerten hier nicht herum, schon gar nicht zu so später Stunde. Klanxbüll mit seinen knapp unter tausend Einwohnern war nicht nur von der Eisenbahn auf der einen und der ellipsenförmig auf der anderen Seite verlaufenden Kreisstraße umschlossen, sondern auch in der Ruhe eines abseits gelegenen Ortes gefangen.

Kpatoumbi schleppte sich mit müden Schritten Richtung Wohnung. Er würde todmüde ins Bett fallen. Um sechs würde ihn der Wecker unbarmherzig aus seinen Träumen reißen für einen neuen Tag mit der gleichen Tristesse.

Er registrierte das ungewohnte Geräusch von Schritten hinter sich. Normalerweise begleitete ihn nur die Stille auf dem Heimweg. Ein Schreck durchfuhr ihn, als ihn eine Hand an der Schulter packte und herumriss. Panik erfasste ihn, als er sich drei Gestalten gegenübersah, die in weite weiße Gewänder gekleidet waren. Ihre Gesichter waren hinter einer Maske verborgen. Trotz des Dämmerlichts funkelten ihn hasserfüllte Augen durch die Löcher an, die in die Maske geschnitten waren. Auf dem Kopf trugen die Männer spitz zulaufende Hüte.

Es lief Kpatoumbi eiskalt den Rücken hinunter. Sein Magen verkrampfte sich. Das Herz raste. Es schien, als würde es gleich zerspringen. Noch nie in seinem Leben hatte er so viel Angst gehabt, obwohl er vor Gewalt und Terror aus seiner Heimat hierhergeflüchtet war. Er spürte, wie seine Beine nachzugeben drohten. Nur mit Mühe konnte er sich aufrecht halten.

Sekundenlang starrten ihn die Männer an, bis einer zu sprechen begann. Der Unheimliche sprach leise. Zudem wurde das Gesagte noch durch das Tuch vor seinem Mund gedämpft. Dennoch traf jedes Wort Kpatoumbi wie ein Hammerschlag.

»*Nigger. Go home.* Hier ist kein Platz für ein schwarzes Pack. Wir kommen auch nicht in euren Kral und verfurzen dort die Luft. Hau ab. Nur ein toter Neger ist ein guter Neger.«

Die wenigen Worte hatten ausgereicht, um Kpatoumbi in Schweiß ausbrechen zu lassen. Die salzige Flüssigkeit troff in Sturzbächen von der Stirn herab, lief ins Auge und brannte dort höllisch. Er nickte und zitterte dabei am ganzen Körper. Er wollte etwas sagen, aber die Stimme versagte ihm.

In Zeitlupe zog sein Gegenüber die Hand mit der Eisenstange aus dem Gewand und hob sie über den Kopf. Kpatoumbi wollte davonlaufen, aber die Angst ließ ihn erstarren. Mit weit aufgerissenen Augen sah er auf das Mordwerkzeug. Er zog den Kopf ein und riss die Hände schützend über den Schädel. Dann sauste die Eisenstange herab. Ohne darüber nachgedacht zu haben, drehte sich Kpatoumbi instinktiv zur Seite. Er spürte, wie die Stange niedersauste und ihn in Höhe des Schlüsselbeins traf. Es krachte vernehmlich, als der Knochen zersplitterte. Er spürte keinen Schmerz, aber die Wucht des Schlags riss ihn von den Beinen. Er hatte jede Kontrolle über sich verloren, auch wenn die Hände immer noch schützend über seinem Kopf lagen.

»Ich erschlag ihn«, sagte der Mann mit der Eisenstange und holte zu einem weiteren Hieb aus.

Erstaunt sah er auf, als ihm sein Nachbar in den Arm fiel. »Ist genug.«

»Der räudige Hund lebt noch. Er soll spüren, dass es besser für ihn gewesen wäre, wenn er bei der Flucht über das Mittelmeer ersoffen wäre. Die vermehren sich wie die Karnickel und glauben dann, es wäre für uns Christenpflicht, sie zu versorgen.«

»Lass es.«

Der Mann mit der Stange machte sich frei. »Wir können ihn doch nicht leben lassen. Du – ich – wir müssen auch noch für seinen Krankenhausaufenthalt zahlen.« Erneut unternahm er den Versuch, zuzuschlagen. Aber sein Begleiter packte ihn mit beiden Armen und hielt ihn mit kräftigem Griff umklammert. »Schluss jetzt. Wenn du ihn zu Brei schlägst, verseucht das Negerblut unsere gute germanische Erde.«

Der Schläger gab einen Grunzlaut ab. Ehe ihn jemand daran hindern konnte, trat er noch zwei Mal zu. Bei jedem Tritt krümmte sich Kpatoumbi zusammen.

Jetzt raste eine Schmerzwelle durch seinen Körper. Kopf, Schulter, Arm, der ganze Leib tat höllisch weh. Kpatoumbi röchelte. Die Luft blieb ihm weg. Verzweifelt versuchte er, Sauerstoff in die Lungen zu pumpen. Ihm fehlte die Kraft dazu. Noch einmal röchelte er und versuchte verzweifelt, zu atmen. Er wehrte sich gegen die schwarze Wolke, die ihn einzuhüllen drohte. Sein Geist führte einen verzweifelten Kampf, aber der zerschundene Körper unterlag im Gefecht gegen das schwarze Nichts.

VIER

In der Nacht hatte sich Raureif gebildet, der sich in den Morgenstunden auf den Straßen niedergeschlagen hatte. Nachdem Christoph »England«, die schmale Straße, in der er wohnte, verlassen hatte und auf die Landesstraße eingebogen war, verlief die Fahrt unproblematisch. Das galt auch für den Damm, den er überqueren musste, um aufs Festland zu gelangen. An der Husumer Stadtgrenze wurde es glatt. Obwohl die Nachrichten zahlreiche Unfälle mit überwiegend glimpflichem Ausgang meldeten, hatte er die Poggenburgstraße unbeschadet erreicht. Die ehemalige Polizeidirektion war jetzt ein Polizeirevier.

Er war überrascht, dass Große Jäger kurz nach ihm erschien.

»Wie waren die Straßenverhältnisse von Garding bis Husum?«, wollte er wissen, nachdem der Oberkommissar in gewohnter Manier grußlos den Raum betreten hatte.

»Der Hausmeister hatte gestreut.«

Christoph fragte nicht nach. Große Jäger hatte in seiner Wohnung übernachtet, die nur wenige Schritte von der Dienstelle entfernt lag.

Sie erwarteten den Niebüller Kollegen, den Christoph gestern für den Einsatz in Husum angefordert hatte. Wenig später streckte Cornilsen seinen Kopf vorsichtig zur Tür herein und gab ein zaghaft klingendes »Moin« von sich.

»Willkommen in Husum«, sagte Christoph und zeigte auf den Schreibtisch vis-à-vis von Große Jäger. »Dort können Sie sich niederlassen.«

»Da hat früher das Kind gesessen«, sagte Große Jäger.

»Welches Kind?«, fragte Cornilsen.

»Ein junger Kollege. Der hat richtig Karriere gemacht. So gut ist unsere Ausbildung.«

»Und wieso Kind?«

»Weil er im Unterschied zu uns beiden«, dabei zeigte Große Jäger auf Christoph und sich, »noch jung an Jahren war.«

»Aha.« Cornilsen machte eine Sitzprobe. »Und jetzt bin ich das Kind?«

»Nee.« Der Oberkommissar schüttelte heftig den Kopf. »Höchstens der Enkel. Wie heißt du eigentlich richtig?«

»Mats Skov Cornilsen.«

»Komischer Name.«

Cornilsen grinste. »Zum Glück ist deiner ganz normal.«

»Sag mal …« Der Oberkommissar verzog das Gesicht. »*Skov*. Das ist dänisch und heißt ›Wald‹.«

»Ich gehöre der dänischen Minderheit an. Meine Familie wohnte hier schon, als Ansgar noch gar nicht wusste, wo er missionieren soll. Wir waren abwechselnd mal Deutsche, mal Dänen, je nachdem wie gerade der Grenzverlauf war. Die heutige Grenze wurde 1920 durch Abstimmung der Bevölkerung festgelegt. Ich bin in Naibel geboren.«

»Oh Gott«, stöhnte Große Jäger. »Naibel – Niebüll. Nun spricht der Kerl auch noch Friesisch mit uns. Aber – was hat es nun mit dem Wald auf sich?«

»Skov ist der Mittelname. Den findet man häufig in Dänemark.«

»Und was ist ein Mittelname?«

»Also – Mats. Der Vorname. Klar?«

Der Oberkommissar nickte.

»Und Cornilsen ist der Nachname. Die Endung auf -sen ist oft anzutreffen. Sie bedeutete früher, als es noch keine Zunamen gab, dass Nils Hansen der Sohn von Hans war. Claus Petersen war der *søn* von Peter und so weiter. Aufgrund dieser Regelung gab es relativ wenige unterschiedliche Familiennamen, da sie im Prinzip alle auf männlichen Vornamen beruhten. So hat sich ein Mittelname eingebürgert.«

»Das heißt, du heißt nicht Cornilsen, sondern Skov-Cornilsen?«, wollte Große Jäger wissen.

»In Deutschland kennt man den Mittelnamen nicht. Deshalb wird er dem Vornamen zugerechnet. Also heiße ich in Deutschland Cornilsen, und im Personalausweis stehen als Vornamen unter anderem ›Mats‹ und ›Skov‹.«

»Was heißt ›unter anderem‹?«

Cornilsen lachte. »In Dänemark gibt es ein Sprichwort: ›Wenn du ein Kind liebst, schenke ihm viele Vornamen.‹«

»Genug«, mischte sich Christoph ein. »Wenn Sie die jetzt aufzählen und zu jedem die Historie erläutern, werden wir nie fertig.«

»Trinkst du eigentlich Kaffee?«, fragte Große Jäger und warf einen Seitenblick auf die Maschine, die auf der Fensterbank stand.

»Nein.«

»Etwa Tee? Das hatten wir hier schon.« Der Oberkommissar zeigte auf Mommsens ehemaligen Arbeitsplatz.

»Cola.«

»Und ...« Große Jäger dehnte das Wort unendlich. »Willst du irgendwann heiraten?«

»Weiß ich noch nicht. Im Augenblick ist es schwierig. Man kann ja nur eine Frau zur selben Zeit ehelichen.«

»Bist du ein Fan der Vielweiberei?«

»Man muss sich umsehen.«

»Aber du schließt es nicht aus, irgendwann eine Familie zu gründen?«

»Nicht unbedingt.«

»Prima.« Große Jäger rieb sich die Hände. »Als erfahrene Kollegen haben wir auch einen Bildungsauftrag gegenüber dem Nachwuchs. Ich werde dir zeigen, wie man Kaffee kocht.« Große Jäger rieb sich das Ohrläppchen. »Sag mal, dieser große Ring, den du da trägst, was hat es damit für eine Bewandtnis? Früher war das alles einfacher. Da hat man an solchen Accessoires erkannt, ob einem Männlein oder Weiblein gegenüberstand. Und heute? Oder bist du deine eigene Schwester?«

Cornilsen zeigte auf Große Jägers Schmerbauch. »Und wie ist es bei dir? Welcher Monat? Sieht fast wie Zwillinge aus.«

»Hör mal, Hosenmatz ...«

Cornilsen wischte mit der Hand durch die Luft. »Wie heißt du eigentlich?«

Große Jäger strich sich mit Daumen und Zeigefinger über die Mundwinkel.

»Das ist nicht einfach zu erklären. Sag ›Onkel‹ zu mir. Das ist eine Auszeichnung. So darf mich sonst nur Tante Hilke nennen.«

»Wer ist das?«, wollte Cornilsen wissen.

»Eine wunderbare Frau, eine liebe und tüchtige Kollegin. Leider glücklich verheiratet, sonst wären wir ein Paar.« Der Oberkommissar klapperte mit den Liddeckeln. »Und nun, Hosenmatz, machst du dich auf den Weg und suchst nach einem Baumarkt oder Baustoffhändler, der den Tätern die Holzbalken verkauft hat. Das Format, nach dem du fragen musst, findest du im Bericht der Spurensicherung.« Große Jäger zeigte auf den Rechner. »Ich nehme an, du kannst mit einem solchen Gerät umgehen.«

»War die Frage ernst gemeint?«, sagte Cornilsen gespielt entrüstet. »Ich bin mit einem solchen Ding geboren.«

»Kannst du auch andere Aufgaben erledigen?«

»Nichts ist unmöglich –«, setzte der Kommissar an, doch Große Jäger unterbrach ihn barsch.

»Spar dir die Autowerbung.«

»Welche Autowerbung?«, fragte Cornilsen erstaunt.

»Oh Gott. Nicht mal das kennt er«, stöhnte der Oberkommissar. »Bist du so doof oder so jung?«

Cornilsen grinste. »Probier es aus.«

»Wir haben folgende Aufgabe für Sie.« Christoph berichtete von der Vermutung, dass es sich bei dem Mordbrandopfer höchstwahrscheinlich um Tyler McCoy handelte. »Wir wissen nur, dass McCoy – angeblich – das Haus verlassen hat, um mit öffentlichen Verkehrsmitteln nach Lübeck zu fahren. Irgendwie muss er von seiner Wohnung fortgekommen sein. Mit einem Taxi? Das hätte er von zu Hause aus gerufen. Aber warum? Dort gibt es keine Taxis, und er hätte eins bestellen müssen. Ich gehe davon aus, dass ihn seine Frau gefahren hätte. Gibt es eine Busverbindung? Wohin? Oder hat ihn ein Nachbar mitgenommen? Vermutlich wollte er zu einem Bahnhof. Da kommen Klanxbüll, Süderlügum oder Niebüll in Frage. Klemmen Sie sich dahinter und versuchen Sie, etwas herauszufinden.«

»Na denn dann«, erwiderte Cornilsen.

Bevor er sich auf den Weg machen konnte, betrat Mommsen das Büro, begrüßte den neuen Kollegen mit Handschlag und wünschte ihm einen guten Start.

»Eine bessere Startrampe als Herrn Johannes und Herrn Große Jäger können Sie sich gar nicht wünschen«, sagte er und wurde ernst, als er sich an Christoph wandte. »Es hat gestern Abend, kurz vor halb zwölf, einen schlimmen Zwischenfall nahe dem

Klanxbüller Bahnhof gegeben. Wir gehen zumindest davon aus, dass das Opfer mit dem Zug aus Westerland gekommen ist. Ein Ehepaar hat es gefunden. Die Leute sind um Viertel nach zwölf mit dem letzten Zug aus Hamburg in Klanxbüll eingetroffen und haben sofort den Rettungsdienst gerufen. Der Notarzt hat die Erstversorgung durchgeführt, und da der Rettungshubschrauber nachts nicht fliegen kann, hat man das Opfer zur Erstversorgung ins Niebüller Krankenhaus gebracht. Noch in der Nacht ist es in die Diako nach Flensburg verlegt worden.«

»Weiß man schon mehr?«, fragte Christoph, den ein merkwürdiges Gefühl beschlich. Früher hätte man ihn als Erstes informiert. Jetzt hielt man sich an Kriminalrat Mommsen.

»Die Niebüller Präsenzstreife, die am Tatort war, hat sofort die Umgebung abgesucht. Vergeblich. Außerdem wurde die Flensburger Spurensicherung gerufen. Mehr wissen wir noch nicht.«

»Was ist über das Opfer bekannt?«

»Es kam aus Westerland. Dort arbeitet der Mann.«

»Name?«

»Akimsola Kpatoumbi.«

»Das klingt exotisch«, sagte Christoph. »Ist der Mann zufällig dunkelhäutig?«

Mommsen nickte.

»Verdammt«, entfuhr es Große Jäger. »Was ist da oben los? Wer macht blutige Jagd auf dunkelhäutige Menschen?«

Es entstand eine betretene Stille, bis Christoph versicherte: »Wir kümmern uns darum.«

Zunächst versuchte er, das Flensburger Krankenhaus zu erreichen. Eine freundliche, aber resolute Krankenschwester auf der Intensivstation erklärte ihm, dass sie keine Auskünfte erteilen werde. Schon gar nicht telefonisch. Außerdem sei das Aufgabe der Ärzte. Sie war aber bereit, Christophs Bitte um einen Rückruf zu notieren, da derzeit Visite sei und anschließend die Ärzte die einzelnen Fälle besprechen würden.

Christoph nutzte die Wartezeit, um Kontakt zum Polizeirevier Niebüll aufzunehmen. Dort war die neue Schicht im Dienst und konnte ihm nur aus den vorliegenden Berichten zitieren. Er unterdrückte die Frage, weshalb die nächtliche Suche nach den mutmaßlichen Tätern erfolglos geblieben war. Die Präsenzstreife musste nachts ein riesiges Gebiet abdecken. Auch wenn die Bevölkerungsdichte gering war, blieben die Entfernungen. Im ärgsten Fall konnte es auch in Notfällen lange dauern, bis die Polizei vor Ort eintraf.

Akimsola Kpatoumbi, so hatte er erfahren, war einunddreißig Jahre alt und war in der Ringstraße in Klanxbüll zur Untermiete gemeldet. Er stammte aus Dapaong im Norden Togos. Dort war er als Lehrer ausgebildet worden und hatte diesen Beruf auch ausgeübt, bis er fliehen musste, nachdem er in seiner Heimat Menschenrechtsverletzungen durch das Militär angeprangert hatte. Er gehörte zum Stamm der Kabiyé und war selbst Opfer der ausufernden Gewalt geworden.

Man hatte bei ihm einen Aufenthaltstitel gefunden. Das scheckkartengroße Dokument bekundete seine Aufenthaltserlaubnis. Die Ausländerbehörde beim Kreis bestätigte, dass dies aus völkerrechtlichen, humanitären oder politischen Gründen gemäß Aufenthaltsgesetz erfolgt sei. Christoph nahm Kontakt zu dem Westerländer Hotel auf, in dem Kpatoumbi beschäftigt war. Herr Vogelsang, mit dem er verbunden wurde, begann zunächst, die schwierige Lage seines Hauses zu beklagen.

»Wir haben uns auf ihn verlassen. Zu dieser Jahreszeit wird hier jede Hand gebraucht.«

»Ist Ihre Personaldecke so dünn, dass Sie bei Ausfall eines einzelnen Mitarbeiters in Bedrängnis geraten?«, fragte Christoph spitz. »Herr Kpatoumbi ist zudem nicht aus eigenem Verschulden der Arbeit ferngeblieben.«

»So ist das nicht gemeint«, bemühte sich Vogelsang zu versichern und fragte nach dem Gesundheitszustand seiner Küchenhilfe.

»Er ist gestern überfallen worden und liegt in Flensburg im Krankenhaus.«

»Wieso Flensburg? Warum ist er nach Feierabend noch nach Flensburg gefahren?«

»Die Verletzungen sind so schwerwiegend, dass man ihn dorthin verlegt hat.«

»Weiß man schon, wann er wieder arbeitsfähig sein wird?«

»Ich finde Ihre Haltung sehr fragwürdig«, sagte Christoph in barschem Ton. »Noch weiß man nichts über die Schwere der Verletzung oder mögliche bleibende Schädigungen, und Sie sind einzig daran interessiert, wann Ihre billige Arbeitskraft wieder bei Ihnen eingesetzt werden kann.«

»So ist das nicht gemeint«, bemühte sich Vogelsang um Schadenbegrenzung. »Aki, wie er hier genannt wird, ist nicht nur einer unserer zuverlässigsten Mitarbeiter, sondern gehört auch zu den beliebtesten. Stets fröhlich, hilfsbereit und freundlich.«

»Gab es jemals Anfeindungen gegen Herrn Kpatoumbi aus rassistischen Gründen?«

»Bei uns? Wo denken Sie hin. Jeder, der das gewagt hätte, hätte sofort unser Haus verlassen müssen. So etwas dulden wir nicht. Niemals. Sonst hätten wir ihn gar nicht eingestellt.«

Vogelsang klang salbungsvoll. Christoph schenkte den Worten keinen Glauben. Leute wie Kpatoumbi beschäftigte man, weil sich für diese Arbeit kaum jemand anders fand, zumal zu den vermutlich miesen Konditionen.

Christoph beendete das Gespräch, weil sich ein weiterer Anruf ankündigte.

»Meyer zu Altenschildesche«, stellte sich eine wohlklingende Männerstimme vor. »Ich bin der Chefarzt der Anästhesie und operativen Intensivmedizin an der Diako.«

Christoph hatte von dem Professor schon gehört.

»Wir können zum Zustand des Patienten noch nicht viel sagen. Er wurde in der Nacht aus Niebüll zu uns intensivverlegt und nach der ersten Anamnese operiert. Wir mussten die Milz nach einer Ruptur entfernen. Es liegt eine Nierenquetschung vor, mehrere Rippen sind gebrochen, das rechte Schlüsselbein und die Schulter sind zertrümmert. Die Gehirnerschütterung, die Prellungen und Hautabschürfungen erwähne ich nur nebenbei.«

»Besteht Lebensgefahr?«

»Die Schwere der Verletzungen lässt keine seriöse Prognose zu. Wir haben den Patienten in ein künstliches Koma versetzt und hoffen, dass sich seine Lage stabilisiert.«

»Hat er etwas sagen können?«

»In dem Zustand? Er war vom Auffinden an nicht ansprechbar.«

»Können Sie – sehr vorsichtig – eine Prognose abgeben, wann wir ihn befragen können?«

»Nein«, antwortete Professor Meyer zu Altenschildesche kurz angebunden. »Gehen Sie davon aus, dass das vorerst nicht der Fall sein wird.«

Mommsen informierte Christoph, dass die beiden Taten ab sofort von der Flensburger Mordkommission bearbeitet würden. »Das hindert uns aber nicht daran, die bisherigen Spuren weiterzuverfolgen. Ich sehe keinen Grund, weshalb wir nicht kooperativ mit den Flensburger Kollegen zusammenarbeiten sollen«, sagte der Kriminalrat.

Große Jäger ließ nicht nur sprichwörtlich den Griffel fallen, als Christoph sagte, sie würden Richtung Norden fahren.

Vor dem Haus der Familie Bendixen in der Klanxbüller Ringstraße hatte sich eine kleine Gruppe von Menschen angefunden. Erwartungsvoll sahen die Leute den beiden Beamten entgegen. Natürlich hatte sich der blutige Übergriff in Windeseile in dem kleinen Ort herumgesprochen.

Frau Bendixen war eine vollschlanke Frau, die auf die sechzig zuging. Die blonden Haare waren erkennbar gefärbt. Keine einzige graue Strähne war zu sehen. Sie bat die Polizisten ins Haus, ohne nach der Legitimation zu fragen.

»Schlimm«, sagte sie mit zittriger Stimme, nachdem sie am Esstisch aus Kiefernholz Platz genommen hatten. »Wer tut so etwas? Man kann das nicht glauben. Warum hat Akimsola mit denen Streit bekommen? Er ist ein so umgänglicher und ruhiger Mensch. Von den Nachbarn versteht das keiner. Das war mit Sicherheit niemand aus dem Dorf. Von uns tut keiner so etwas. Schlimm«, wiederholte sie, senkte den Kopf und murmelte noch einmal: »Schlimm.«

»Gab es schon einmal Hinweise auf Drohungen gegen Ihren Mieter?«

»Drohungen? Aber warum denn? Wer sollte Akimsola etwas antun? Und warum? Er war immer leise und fast schüchtern. Er ist nie aufgefallen.«

»Hatte er Besuch? Kennen Sie Freunde von ihm? Bekannte?«

Sie sah Christoph an. Es schien, als würde sie gar nicht zuhören.

Nach einer ganzen Weile antwortete sie jedoch: »Er war immer allein. Hatte nur seine Arbeit. Ging morgens aus dem Haus und kam spät wieder. So ein feiner Mensch. Raucht nicht. Trinkt nicht. Keine Frauenbesuche. Man hat gar nichts von ihm gehört.«
»Spricht Herr Kpatoumbi Deutsch?«
»Ja – für den Alltagsgebrauch. Dumm ist er nicht. In seiner Heimat wird Französisch gesprochen. Das können wir nicht, mein Mann und ich. Deutsch, Dänisch, Schulenglisch – ja. Aber kein Französisch.«

Die beiden Beamten baten darum, einen Blick in die Räume werfen zu dürfen, die von Kpatoumbi bewohnt wurden.

»Kommen Sie mit«, forderte Frau Bendixen sie auf und führte sie eine steile Kellertreppe hinab. »Er hat einen eigenen Eingang. Vom Garten aus«, sagte sie. Eine schlichte Holztür trennte die Kellerräume von den vermieteten Zimmern. »Wir vermieten möbliert«, ergänzte die Frau.

Die beiden kleinen Zimmer waren in Eigenleistung hergerichtet worden. Auf Christoph wirkten die dunklen Holzpaneele an Wand und Decke ein wenig erdrückend. Er kam sich vor wie in einer Zigarrenschachtel. Der Fußboden war mit dunkelblauer Auslegeware bedeckt. Die Einrichtung war zweckmäßig. Zumindest bildete das helle Kiefernholz einen Kontrast zur dunklen Gestaltung. Durch die kleinen Fenster fiel wenig Licht. Im Wohnraum nahm eine Wand die Küchenzeile auf.

Christoph nahm ein Buch zur Hand, in dem ein Kassenbon als Lesezeichen steckte. Es war ein französischer Titel.

Sie sahen sich um, öffneten die Schränke und Schubladen. Kpatoumbi besaß nur wenig persönliche Gegenstände. Kleidung und Wäsche, Hygieneartikel und ein halbes Dutzend Bücher. In einer Schublade lag ein Stapel Post. Kontoauszüge, Briefe vom Ausländeramt, von der Krankenkasse. Nirgendwo fand sich ein Hinweis auf Persönliches. Kein Bild. Kein Brief. Nichts. Die Unterkunft bot keine Anhaltspunkte.

»Hat Herr Kpatoumbi mal etwas von sich erzählt?«
»Kaum. Er kommt aus Afrika. Aus Togo.«
»Wissen Sie etwas über seine Familie? Angehörige?«
»Nein. Nichts.«

»Haben Sie nie ein privates Wort gewechselt?«

Frau Bendixen spitzte die Lippen. »Wenn ich das recht überlege ... eigentlich nie. Er war ja immer unterwegs. Auf Arbeit. Nein. Er hat uns nie enttäuscht.«

»Wie meinen Sie das?«, fragte Christoph nach.

»Wir waren zuerst ein bisschen skeptisch. Wegen seiner Herkunft aus Afrika und so. Ein Schwarzer. Aber – da hat es nie Probleme gegeben. Auch nicht mit den Nachbarn.«

Christoph ersparte sich eine Antwort. Er war froh, dass Große Jäger es beim Augenrollen beließ und sich eines Kommentars enthielt.

Als sie wieder im Auto saßen, konnte Christoph einen Blick auf das Display seines Smartphones werfen, das sich durch Vibrationsalarm bemerkbar gemacht hatte. Klaus Jürgensen hatte versucht, ihn zu erreichen.

»Was gibt es, Klaus?«, fragte Christoph, als er den Flensburger Spurensicherer am Apparat hatte.

»Wir waren heute Nacht in Klanxbüll«, erklärte der Hauptkommissar. »Sehr ergiebig war die Spurenlage nicht. Unweit des Tatorts haben wir mehrere Zigarettenkippen gefunden. Es sieht so aus, als hätte dort jemand gewartet. Es waren drei Kippen der Marke Marlboro und eine Prince. An Letzterer fanden sich auch Lippenstiftspuren.«

»Sollte eine Frau an dem Überfall beteiligt gewesen sein?«, wunderte sich Christoph. »Wie sieht es mit Reifenabdrücken aus?«

»Auf einem Park-and-ride-Platz?«, antwortete Jürgensen mit einer Gegenfrage. »Wie viele möchtest du? Hunderte? Wir müssen die Analyse der Zigarettenkippen abwarten. Dann war da noch etwas. Wir haben natürlich den ganzen Parkplatz abgesucht. Im Gestrüpp haben wir etwas Eigentümliches gefunden. Eine spitz zulaufende weiße Mütze mit einer angenähten Maske, in die zwei Löcher für die Augen geschnitten waren. Wir hatten heute Nacht Wind aus Südwest. Das passt. Jemand, der auf dem Parkplatz stand, muss die Maske verloren haben. In der Dunkelheit hat er sie nicht wiedergefunden. Und bevor die fragst ... Ich schicke dir ein Foto auf dein Handy. Sooo ...« Jürgensen dehnte das Wort, bis er »Jetzt ist es unterwegs« sagte.

Christoph bedankte sich und rief direkt im Anschluss das Bild auf.

»Das gibt's doch nicht«, staunte Große Jäger, der ihm über die Schulter sah. »Das sieht aus wie die Kapuze des Ku-Klux-Klans.«

»Möglicherweise haben wir es mit rassistisch bedingten Gewalttätern zu tun«, stimmte ihm Christoph zu. »Das brennende Holzkreuz in der Biike und diese Maske ... Und beide Opfer waren dunkelhäutig.«

»Ich glaube es nicht«, sagte Große Jäger fassungslos. »Das Ganze scheint mir wie ein böser Traum.«

»Sie drängeln aber mächtig«, beschwerte sich Frau Dr. Braun, die Leiterin der Kriminaltechnik im LKA, als Christoph sie anrief. »Lesen Sie keine Zeitung? Überall wird gespart. Die Universitäten haben kein Geld, die Schulen und Verkehrswege sind marode, es gibt massiven Unterrichtsausfall, weil Lehrerstellen gestrichen werden, und bei der Polizei wird auch gekürzt. Glauben Sie, wir bleiben davon verschont?«

»Liebe Frau Dr. Braun«, begann Christoph, wurde aber sofort unterbrochen.

»Herr Johannes! Wenn Sie so anfangen, dann wollen Sie etwas von uns. Ich kenne Ihre Masche seit zehn Jahren. Das verfängt nicht mehr bei mir.«

»In der Fachliteratur ist stets zu lesen, dass die Kieler Kriminaltechnik die beste der Republik sei. Das ist einzig Ihr Verdienst.«

»Warum falle ich immer wieder auf Sie herein?«, gab sich die Kieler Wissenschaftlerin mit einem Aufstöhnen geschlagen. »Sie wollen etwas zum DNA-Abgleich wissen, ja?«

Christoph bestätigte es.

»Wir haben die DNA aus der Baskenmütze mit der des verbrannten Opfers verglichen. Es besteht eine hundertprozentige Übereinstimmung.« Es entstand eine längere Pause. »Hallo? Herr Johannes? Sind Sie noch dran?«

»Ja«, sagte Christoph leise. »Ich überlege, wie ich es der Ehefrau nahebringen soll.«

»So hat jeder in seinem Beruf sein Päckchen zu tragen«, sagte Frau Dr. Braun. Es gelang ihr, mitfühlend zu klingen.

Große Jäger vermied es, Christoph anzusehen. »Ich habe alles mitbekommen«, sagte er, nachdem Christoph das Telefonat abgeschlossen hatte. »Es gibt immer wieder Situationen in unserem Beruf, in denen plötzlich ein Stein im Magen zu liegen scheint.«

Schweigend fuhren sie zum Haus der McCoys.

Es dauerte eine Weile, bis Monika McCoy öffnete. Sie fuhr sich mit der Hand durch die Haare und sah ein wenig desorientiert aus.

»Äh ... ja. Ach ... Sie«, sagte sie zusammenhanglos.

»Guten Morgen«, grüßte Christoph und wunderte sich, dass er nicht das allgegenwärtige »Moin« nutzte. »Wir möchten noch einmal mit Ihnen reden.«

»Ja – natürlich. Ja ... Kommen Sie doch rein.« Die Frau machte einen verwirrten Eindruck. Erst als die Beamten eingetreten waren und in das schon bekannte Zimmer geführt wurden, gab sich Monika McCoy einen Ruck.

»Entschuldigung. Ich sagte Ihnen schon, dass ich Kinderbücher schreibe und illustriere. Ich bin gerade mitten in einem wichtigen Kapitel. Ein besonders lustiges. Wenn ich an meinem Buch arbeite, tauche ich ganz in die Geschichte ein und bin mittendrin im Geschehen. In einer solchen Phase haben Sie mich erwischt.« Sie lächelte vergnügt. »Wenn die Stelle, an der ich arbeite, traurig ist, kann ich schon einmal sentimental werden. Heute ist alles leicht und beschwingt. Ich muss erst einmal wieder auf die Erde zurückkehren. So. Was gibt es Neues?« Das Lächeln zierte immer noch ihre Gesichtszüge.

»Wir haben eine unerfreuliche Nachricht für Sie«, begann Christoph vorsichtig.

Sie legte die Arme über Kreuz und rieb sich die Schultern.

»Heute kann mich nichts erschüttern. Es ist ein positiver Tag. Ein schöner Tag. Ich habe mit meinem Sohn telefoniert. Zurzeit ist er in Afghanistan stationiert.« Sie schüttelte sich leicht. »Für eine Mutter ist es schwierig, ein Kind in einem solchen Einsatz zu wissen. Ich kann und will mich nicht davon frei machen, eine gewisse Sorge zu empfinden. Darum ist es immer besonders schön, zu hören, dass es ihm gut geht.«

»Jannes?«, fragte Christoph fast beiläufig.

Sie nickte. »Das ist eigentlich ein biblischer Name griechischer Herkunft und bedeutet ›Verführer‹. Bei unserem Sohn haben wir aber an etwas anderes gedacht. Tyler ist hier angekommen. Er liebt das ruhige und friedliche Nordfriesland und ist verwurzelt. ›Jannes‹ ist die friesische Kurzform von ›Johannes‹.« Erneut lächelte sie. »Heißen Sie nicht auch so?«

»Mit Zunamen.«

»Unsere Tochter heißt Keike. Das ist eigentlich ein Kosename für Cornelia. Sie sehen an der Namenswahl unserer Kinder, dass wir uns hier wohlfühlen.« Dann sah sie Christoph an und verzog plötzlich das Gesicht.

»Sie sagten, Sie hätten eine unerfreuliche Nachricht.« Schlagartig veränderte sich ihr Gesichtsausdruck.

»Es geht um Ihren Mann.«

»Ja.« Es klang fast trotzig. »Ich sagte Ihnen bereits, dass Tyler in Lübeck ist. An der Musikhochschule.«

Christoph nagte unbehaglich an der Unterlippe. »Frau Tyler …« Er stutzte. Der positive Überschwang der Frau hatte ihn durcheinandergebracht. »Frau McCoy«, begann er erneut. »Es gibt Anzeichen dafür, dass Ihrem Mann etwas zugestoßen ist.«

»Plötzlich?« Frau McCoy hob eine Hand und streckte den Zeigefinger in Christophs Richtung aus. »Davon wüsste ich.«

»Er ist nicht in Lübeck angekommen.«

»Doch. Ich habe mit ihm gesprochen.«

Traurig schüttelte Christoph den Kopf. »Sie haben mit Professor Kühirt telefoniert.«

Es schien, als würde Monika McCoy nicht zuhören. »Basilius hat gesagt, Tyler wäre da.«

»Er hat Ihnen erzählt, dass er mit Ihrem Mann verabredet sei und sie ins Studio wollten, nicht aber, dass Tyler eingetroffen ist.«

»Das ist doch das Gleich– « Jetzt stutzte sie. »Moment mal. Woher wissen Sie das so genau?«

»Wir waren in Lübeck und haben mit Professor Kühirt gesprochen. Und mit den Nachbarn in der Fleischhauerstraße.«

»Sie waren … Aber warum denn?« Ein durchbohrender Blick traf Christoph.

»Unsere Erkundigungen haben uns nach Lübeck geführt.«

»Ja – aber ... Tyler hat doch nichts getan, dass die Polizei Nachforschungen anstellt. Ich verstehe das nicht.«

»Ihrem Mann wurde zu keiner Zeit etwas vorgeworfen. Vielmehr ist er Opfer einer Straftat geworden.«

»Mein Gott. Tyler. Wie konnte das passieren? Wie geht es ihm? Offenbar etwas Schlimmes, sonst hätte er sich schon gemeldet.« Sie spielte mit ihren Fingern. »Doch. Das hätte er, auch wenn er sein Handy zu Hause vergessen hat.«

»Frau McCoy. Ihr Mann ist den Verletzungen erlegen«, sagte Christoph ausweichend.

»Den Verletzungen erlegen?«, wiederholte sie tonlos. Die Mundwinkel begannen zu zittern. Ein feuchter Glanz trat in die Augen. »Sie wollen sagen, er ist tot?«

Christoph nickte stumm.

Monika McCoy senkte den Kopf. Es war totenstill im Raum, bis ein kaum hörbares Schluchzen erklang. Ein Beben ging durch den Frauenkörper. Dann fuhr ihre Hand durchs Gesicht. Sie hatte den Kopf immer noch gesenkt. Es folgten wieder Augenblicke einer unheimlichen, bedrückenden Stille. Plötzlich stand sie auf.

»Ich muss ein paar Minuten allein sein«, sagte sie und verließ das Zimmer.

»Frau McCoy, sollen wir ...?«, rief ihr Christoph hinterher.

»Jetzt nicht«, sagte sie und schloss die Tür hinter sich.

»Haben Täter eine Vorstellung davon, was sie anrichten?«, fragte Große Jäger leise. »Menschen, bei denen eingebrochen wurde, fühlen sich in ihren eigenen vier Wänden nicht mehr sicher. Aber was ist das im Vergleich zu dem, was hier geschehen ist?«

Es dauerte unendlich lang erscheinende zehn Minuten, bis Monika McCoy zurückkam. Sie hatte geweint. Die Augen waren rot gerändert.

»Sollen wir einen Arzt rufen?«, fragte Christoph.

»Nein. Es geht schon«, antwortete sie kaum wahrnehmbar.

»Gibt es jemanden, den Sie benachrichtigen können?«

»Ich habe mit meiner Tochter telefoniert. Sie ist Lehrerin an der A. P. Møller-Skolen in Schleswig. Sie kommt rüber.« Monika McCoy holte ein zerknülltes Papiertaschentuch aus der geballten Faust und tupfte sich die Augen ab. »Wie ist das passiert? Und warum?«

»Das Motiv kennen wir noch nicht«, sagte Christoph.
»Und wie?«
»Hier – in unmittelbarer Nachbarschaft. An der Biike.«
»An der Biike? Sie meinen, es war Tyler, der dort –?« Sie brach mitten im Satz ab. Christophs verhaltenes Kopfnicken bekam sie nicht mit. Es war genauso überflüssig wie weitere Worte.
»Warum? Warum Tyler?« Sie trommelte mit ihren Fäusten auf ihre Knie. Dann sprang sie in die Höhe, rannte aus dem Raum und kehrte gleich darauf mit einem rahmenlosen Bild zurück. Es zeigte einen dunkelhäutigen Mann, aus dessen Gesicht zwei weiße Augen hervorstachen. Er hatte die Wangen aufgeblasen und hielt eine Posaune vor dem Gesicht. Aus dem Foto sprang nicht nur die Anstrengung heraus, die mit dem Musizieren verbunden war, sondern auch eine ansteckende Fröhlichkeit.

Frau McCoy klopfte mit den Knöcheln auf das Glas.

»Sehen Sie doch selbst. Wer kann etwas gegen einen solchen Menschen haben? Wissen Sie überhaupt, wer er war?«

Christoph räusperte sich. »Nach allem, was wir bisher gehört haben, war Ihr Mann ein –«

Sie schnitt ihm mit einer Handbewegung das Wort ab.

»Tyler wurde in der Nähe von Clarksdale im Coahoma County geboren. Das liegt im US-Bundesstaat Mississippi und hat etwa so viele Einwohner wie Husum. Die Region ist wie ganz Mississippi sehr ländlich geprägt. Vielleicht fühlte er sich deshalb hier oben, ganz im Norden, so heimisch.« Monika McCoy holte tief Luft. »Kennen Sie Mississippi und seine Geschichte?«

Die beiden Beamten verneinen.

»Halb so groß wie die alte Bundesrepublik, aber nur drei Millionen Einwohner. Knapp. So ähnlich wie Schleswig-Holstein. Sie haben also viel Platz. Und Mississippi ist fast überall flach. Deshalb war Tyler sofort in diese Gegend verliebt. Viel Platz. Ein weites Land. Und das Wasser in der Nähe. So wie der Fluss, der dem Staat seinen Namen gab und ›Großer Fluss‹ heißt. Das ist indianisch. Nun. Nur das Klima ist anders. Subtropisch.«

»Waren Sie oft in der Heimat Ihres Mannes?«, fragte Christoph.

Die Frau schüttelte energisch den Kopf.

»Nie!«

Christoph sah sie erstaunt an.

»Tyler hat sich geweigert, in seine Heimat zurückzukehren.«

»Er war aber US-Bürger«, wandte Christoph ein.

»Ja, und zwar ein stolzer. Obwohl dort sehr früh vor allem Baumwolle angepflanzt wurde, nachdem der Tabakanbau nicht mehr lief, waren die Lebensbedingungen in Mississippi eher schlecht. Man hat schon sehr früh Sklaven auf die Plantagen geholt. Damit haben übrigens die Franzosen, die aus New Orleans herübergekommen sind, angefangen. Die Engländer haben es dann im großen Stil ausgebaut. Amerika, das Land der Freiheit. Pah! Immer wieder gab es blutig unterdrückte Sklavenaufstände. Logisch, dass sich Mississippi beim Bürgerkrieg auf die Seiten der Südstaaten geschlagen hat. Deshalb wurde auch der 4. Juli, der Unabhängigkeitstag, dort nie gefeiert. An diesem Datum haben sich die Truppen der Südstaaten ergeben. In Mississippi war die Rassendiskriminierung bis 1995 aktuell. Erst dann hat Mississippi den Zusatzartikel der Verfassung von 1865 ratifiziert. Können Sie sich das vorstellen? Und dabei gab es einen Formfehler. Deshalb war die Sklaverei formell noch bis 2013 in Kraft. Unfassbar. Die etwa sechzig Prozent Weißen sind bis heute von der Überlegenheit ihrer Rasse überzeugt. Farbige wurden ermordet. Man kann sich hier nicht vorstellen, wie rückständig man dort ist. Erst 1966 wurde die Prohibition widerrufen. Ein Jahr später zwang der Oberste Gerichtshof der USA den Staat, das Verbot der Mischehen aufzuheben. Stellen Sie sich vor: Tyler und ich hätten dort nicht heiraten dürfen.«

»Ist das wahr?«, fragte Große Jäger ungläubig.

Monika McCoy nickte bedächtig. »Deshalb hat Tyler sich geschworen, nie wieder in seine Heimat zurückzukehren. Hier war er glücklich. Das Land. Die Natur. Die Menschen. Und seine Musik. In seinem Blut war Musik. Es gibt kaum jemanden, der den Jazz so verinnerlicht hat wie Tyler.«

Sie starrte gedankenverloren auf ihre Fußspitzen, bevor sie fortfuhr. »Er war großartig, obwohl er nie Musik studiert hat. Das ist den Menschen seiner Geburtsstadt Clarksdale wohl mitgegeben. Die Stadt ist die Heimat des Blues. Von dort stammen John Lee Hooker, Muddy Waters, Sam Cooke und andere. Ach ja, auch Ike Turner, der ehemalige Mann von Tina Turner, ist dort geboren.

Elvis Presley stammt aus Mississippi. Tennessee Williams hat dort gelebt, Morgan Freeman, und in der Nähe wohnt John Grisham. Und trotzdem ...« Sie ließ den Satz unvollendet. »Heute werden auf den Plantagen große Maschinen eingesetzt. Die schwarze Bevölkerung lebt in bitterer Armut. Es ist nicht verwunderlich, dass Mississippi auf dem letzten Platz bei der Bewertung der Lebensbedingungen in den Staaten liegt. Armut, keine ausreichende Bildung oder Gesundheitsversorgung und eine unterdurchschnittliche Lebenserwartung.« Sie holte tief Luft. »Darüber spricht hier keiner. Und auch die USA schweigen dazu.«

»Das alles führte dazu, dass Ihr Mann in Deutschland eine neue Heimat gefunden hat.« Christophs Einwurf war keine Frage, sondern eine Feststellung.

»Haben Sie gewusst«, fuhr Frau McCoy fort, »dass dort die Hälfte der Wähler glaubt, Barack Obama wäre ein Muslim? Man hat vor Kurzem die letzte Klinik wieder geschlossen, in der Abtreibungen durchgeführt wurden. Wer ein öffentliches Amt bekleidet, so schreibt es die Verfassung vor, muss an Gott glauben. Und eine deutliche Mehrheit bezweifelt die Evolutionstheorie. Das, meine Herren, sollten Sie wissen, um zu verstehen, weshalb Tyler hier glücklich war.«

»Sind Sie, Ihr Mann oder die Familie jemals bedroht worden?«, fragte Christoph.

»Allein die Frage ist absurd. Von wem? Und warum? Wir sind friedliche und glückliche Menschen. Tyler hat seine Musik.«

Christoph fiel auf, dass sie immer noch in der Gegenwart sprach. »Er ist Dozent in Lübeck. Er hat viele Plattenaufnahmen gemacht, mit bekannten Jazzgrößen in der ganzen Welt gespielt. Sogar in Moskau. Nur eine Einladung nach New Orleans hat er stets abgelehnt, obwohl dort die Wiege des Jazz steht.«

Christoph streckte die Hand aus, zog sie aber sofort wieder zurück. »Ich habe Ihren Mann in Husum spielen hören«, sagte er.

»Tyler ist Profimusiker. Er hat die Musik aber nie als Job begriffen, sondern für sie gelebt.« Plötzlich wurde ihr bewusst, was sie gesagt hatte. Ein erneutes Schluchzen überfiel sie. »In Husum – bei ›Tante Jenny‹ –, das ist pures Vergnügen für ihn. Er war glücklich, wenn er mit den Musikern der Stormtown Jazzcompany auftreten konnte.

Man mochte ihn dort, er war ein gern gesehener Gast. Er hat sich fest vorgenommen, in diesem Jahr wieder nach Husum zu fahren und dort –« Sie brach ab und schlug beide Hände vors Gesicht. Ein Beben erfasste ihren Körper. Nachdem sie es überwunden hatte, sah sie Christoph aus tränenverschleierten Augen an.

»Bitte«, sagte sie mit erstickter Stimme. »Gehen Sie jetzt. Ich möchte allein sein.«

»Frau McCoy, sollen wir nicht doch einen Arzt –«

»Bitte!«

Mit einem Achselzucken standen die beiden Beamten auf. Im Vorbeigehen legte ihr Große Jäger sanft die Hand auf die Schulter. Sie ließ es wortlos geschehen.

Vom Auto aus nahm Christoph Kontakt zu Cornilsen auf.

»Ich habe einen Zeugen gefunden, der behauptet, auf dem Parkplatz am Bahnhof einen beigen Ford Ka gesehen zu haben. Den will er dort schon öfter beobachtet haben. Der Zeuge meint, der Wagen würde auch heute wieder dort stehen.«

»Wir fahren in Klanxbüll vorbei«, sagte Christoph. »Wo sind Sie jetzt?«

»In Süderlügum. Ich schätze, ich brauche hier noch eine halbe Stunde.«

»Wir treffen uns in der Außenstelle in Niebüll«, entschied Christoph und machte sich mit Große Jäger auf den Weg in die reizvolle ehemalige Kreisstadt Südtonderns. Sie machten einen Umweg über Klanxbüll und fanden den beschriebenen Ford Ka. Große Jäger stellte übers Handy eine Halteranfrage.

»Der Wagen gehört einer Svea Bremer aus Hoddebülldeich«, sagte er unterwegs, um ein wenig später zu ergänzen: »Sie ist polizeilich noch nie in Erscheinung getreten.«

In Niebüll nutzte Christoph die Zeit, um Informationen über den Ku-Klux-Klan einzuholen. Große Jäger schaute ihm dabei über die Schulter.

»Es handelt sich um einen rassistischen Geheimbund in den Südstaaten der USA. Man hat Gewalttaten gegen Schwarze, Juden, Katholiken und Homosexuelle ausgeübt und gemeint, die Überlegenheit der weißen Rasse wäre ein Plan Gottes.«

»Toll«, kommentierte Große Jäger. »Was soll das für ein Gott sein, in dessen Namen Entführung und Mord, Brandstiftung und sexuelle Gewalt gegen schwarze Frauen verübt wird? Die haben es ja nicht bei der Einschüchterung der schwarzen Bevölkerung belassen.«

»Man kann es nicht verstehen«, erklärte Christoph. »Die weißen Kapuzengewänder sind ein Symbol für die Reinheit. Damit will man sich bewusst von den als schmutzig empfundenen Menschen mit dunkler Hautfarbe absetzen. Der Klan rekrutiert sich aus fundamentalistischen Protestanten.«

»Ich bin zwar nicht evangelisch, aber davon muss man sich doch distanzieren. Was hat das mit Religion zu tun? Die Mitglieder nennen sich ›Ritter des Ku-Klux-Klans‹.« Der Oberkommissar lachte laut auf und zeigte auf eine Stelle im Text. »Hier. Der oberste Boss nennt sich ›Grand Wizard‹. Das heißt ›großer Hexenmeister‹. Die sind doch nicht ganz dicht.«

»Leider finden solche kruden Ideologien immer wieder Anhänger.«

»Ob die wieder aktiv sind?«, fragte der Oberkommissar und rief das LKA an.

»Lüders.«

»Moin, Herr Dr. Lüders. Lieben Sie Jazz? Ich meine – so richtig heißen?«

»Ich höre mir das auch an, aber was soll deine merkwürdige Frage?«

Große Jäger berichtete von ihrem Fall, während Christoph das Gespräch über die Lauthöreinrichtung mitverfolgte.

»Das ist außergewöhnlich«, sagte der Kieler Kriminalrat.

»Haben Sie davon gehört, dass der Ku-Klux-Klan in Deutschland wieder aktiv ist?«

»Es gab eine Gruppe namens ›Ritter des feurigen Kreuzes‹, die aber im Dritten Reich verboten wurde. Nach dem Krieg gab es ein paar Splittergruppen, bis US-Soldaten in Bitburg eine Wiederbelebung versuchten. In den neunziger Jahren wurde in einem brandenburgischen Waldstück ein Holzkreuz verbrannt.«

»Gab es Opfer?«, unterbrach ihn Große Jäger.

»Nein«, antwortete Dr. Lüders. »Übrigens hat man bei den Mitgliedern des NSU ein Bild gefunden, auf dem die bekannten

Täter vor einem brennenden Holzkreuz mit dem Hitlergruß zu sehen sind. Man vermutet, dass Klan-Mitglieder in Sachsen-Anhalt einen Dunkelhäutigen fast zu Tode gehetzt haben.«

»Und wie sieht es bei uns aus?«

»In Schleswig-Holstein? Nein. Davon ist mir nichts bekannt. Auch nicht gerüchteweise. Wenn das zutreffen würde, wüssten wir davon. Diese Thematik wäre in unserer routinemäßigen Führungsrunde mit Sicherheit erörtert worden. Habt ihr bei diesem vermuteten rassistischen Hintergrund auch an ein Täterumfeld aus dem rechtsextremistischen Umfeld gedacht?«

Große Jäger lachte. »Klar. Ich muss mich auch kurz fassen, weil die glatzköpfigen Nazis schon zum Verhör vor meinem Schreibtisch Schlange stehen.«

»Das ist natürlich ein Themenfeld, das uns als LKA brennend interessiert.«

»Wir haben alles im Griff«, versicherte Große Jäger. »Warten Sie noch ein Weilchen …«

»War das nicht der Song, den man um den hannoverschen Massenmörder Haarmann gesungen hat?«, fragte Lüder Lüders.

»So weit sind wir noch nicht. Aber außergewöhnlich wäre es schon, wenn sich unser Verdacht bewahrheiten würde.«

Lüder Lüders wünschte viel Erfolg. »Lasst von euch hören. Das interessiert mich«, bat er zum Abschluss.

Christoph hatte zugehört, während er dabei war, das polizeiliche Informationssystem zu durchforsten. »Die gleiche Idee mit der Naziszene hatte ich auch«, sagte er. »Ich habe auch einen Verdächtigen gefunden, den wir befragen sollten. Hier.« Er zeigte auf den Bildschirm.

»Ein tolles Kerlchen«, sagte Große Jäger, nachdem er das Bild des Mannes mit dem wuchtigen Schädel betrachtet hatte.

Auf dem kahl rasierten Kopf war ein Totenkopftattoo angebracht. Ein kräftiges Gebiss und volle Lippen bestimmten den unteren Teil des runden Gesichts, das durch eine fleischige Nase geprägt wurde. Die Pausbacken verliehen ihm fast weiche Züge, wie Große Jäger fand.

»Das steht im Gegensatz zu seinem Vorstrafenregister«, erklärte Christoph und las vor.

»Achtzehn Monate wegen schwerer Körperverletzung. Derzeit ermittelt die Flensburger Staatsanwaltschaft wieder gegen ihn wegen eines tätlichen Angriffs auf einen Polizeibeamten. Körperverletzung, Landfriedensbruch, Verwendung verfassungsfeindlicher Symbole, Beleidigung, Sachbeschädigung. So geht es munter weiter. Da fällt die fortgesetzte Erschleichung von Beförderungsleistungen gar nicht mehr ins Gewicht.«

»Permanentes Schwarzfahren eines durch und durch braunen Gesinnungsgenossen«, sagte Große Jäger halblaut. »Man darf es nicht laut sagen, aber mit Putin und solchen schwarzen – oder besser braunen – Schafen hätten wir viele einheimische Probleme gelöst.«

Christoph sah ihn fragend an.

»Einer wie Putin hätte solchen Leute Eisenkugeln ans Bein gebunden. Was meinst du, wie die unsere Straßen in Schuss gebracht hätten. Die würden jeden Tag gefegt werden.«

»Soso«, erklang es von der Tür. Die beiden hatten Cornilsen nicht bemerkt, der inzwischen eingetroffen war.

»Das hast du nicht gehört«, erklärte Große Jäger im Befehlston.

»Sprecht ihr über Hark Huthmacher?«

»Du kennst ihn?«

»Klar. Ich komme doch aus Niebüll. Er ist ein Paria in unserer schönen Stadt. Ungefähr mein Alter, aber immer schon ein Schläger und Nichtsnutz gewesen. Er hat die Schule geschmissen, hat zuvor Lehrer und Mitschüler bedroht. Seine Eltern, eigentlich biedere Bürger, waren ihm nicht gewachsen. Klar, dass so einer auf die schiefe Bahn gerät. Huthmacher wurde nie ernst genommen. Er hat sich lediglich mit Gewalt durchgesetzt. Die Initialzündung für seinen Wechsel zu den braunen Schlägerbrigaden war wohl ein Streit mit einem portugiesischen Mitschüler, dem er geistig nicht gewachsen war. Anacieto ist der Sohn eines Einwanderers. Sein Vater hat den Müllwagen gefahren. Anacieto war einer der Besten im Deutsch-Leistungskurs und hat auch beim Vorlesewettbewerb Plattdeutsch erfolgreich teilgenommen. Ich weiß nicht, was aus ihm geworden ist. Die Familie ist irgendwann weggezogen. Ich glaube, er hat in Flensburg Pädagogik studiert.«

»Der Huthmacher hat eine ebenso imposante berufliche Laufbahn hinter sich«, fuhr Große Jäger fort. »Schule nicht abgeschlossen, dann hat er sich in verschiedenen Branchen herumgeschlagen.«

»›Herumgeschlagen‹ ist genau das richtige Wort«, flocht Cornilsen ein. »Man hat ihm zuletzt Hartz IV gekürzt, weil er einer Arbeitsaufforderung nicht nachgekommen ist. Er sollte als Ungelernter bei einem türkischen Malereibetrieb beginnen. Am ersten Arbeitstag hat Huthmacher den Betriebsinhaber beschimpft und körperlich bedrängt. Nur das Einschreiten weiterer Mitarbeiter hat Schlimmeres verhindert.«

»Wo wohnt dieses Früchtchen?«, fragte Große Jäger.

»Ich weiß es«, sagte Cornilsen.

»Gut. Worauf warten wir noch?« Der Oberkommissar war entschlossen aufgestanden.

»Na denn dann«, stimmte Cornilsen zu.

»Moment«, protestierte Christoph vergeblich. Ihm blieb nur noch, achselzuckend hinter den anderen hinterherzueilen.

Sie fuhren mit Cornilsens Dienstfahrzeug, einem zivilen Ford Focus. Es waren nur wenige Minuten bis zur Königsberger Straße.

»Sollen wir eine Streife zur Verstärkung anfordern?«, fragte Christoph unterwegs.

»Bis die Kollegen vor Ort sind, haben wir die Sache schon erledigt«, erklärte Große Jäger selbstbewusst. In diesem Viertel herrschte die Einfamilienhausbebauung vor. Erst nachdem sie in einem Bogen der Sackgasse gefolgt waren, tauchten drei parallel sowie ein extra stehender Wohnblock auf. Zwei Glascontainer begrenzten den Parkplatz, der den Blick auf einen Kinderspielplatz freigab. Ein pinkfarbener Elefant war ein farbenfroher Lichtblick an diesem trüben Tag im Unterschied zu den roh gezimmerten Holzbalken, die ein Tor darstellen sollten. Für die Reparatur eines eingetretenen Holzzauns fühlte sich offenbar niemand zuständig. Die Mülltonnen waren hinter einem Palisadenzaun versteckt, während die Farbe vom Putz des Treppenhauses großflächig abplatzte. Am Vordach des Hauseingangs war auch der Beton weggebrochen und gab den Blick auf die Eisenstäbe frei. Dafür hatten die Bewohner ihr eigenes Reich offensichtlich gut gepflegt. Überall hingen saubere Gardinen in den Fenstern.

Sechs Parteien bewohnten ein Haus. Ein Nachbar ließ sie ein und fragte erstaunt nach dem Grund des Besuchs.

»Wir möchten zu einem anderen Hausbewohner«, erklärte Christoph, ohne sich als Polizist zu erkennen zu geben.

Die Türklingel gab einen schrillen, durchdringenden Ton von sich. Erst nachdem der Oberkommissar beim dritten Versuch seinen Finger auf dem Knopf ruhen ließ, wurde die Tür aufgerissen. Huthmacher trug ein fleckiges olivgrünes Unterhemd, das über einer ebenfalls nicht sauberen Jogginghose hing. Er war unrasiert. Von ihm ging eine üble Dunstwolke aus. Christophs Blick wurde magisch von den zahlreichen Tattoos angezogen, die die sichtbaren Hautflächen zierten. Zierten?, überlegte Christoph. Besonders auffällig war eine große »88«, die knapp unter dem Ohr am Hals begann und bis zum Schulterblatt reichte.

Die Acht stand für den achten Buchstaben, die Achtundachtzig galt als Synonym für die Initialen Adolf Hitlers. Nur noch wenige Rechtsextremisten bedienten sich solcher Symbole.

»Welcher Arsch macht so einen Lärm?«, brüllte Huthmacher und schwenkte die Hand mit der brennenden Zigarette.

»Wenn es drei Mal klingelt, ist es die Polizei«, erwiderte Große Jäger.

»Zischt ab, Scheißbullen.«

»Geht in Ordnung, zusammen mit dir, Scheißnazi«, erwiderte der Oberkommissar ungerührt. »Mit oder ohne Zahnbürste?«

»Verpiss dich.« Huthmacher wollte die Tür zuschlagen. Er gab ihr einen kräftigen Stoß und bekam sie an den Kopf, als sie zurückpendelte, weil Cornilsen seinen Fuß dazwischenhielt. Für den Bruchteil einer Sekunde war der Mann irritiert. Als wären sie ein seit Langem eingespieltes Team, packten Große Jäger und der Kommissar Huthmacher, fixierten seine Hände einschließlich der brennenden Zigarette auf dem Rücken, und bevor er Widerstand leisten konnte, hatten sie ihm Handschellen angelegt.

»Die guten alten aus Stahl«, griente Große Jäger und bekam, trotz Ausweichversuchs, noch einen Tritt ab, den Huthmacher in seine Richtung absetzte.

»Ich bin sicher wie eine Bank«, erklärte Große Jäger. »Bei mir gibt es garantiert Zinsen. Versprochen. Das bekommst du zurück.«

Als Huthmacher ein zweites Mal versuchte zu treten, ließ ihn Cornilsen über das ausgestreckte Bein fallen. Mit den auf dem Rücken gefesselten Händen krachte der Mann auf die fleckige Auslegeware des kleinen Flurs. Dabei schrammte er mit dem Oberarm an der Wand entlang. Die Schürfwunde war nicht arg, aber sie musste höllisch brennen.

Huthmacher schrie auf. »Schweine. Ihr habt mich verletzt. Ich will einen Arzt.«

»Kriegst du«, versicherte Große Jäger. »Einen Psychiater, der deinen Geisteszustand untersucht. Mann, wie doof muss man sein, um so zu degenerieren wie du.«

»Ich will einen Anwalt«, rief Huthmacher.

»Klar.« Große Jäger sprach ruhig und sachlich. »Du bekommst einen Arzt. Und einen Anwalt. Dazu einen Steuerberater und einen Architekten. Dann haben wir die Liste der freien Berufe vervollständigt.« Er beugte sich zu Huthmacher hinab, packte die Ohren und zog den Kopf daran hoch. »Hast du das begriffen? Oder bist du dazu auch zu blöde?«

Gemeinsam halfen sie dem Mann auf die Beine. Cornilsen packte ihn am Oberarm, drängte ihn ins Wohnzimmer und drückte ihn in einen zerschlissenen Sessel.

Einzig der Flachbildfernseher schien nicht marode zu sein. Der Teppich war fleckig und ausgefranst, die Gardinen passten farblich zum Nikotingelb der Wände. Die wenigen zusammengesuchten Möbel waren abgeschrammt, teilweise war das Furnier abgeplatzt. Es roch nach abgestandenem Zigarettenrauch.

»Gemütlich wohnst du. Richtig anheimelnd. Hätte ich so ein Zuhause, würde ich mich auch nicht danach drängen, einer geregelten Arbeit nachzugehen.«

»Was soll das Ganze? Was wollt ihr Arschlöcher von mir?«

»Wir möchten nur wissen, ob du deine Schimpftiraden gegenüber dem Justizvollzugspersonal im Knast fünfzehn Jahre oder lebenslang ablassen musst.«

»Hä?« Huthmacher sah Große Jäger ratlos an. »Was soll der Scheiß?«

»So lange bestraft man Mörder, die besonders brutal mit ihren Opfern umgegangen sind.«

»Ihr habt doch einen Tripper unterm Pony«, schimpfte Huthmacher.

»›Triller‹ heißt das. ›Triller unterm Pony‹«, belehrte ihn Cornilsen.

»Halt du bloß die Fresse«, rief der Rechtsradikale.

»Na, na«, mischte sich Große Jäger in väterlich klingendem Ton ein. »Da war doch was mit Widerstand gegen Vollzugsbeamte. Jetzt gibt es aber keine Bewährung mehr.«

»Ihr seid doch nicht ganz dicht. Was wollt ihr mir anhängen?«

»Mord in Runeesby und versuchter Mord in Klanxbüll.«

»Wo?«

»Klar doch. Selbst in Heimatkunde bist du schwach. Dabei legt euer Verein doch gerade auf den Begriff ›Heimat‹ so viel Wert.«

»Ach.« Huthmacher lachte verächtlich. »Ihr glaubt, ich habe bei dieser Verbrennung bei der Biike mitgemacht. Super Idee.«

»Dich zu verdächtigen?«

»Nee. Auf diese Weise jemanden abzufackeln.«

»Wen habt ihr da verbrannt?«

»Was weiß ich. Du Sackgesicht glaubst doch nicht, dass ich das war?«

»Das hat uns der Gauleiter aber verraten.«

»Der – was? Gauleiter?« Huthmacher lachte schrill auf. »Ihr habt sie doch nicht alle. In der Kameradschaft gibt es keinen Gauleiter. Das hättet ihr wohl gern, was?«

Große Jäger beugte sich zu Huthmacher hinab. »Euer Boss tituliert sich aber selbst so.«

»Schwachsinn. Das ist der Kameradschaftsführer.«

Große Jäger verzog das Gesicht zu einem spöttischen Grinsen. »Da kommen wir der Sache doch schon näher. Einen *Führer* habt ihr. Das gab es doch schon einmal.«

Huthmacher machte Anstalten, auszuspeien, unterdrückte es aber doch.

»So nicht. Nicht mit mir. Ich sag jetzt gar nichts mehr. Aber«, dabei zog er eine grimmige Grimasse, »pass auf deine Gesundheit auf, Bulle. Die ist nicht mehr viel wert. Du bist schon jetzt ein toter Mann.«

»So wie euer dunkelhäutiges Opfer in Klanxbüll?«

»Was?« Huthmacher lachte schrill. »Hat man da einen Nigger gekillt?«

Christoph war schneller, packte Große Jäger am Oberarm und hielt ihn zurück. Er wusste, dass es eine Schwelle gab, an der es gefährlich wurde, wenn der Oberkommissar sie überschritt. Für das Gegenüber. Und für Große Jäger.

Huthmacher hatte die Geste bemerkt.

»Das ist doch richtig, Neger, Schlitz- und Ölaugen, Zigeuner und das andere Gesocks wieder rauszujagen. Die haben hier nichts verloren. Und wer nicht freiwillig geht, dem müssen wir nachhelfen.«

»Das haben Sie und Ihre Kameradschaft sich zum Ziel gesetzt?«, mischte sich Christoph ein.

»Ist das verboten? Hier darf jeder seine freie Meinung äußern. Selbst diese Fehlfarben reißen ungefragt ihre Schnauze auf.«

»Jetzt reicht es«, sagte Christoph scharf. Auch ihm wurde allmählich übel von dem, was Huthmacher an Menschenverachtung absonderte.

»Sehen Sie doch einmal in den Spiegel.« Immerhin hatte Huthmacher ihn gesiezt. »Was springt Ihnen da entgegen? Ein germanisches Gesicht. Wenn Sie sich schneiden, fließt sauberes unverfälschtes Blut. Und dann gucken Sie sich einen Neger an. Hat der nicht Ähnlichkeit mit einem Affen? Wer hat das noch gleich gesagt, ich meine die Geschichte, dass der Mensch vom Affen abstammt? Hieß der nicht Newton?«

»Stimmt«, pflichtete Große Jäger bei. »Newton war der, der das Gesetz von der Schwerkraft entdeckt hat. Dabei sind solche Typen wie du so mächtig auf den Schädel gefallen, dass sie einen kräftigen Dachschaden davongetragen haben. Charles Darwin war es mit seiner Evolutionstheorie, der erkannt hat, dass Rechtsradikale wie du sich irgendwann nicht weiterentwickelt haben.«

»Ich will meinen Anwalt sprechen«, forderte Huthmacher.

»Wir nehmen Sie mit«, erklärte Christoph.

»Warum denn? Ich hab doch nichts getan.«

»Die Taten, die wir Ihnen vorwerfen, werden wir Ihnen später nennen.«

Huthmacher machte eine Kopfbewegung in Große Jägers Richtung.

»Der Dicke da, der ist kriminell. Er hat mich tätlich angegriffen und schwer verletzt.« Dann wollte er aufspringen, aber Cornilsen drückte ihn in den Sessel zurück. »Nehmt die dreckigen Pfoten von meinen Sachen«, schrie er, als Christoph und der Oberkommissar begannen, die Wohnung zu durchsuchen.

Neben den persönlichen Gegenständen fanden sie Musikkassetten von ultrarechten Bands.

»Ganz auf der Höhe der Zeit seid ihr auch nicht mehr«, lästerte Große Jäger. »In keiner Hinsicht. Selbst meine Oma ist inzwischen bei der CD angekommen. Und du hörst noch MCs. Na ja. Technik von gestern mit Thesen von vorgestern für Zurückgebliebene.« Er nahm eine MC zur Hand und las vor: »Thors Familie. Heldenlieder.« Plötzlich stutzte er, als er die nächste MC betrachtete. »Sieh mal«, forderte er Christoph auf. »Lasst sie schwarz brennen« hieß der Titel. »Goebel und die Völkerschlacht« – Goebel ohne ›s‹ und mit einem ›b‹ – nannte sich die Rockgruppe. »Hast du schon das Desinfektionsmittel gefunden?«, fragte Große Jäger, an Christoph gewandt. »Ohne kann man diesen Dreck doch gar nicht anfassen.«

Flugblätter und Broschüren, Bücher über zweifelhafte Kriegshelden und im Schlafzimmer eine Reichskriegsflagge, die eine ganze Wand einnahm, waren weitere Hinweise auf die Gesinnung Huthmachers. Noch erstaunter war Christoph, als sie im Schlafzimmer ein gerahmtes Foto des Ku-Klux-Klans aus dem Jahre 1922 in Gainsville an der Wand fanden, das die Klan-Mitglieder mit Fackeln vor einem brennenden Kreuz zeigte.

Huthmacher protestierte noch einmal lautstark, als die Beamten seinen Rechner beschlagnahmten.

Im Treppenhaus hatten sich ein paar Mitbewohner eingefunden.

»Wurde auch Zeit, dass der einkassiert wird«, traute sich ein älterer Mann zu sagen und zuckte zusammen, als Huthmacher auf seiner Höhe war und zischte: »Dieser Spruch bringt dir einen Kieferbruch ein.«

»Haben Sie das gehört? Haben Sie das gehört? Hallo? Das ist ja unfassbar. Das sollten Sie sich merken«, schnaufte eine rundliche Nachbarin. »Früher, da hat es so etwas nicht gegeben. Aber heute ... Da wird so ein Pack mit durchgeschleppt.«

»Ich stech dir in deinen dicken Busen. Dann platzt du aufgeblasene Schlampe«, herrschte Huthmacher sie an.

Die Frau packte Christoph am Jackenzipfel. »Haben Sie das gehört?«, wiederholte sie mehrfach.

Die drei Beamten verfrachteten Huthmacher auf den Rücksitz und fuhren zur Kriminalpolizeiaußenstelle nach Niebüll, wie die Dienststelle etwas umständlich hieß. Nach dem *Friisk-Gesäts*, dem Friesisch-Gesetz, war auch diese Dienststelle wie die Mehrheit der Behörden und Ämter in Nordfriesland zweisprachig ausgeschildert. »Kriminalpolizeiaußenstelle – Kriminåålpolitii – Büterkantoor« stand auf dem Schild.

Huthmacher sah sich skeptisch um, als er auf einem unbequemen Besucherstuhl Platz nehmen musste.

»Was ist?«, fragte er unfreundlich. »Soll ich die Scheißdinger umbehalten?«

Cornilsen löste die Handschellen auf dem Rücken, ließ es zu, dass Huthmacher sich die Hände rieb, und legte die stählerne Acht so an, dass die Hände vor dem Körper bleiben konnten.

»Wir verdächtigen Sie des Mordes an Tyler McCoy und des versuchten Mordes an Akimsola Kpatoumbi«, begann Christoph.

Huthmacher lachte hämisch. »Ist das auch so ein Bimbo?«

»Bekennen Sie sich schuldig?«, fragte Christoph.

»Ist das ein Witz?«

Große Jäger hatte an der Schreibtischecke Platz genommen, Cornilsen stand, an die Wand gelehnt, hinter Huthmacher.

»Wo waren Sie am vergangenen Donnerstag?«

»Scherzkeks. Auf der nördlichen Halbkugel.«

»Also am Tatort«, konstatierte Große Jäger.

»Hat der einen Sockenschuss?«, richtete Huthmacher die Frage an Christoph.

»Und gestern Abend?« Ungerührt setzte Christoph das Verhör fort.

Huthmacher lachte breit. »Lass mich überlegen.« Er legte den Kopf schief. »Da war ich auf der Südhalbkugel.« Er lehnte sich zurück. »Ich sage jetzt nichts mehr. Außerdem ist das Köperverletzung. Ich brauche jetzt einen Kaffee.«

Cornilsen nickte Christoph zu. »Ich kümmere mich darum.«
Christoph wiederholte stereotyp die Fragen nach dem Aufenthaltsort während der Tatzeiten im Wechsel mit Fragen nach Kontaktpersonen zur erwähnten germanischen Bruderschaft. Huthmacher hatte sich darauf verlegt, statt einer Antwort nur frech zu grinsen. Dieses Spielchen wiederholte sich, bis Cornilsen zurückkehrte und auf einem Tablett drei Becher mit aromatisch duftendem Kaffee und ein Glas mit Wasser balancierte.

Gierig streckte Hutmacher die Hand nach dem Kaffee aus, aber Große Jäger schlug ihm wie einem unartigen Kind auf den Handrücken.

»Willst du das sein lassen? Jeder Bauer weiß, dass das Vieh Wasser trinkt.«

»Du verdammtes Arschloch«, fluchte Huthmacher. »Dich werde ich zerlegen, wenn ich hier wieder weg bin. Wahrscheinlich bist du auch so eine Judens–« Weiter kam er nicht. Stattdessen schrie er auf, als ihm Große Jäger den vollen Becher brühheißen Kaffee ins Gesicht kippte.

»Mensch, pass doch auf«, sagte der Oberkommissar dabei. »Ich will Ihnen den gewünschten Kaffee reichen, und Sie schlagen ihn mir aus der Hand. Das ist jetzt aber dumm gelaufen.«

»Wir brechen an dieser Stelle ab«, entschied Christoph. »Sie bleiben in Gewahrsam.«

»Das ist Folter, was hier stattfindet«, schrie Huthmacher. Er hörte auch nicht auf zu fluchen, als die vom Revier der Schutzpolizei herbeigerufenen Kollegen ihn abführten.

Als sie allein wahren, wollte Christoph ansetzen, Große Jäger zu maßregeln. Aber der Oberkommissar hob abwehrend die Hand.

»Sag und tu, was du willst, aber ich würde es immer wieder tun. Nein«, entschied er. »Ich würde das nächste Mal nicht so lange warten, bis ich ihm –«

Cornilsen räusperte sich.

»Ich habe noch etwas«, sagte er, als Christoph und Große Jäger ihn ansahen. »Es war aufwendig, die Busfahrer zu ermitteln, die in Frage kamen. Die Verkehrsgesellschaften haben sich aber kooperativ gezeigt, in den Dienstplänen gewälzt und mir gesagt, zu welcher Zeit an welchem Endpunkt sich die jeweiligen Fahrer aufhalten müssten.

Leider waren alle Bemühungen negativ. Jeder Befragte versicherte, dass er sich an Tyler McCoy erinnere. Ein dunkelhäutiger Fahrgast fällt auf. Besonders um diese Jahreszeit«, fügte Cornilsen leise an. »Mit dieser Feststellung ist aber keine diskriminierende Aussage verbunden wie bei dem anderen Heini.« Er zeigte mit dem Daumen über die Schulter in die Richtung, in die Hutmacher abgeführt worden war. »Zwei der Fahrer bestätigten, dass ihnen McCoy bekannt sei. Er ist öfter mit ihnen gefahren. Entweder fährt man morgens mit einem Schulbus nach Neukirchen und steigt dort in einen anderen Schulbus nach Klanxbüll oder Niebüll um oder nimmt mittags einen direkten Bus. Andere Verbindungen gibt es nicht.«

Große Jäger hob den Zeigefinger, als würde er sich zu Wort melden wollen.

»Wenn man abgelegen wohnt und dort nur Schulbusse, aber keine anderen Busse verkehren, frage ich mich, warum die Frau ihn nicht zum Bahnhof gefahren hat. Das würde doch jeder andere als selbstverständlich erachten, oder? Es ist doch kein Aufwand, mal eben schnell nach Klanxbüll zu fahren. Die Reise mit dem überfüllten Schulbus ist doch eine Tortur.«

»Ich stimme dir zu«, sagte Christoph. »Das ist merkwürdig. Die Ehefrau hat auch nichts davon verlauten lassen, dass das Auto nicht einsatzbereit bereit gewesen wäre.« Er richtete den Blick auf Cornilsen. »Ist er vielleicht mit einem Taxi gefahren?«

»Diese Möglichkeit habe ich auch in Erwägung gezogen«, bestätigte Cornilsen. »Das nächste Taxiunternehmen ist in Klanxbüll. Weder dort noch im etwas weiteren Umkreis wurde eine solche Fahrt angefordert und ausgeführt.«

Große Jäger verzog anerkennend das Gesicht. »Gut, Hosenmatz. Ganz schön clever. Aus dir kann etwas werden.«

Belustigt registrierte Christoph ein Strahlen auf Cornilsens Antlitz.

»Irgendwie muss er aber weggekommen sein«, überlegte Große Jäger laut. »Ob ihn ein Nachbar mitgenommen hat? Runeesby im Februar ist nicht der Standort, dass man sich an die Straße stellt und auf eine Mitfahrgelegenheit hofft. Wir sollten unsere Erkundigungen in diese Richtung ausdehnen, obwohl alle bisher befragten Zeugen behaupteten, nichts mitbekommen zu haben.«

»Wir haben nicht explizit danach gefragt«, gab Christoph zu bedenken, »da wir nicht wussten, dass Tyler McCoy der Tote ist. Aber eine solche Frage ist nicht unbedingt zielführend.«

»Du hast recht«, führte der Oberkommissar den unausgesprochenen Gedanken fort. »Einer der wenigen Nachbarn hätte sich gemeldet, wenn er Chauffeur gespielt hätte. Es sei denn, er hat etwas zu verbergen.«

»Das hieße, dass einer der Nachbarn an der Ermordung beteiligt ist?«, fragte Cornilsen atemlos in den Raum.

»Genau«, bestätigte Große Jäger. »Der oder die Täter wissen um die Gepflogenheiten des Biikebrennens. Und der Festplatz liegt so abgelegen, dass man ihn kennen muss. Dorthin verirrt sich niemand durch Zufall. Nicht um diese Jahreszeit.«

»Das stimmt nicht ganz«, wandte Christoph ein. »Sicher wird das Ereignis, neben anderen, in der lokalen Presse genannt worden sein. Außerdem sind Busse von weit her dorthin gefahren. Der Kröger vom örtlichen Kro muss davon gewusst haben. Die Busgesellschaften sind nicht zufällig bei ihm aufgetaucht, sondern waren angekündigt.«

Große Jäger nickte versonnen. »Das ist nicht von der Hand zu weisen.« Er sah Cornilsen an. »Als ich jung war, hatten wir eine muntere Skatrunde. Wir haben abwechselnd immer bei einem anderen von uns vieren gespielt. Harald wohnte etwas abseits. Natürlich lief das Kartenspiel nicht trocken ab, und Harald ist gelegentlich im Bus eingeschlafen und kam um Mitternacht irgendwo im Nirgendwo an. Da er kein Geld für ein Taxi – welches auch? – hatte, hat er in einer Telefonzelle geschlafen und ist in aller Frühe mit dem dort vorbeikommenden Müllwagen zurückgefahren. Kapiert?«

»Logisch«, bestätigte Cornilsen und zählte auf: »Post, Müllabfuhr, ambulante Pflegedienste, Tiefkühlheimservice und so weiter.« Er stöhnte theatralisch. »Na denn dann.«

»McCoy wird sicher nicht weit zu Fuß unterwegs gewesen sein. Wohin auch? Er ist nicht mit dem Fahrrad zum Bahnhof gefahren. Also muss ihn jemand mitgenommen haben. Waren das schon die Täter?«, überlegte Christoph laut. »Theoretisch können die Täter auch aus Dänemark gekommen sein. Schließlich gehört die eine Straßenhälfte der Zufahrt zum Königreich. Ich gehe davon aus, dass er auf dem Weg aufgegabelt wurde. Wir wissen nicht, ob er freiwillig eingestiegen ist oder dazu gezwungen wurde.«

»Dann müsste es eine Art Kampf gegeben haben. Aber wo sollen wir nach Spuren suchen? Der Umkreis ist zu groß. Außerdem dürften alle etwaigen Hinweise nach dieser Zeit und in Anbetracht der Witterung untergegangen sein. Und wenn er freiwillig eingestiegen ist? Entweder kannte er seine Entführer, oder er hat das freundliche Angebot, mitgenommen zu werden, angenommen. In dieser menschenleeren Gegend hegt niemand Argwohn. Ganz im Gegenteil. Angesichts des nicht vorhandenen öffentlichen Personennahverkehrs ist es fast selbstverständlich, anzuhalten und zu fragen, ob man jemanden mitnehmen kann.«

»Unsere Ermittlungen, wer als Erster wann an der Biike war und eventuell etwas beobachtet hat, waren auch fruchtlos. Dort gab es zu viele Tritt- und Reifenspuren. Es ist nicht einmal möglich, herauszufinden, ob jemand zufällig am Tag des Biikebrennens oder am Vortag dort war und etwas beobachtet hat. Wir wissen nichts. Einfach nix.«

»Also müssen wir noch einmal die Leute befragen. Zunächst die Frau mit dem Ford Ka.«

Hoddebülldeich war eine Ansammlung vereinzelt liegender landwirtschaftlicher Anwesen und gehörte zur Streusiedlung Emmelsbüll-Horsbüll.

Auf einem der Marschhöfe wohnte Svea Bremer. Sie wurden von einem Mischlingshund empfangen, der ihnen kläffend entgegenkam, als sie das Grundstück befuhren. Als Christoph den Volvo zum Stehen brachte, sprang das Tier an der Tür bis zum Fenster hoch. Große Jäger stieg aus.

»Ist ja gut«, sagte er in besänftigendem Ton. »Hast recht. Das ist dein Revier. Aber wir wollen nur mit der Tante Bremer sprechen.«

Der Hund hielt einen Meter Abstand zu Große Jäger und stemmte seine Hinterbeine in die Erde. Es sah aus, als würde er in den Startlöchern kauern und auf das Signal warten. Der Oberkommissar machte einen vorsichtigen Schritt in Richtung des Hundes, der daraufhin zurücksetzte, um die gleiche Distanz wiederherzustellen.

»Stromer, komm her«, rief ein Mann in Arbeitskleidung, der um die Ecke des Hauses bog. Noch einmal fletschte der Mischlingshund seine Zähne und lief dann zu dem Mann zurück, um weiter laut zu bellen.

»Ist genug, Stromer«, versuchte der Mann, das Tier zu beruhigen, bevor er die beiden Beamten erreichte.

»Ja?«, fragte er.

»Wir möchten mit Frau Bremer sprechen«, sagte Christoph.

»Mit welcher? Der alten oder der jungen?«

»Svea Bremer.« Christoph zeigte auf den abseits geparkten Ford.

»Sie ist zu Hause.«

»Was wollen Sie von ihr?«

»Das würden wir ihr schon gern selbst sagen.«

»Wer sind Sie überhaupt?«

»Polizei. Kripo Husum«, sagte Christoph und zeigte seinen Dienstausweis. »Und wer sind Sie?«

»Kann man ja nicht wissen. Sie könnten ja auch so ein Versicherungsfritze sein. Lutz Scheske. Svea und ich leben zusammen.« Er drehte sich um. »Moment, ich hole sie. Sie macht sich gerade ein wenig frisch nach der Arbeit.«

Kurz darauf kehrte er mit einer blassen jungen Frau wieder, die einen Ring durch die Augenbraue gezogen hatte. Ein Sticker zierte ihren Nasenflügel.

»Polizei?«, fragte sie ängstlich und griff nach der Hand ihres Partners. »Was wollen Sie denn?«

»Sie parken Ihren Wagen am Bahnhof in Klanxbüll?«

»Ja. Ist was nicht in Ordnung?«

»Jeden Tag?« Christoph ging nicht auf ihre Frage ein.

»Immer wenn ich arbeite. Ich fahre mit dem Auto nach Klanxbüll und dann mit der NOB nach Westerland. Ich arbeite als Verkäuferin in einer Bäckerei. Wir haben auch ein Bistro, sodass es nicht nur die normalen Öffnungszeiten sind.«

»Haben Sie geraucht, bevor Sie in Ihren Wagen gestiegen sind?«

Sie bekam einen hochroten Kopf und sah ängstlich ihren Partner an.

»Ich verstehe nicht ...«, stammelte sie.

»Haben Sie Ihre Zigarettenkippe auf dem Parkplatz fortgeworfen, bevor Sie in Ihr Fahrzeug gestiegen sind?«

»Ich ... also ... weil ...«, kam es bruchstückhaft über ihre Lippen.

»Das ist doch lächerlich, dass hier zwei Kripobeamte aufkreuzen, nur weil Svea geraucht hat«, mischte sich ihr Partner ein.

Christoph musste lachen. »Dafür interessieren wir uns tatsächlich nicht.«

»In der Bäckerei herrscht striktes Rauchverbot. Und im Zug auch. Wenn ich in Klanxbüll aussteige, nutze ich den Fußweg zum Parkplatz, um mir eine anzustecken.«

»Sie haben von dem Überfall auf den jungen Mann in Klanxbüll gehört?«, fragte Christoph.

Das Paar nickte eifrig.

»Nun suchen wir Beweise und Spuren. Dazu gehören auch Zigarettenkippen, die möglicherweise ein Täter dort während des Wartens hinterlassen hat. Es handelt sich hier um unterschiedliche Kippen. Um Ihre identifizieren zu können, würden wir Sie um eine DNA-Probe bitten.«

»Und wozu?«, mischte sich Scheske ein.

»Wir müssen dann nur noch nach den Rauchern der anderen Zigaretten suchen«, erklärte Christoph.

»Ach so.« Die junge Frau klang erleichtert und erklärte sich sofort mit einem Abstrich aus der Mundhöhle einverstanden.

Die Irritation blieb. Im Rückspiegel sah Christoph beim Fahren, wie sie sich eng an ihren Freund kuschelte.

»Ich möchte noch ein paar weitere Nachbarn in Runeesby befragen«, sagte Christoph.

Sie begannen in einem der Häuser, die die Polizei noch nicht besucht hatte. Es mochte früher auch einem Landwirt gehört haben. Die jetzigen Bewohner hatten diesen Erwerbszweig aber aufgegeben. Soweit früher Stallungen vorhanden waren, hatte man sie abgerissen. Lediglich ein Schuppen hinterm Haus bot vermutlich Platz für Gerätschaften, die nicht im Keller untergebracht werden konnten. Vor der Tür stand ein gelber VW Passat.

»›Sönnichsen‹«, las Christoph das Namensschild vor, bevor sie klingelten.

Ein Mann mit schütterem Haar und einer Neigung zu leichtem Übergewicht öffnete ihnen. Zu seiner sauberen Jeans trug er ein

Baumwollhemd. Über den Rand der goldfarbenen Brille musterte er die Besucher.

Christoph übernahm die Vorstellung von Große Jäger und sich. »Wir befragen die Einwohner des Ortes, ob sie etwas bemerkt haben. Das Geschehen während der Biike ist Ihnen bekannt?«

Sönnichsen nickte. »Unfassbar. Ich kann immer noch nicht glauben, dass so etwas passieren kann. Wer macht so etwas?«

»Das versuchen wir herauszufinden.«

Sönnichsen öffnete die Tür ganz. »Kommen Sie herein«, bat er die Beamten ins Haus. »Entschuldigen Sie, dass es ein wenig durcheinander aussieht. Meine Frau ist zur Kur. Ich habe noch keine Zeit gefunden, den Haushalt in Ordnung zu bringen.«

Christoph staunte. Nirgendwo lag etwas herum. Alles wirkte aufgeräumt. Lediglich auf dem Esstisch stapelten sich Papiere und Schulhefte. Sönnichsen bemerkte Christophs Seitenblick.

»Ich bin Lehrer an der beruflichen Schule in Niebüll. Die ist eine ganz besondere, nicht nur, weil sie die nördlichste Deutschlands ist. Wir haben ein breites Angebot in den unterschiedlichsten Ausbildungsberufen. Handwerk, Industrie, Gastronomie, pädagogische und kaufmännische Berufe, Landwirtschaft, Gesundheit und Pflege. Sie sehen, wie weit das Spektrum reicht. Da kommt einiges zusammen.« Er zeigte auf die Sitzgarnitur aus hellem Leder. »Bitte, meine Herren, nehmen Sie doch Platz.«

»Uns interessiert, ob Sie etwas Außergewöhnliches wahrgenommen haben«, eröffnete Christoph das Gespräch.

»Ich war sozusagen in offizieller Mission beim Biikebrennen«, erklärte Sönnichsen. »Ich bin Bürgermeister von Runeesby und habe die Feuerrede bei der Biike gehalten. Deshalb war ich vor Ort, als das Schreckliche geschah. Man glaubt, es wäre unwirklich, was dort vor den eigenen Augen passiert. Immer und immer wieder tauchen die grausigen Bilder vor meinem geistigen Auge auf. Und das mitten unter uns. Glauben Sie nicht, dass hier die Intoleranz regiert«, sagte Sönnichsen. »Im Laufe der Jahrhunderte herrschten mal die Dänen, dann die Deutschen. Manchmal war es auch unklar, wer gerade an der Macht war. Und zwischendurch lag das Schicksal in den Händen Neptuns, wenn die See sich wieder einmal das Land zurückerobert hat. Die Besiedelung erfolgte im Unterschied zur

Geest erst nach der Völkerwanderungszeit, also etwa im dritten Jahrhundert. Da wurden die ersten Warften besiedelt. Die Friesen kamen erst später, im frühen Mittelalter, unter anderem in die Wiedingharde. Die Harde ist ein unterer Verwaltungsbezirk, der vermutlich schon auf die Wikinger zurückzuführen ist. Der dänische König Waldemar hat um 1200 die Wiedingharde, also uns hier, erstmals in sein Erdbuch aufgenommen.«

»Herr Sönnichsen«, unterbrach Große Jäger den Mann. »Es ist sicher ungemein spannend, etwas über die Geschichte zu hören, aber wir müssen einen Mord aufklären.« Der Oberkommissar sah dabei ungeduldig auf seine Armbanduhr.

Sönnichsen hob den Arm wie ein Indianerhäuptling, der seinen Zuhörern zu schweigen gebot.

»August Bebel hat uns gelehrt: ›Nur wer die Vergangenheit kennt, kann die Gegenwart verstehen.‹ Das hat übrigens Helmut Kohl wiederholt, dem das Zitat oft zugeschrieben wird.«

Christoph und Große Jäger wechselten einen raschen Blick. Sönnichsen war das entgangen. Gestört hätte es ihn ohnehin nicht. Gelassen nahm er den Faden wieder auf.

»Die Zweite Marcellusflut 1362 forderte wie überall an der Küste zahlreiche Opfer und veränderte den Küstenverlauf dramatisch. Land wurde zu Meer, Teile des Festlands zu Inseln. Erst zweihundert Jahre später wurde die Gegend mit der Eindeichung des Gotteskooges wieder Festland. So ging es ständig hin und her. Der Napoleonische Krieg wirkte bis hierher, es gab Missernten und große Not. Viele Menschen wanderten aus. Nach dem Deutsch-Dänischen Krieg und der Annexion durch Preußen war die Gegend wieder deutsch, bis sich die Bevölkerung nach dem Ersten Weltkrieg in einer Abstimmung entscheiden konnte, ob man zu Deutschland oder Dänemark gehören wollte. Nur wenige Meter weiter nördlich verläuft die Grenze, die trotz des unseligen Dritten Reichs bis heute Bestand hat. Niemand ficht sie an. Sie bemerken sie kaum.« Sönnichsen beugte sich vor. »Die Universität Kopenhagen hat ermittelt, dass mehr als ein Viertel der hiesigen Bevölkerung fünfsprachig ist: Deutsch, Plattdeutsch, Friesisch, Standarddänisch und Südjütisch. Das ist einmalig in Europa. Alle kommen friedlich miteinander aus, leben tolerant nicht neben-, sondern miteinander. Das wollte ich Ihnen erklärt haben, wenn Sie sich ein Urteil über die Menschen bilden wollen.« Sönnichsen schüttelte heftig den Kopf. »Nein. Hier gibt es keinen Fremdenhass. Hier akzeptiert man jeden so, wie er ist. Suchen Sie Ihre Täter woanders, aber nicht bei uns.«

»Woher wissen Sie, wer das mutmaßliche Opfer ist?«, fragte Christoph erstaunt.

»Wir sind eine sehr kleine Gemeinschaft, nur zwei Handvoll Menschen, die Runeesby ihre Heimat nennen. Da bleibt nichts im Verborgenen. Aber konkret: Monika hat mich auf dem Handy angerufen. Ich wollte sofort zur ihr, gleich nach dem Unterricht. Sie können sich nicht vorstellen, wie schwer es mir gefallen ist, weiter konzentriert vor der Klasse zu stehen und den Lehrstoff abzuspulen.«

»Offenbar sind nicht alle Einwohner so tolerant, wie Sie es schildern«, sagte Christoph.

Sönnichsen schlug leicht mit den Fingerspitzen auf die Tischplatte.

»Hier gibt es niemanden, der sich gegenüber anderen Menschen diskriminierend verhält. Unter Garantie nicht. Ich habe Ihnen unsere Geschichte erzählt. Von diesen Lehren zehren wir alle. Wenn irgendwo Toleranz geübt wird, dann hier. Gegenüber jedermann, unabhängig von der Herkunft, der Hautfarbe oder der Religion. Runeesby ist der gelebte Artikel eins unseres Grundgesetzes. ›Die Würde des Menschen ist unantastbar.‹ Auch der Artikel zwei ist hier heilig. Es ist bald so, als wären die in unserem phantastischen Grundgesetz enthaltenen Rechte hier bei uns gedanklich geboren worden.«

»Leider haben wir schon andere Töne von Mitbürgern vernommen«, sagte Große Jäger.

Sönnichsen tat es mit einer Handbewegung ab. »Lassen Sie sich nicht durch wenige Wirrköpfe irritieren. Das sind Lautsprecher, die nicht meinen, was sie sagen.«

»Wir nehmen solche Aussagen ernst.«

»Das sollten Sie nicht. Ich kenne die Leute länger. Die Familien im Koog wohnen hier zum Teil seit Generationen nebeneinander. Da kennt man die Macken und Schrullen der Nachbarn. Viel wichtiger ist, dass man hier aufeinander angewiesen ist. Es geht nur miteinander. Es ist schon lange nichts passiert. Man hat viel für die Sicherheit der Deiche getan. Aber in letzter Konsequenz gibt es keine absolute Garantie, dass der Blanke Hans auf der anderen Seite des Deiches nicht irgendwann seine nasse Hand ausstreckt. Dann müssen alle zueinanderstehen. Was meinen Sie, wenn jemand durch unangemessenes Gedankengut von der Gemeinschaft ausgeschlossen würde? Dem würde nicht der Schutz der Gruppe geboten. Hier steht man zueinander, hier kennt man sich, hier hilft man sich. Darum kann ich für alle Runnesbyer sprechen: Diese schändliche Tat ... Das war mit Sicherheit niemand von uns.«

Sönnichsen stand auf, ging zum Esstisch, holte sich eine Pfeife, stopfte sie in aller Ruhe und entzündete sie.

»Rodenäs ist der nördlichste Ort Deutschlands auf dem Festland. Es ist eine Streusiedlung, das heißt, es gibt keinen geschlossenen Ortskern. Auf Friesisch heißt der Ort ›Runees‹. Erst nach dem Bau des Hindenburgdamms entstanden einzelne Höfe – die Gemeinde Runeesby, im Prinzip ein schmaler Streifen vom Hindenburgdamm bis zur dänischen Grenze. Wir haben achtundvierzig Einwohner. Sie haben richtig gehört. Und nur eine einzige Straße, aber weder eine Kirche noch einen Dorfkrug, keinen Friedhof, keine Schule, nicht einmal eine einzige Straßenlaterne oder einen Briefkasten.«

»Aber Sie hatten Tyler McCoy«, warf Große Jäger ein.

Sönnichsen nickte bedächtig und zog an seiner Pfeife.

»Darauf waren wir stolz. Und dann wird der Name unseres Dorfes bis in alle Ewigkeit in den Schmutz gezogen.« Sönnichsen sah die beiden Polizisten traurig an. »Sie dürfen niemandem mehr erzählen, woher Sie stammen, Sie müssen Ihre Heimat verleugnen. Sie müssen nicht nur einen Täter fassen, sondern auch den Frieden in die Seelen der Menschen wieder zurückbringen, uns die verlorene Unschuld heimholen. Aber – wie gesagt – suchen Sie den Täter woanders. Nicht hier bei uns.«

»Gibt es hier rechtsradikale Umtriebe?«, fragte Christoph.

Sönnichsen sah ihn entsetzt an.

»Hört das nie auf?«, fragte er entrüstet. »Seit dem Dritten Reich versucht man, diesem Landesteil eine Nähe zum Nationalsozialismus zu unterstellen. Ich will es nicht verleugnen, dass auch hier – wie überall in Deutschland – Leute diesem Wahnsinn verfallen sind und den Demagogen folgten. Das ist jetzt mehrere Generationen her. Die Menschen hier empfinden es als großes Geschenk, in einem freien und friedlichen Europa leben zu dürfen. Gerade wir hier, an der Grenze, sind ein Musterbeispiel für eine partnerschaftliche Koexistenz mit dem Nachbarn.«

»Bei allem Lobgesang auf Ihre Mitbürger ... Sie können nirgendwo sicher sein, dass sich nicht ein paar schwarze Schafe daruntermischen. Sie kennen die Einwohner. Gibt es unter ihnen jemanden, der sich kritisch gegenüber Zugereisten zeigt?«, mischte sich Große Jäger ein.

»Nicht bei uns. Davon wüsste ich. Wie Sie schon sagten: Hier kennt man sich.«

»Haben Sie jemals von Aktivitäten rechtsextremistischer Organisationen gehört, wie sich eine solche Organisation auch immer nennen mag? Vielleicht sogar jenseits der Grenze? Wir wissen, dass viele Dänen eine ambivalente Haltung gegenüber Migranten einnehmen.«

»Vergessen Sie es. Dieses ist ein friedlicher Landstrich. Jeder, den Sie fragen, wird sich betroffen zeigen über das schreckliche Geschehen.«

Sönnichsen machte plötzlich einen verärgerten Eindruck. Die Verabschiedung fiel frostig aus.

»Das war ein leidenschaftliches Plädoyer für die Einheimischen«, stellte Große Jäger auf der Rückfahrt nach Husum fest.

»Wundert es dich? Sönnichsen ist Bürgermeister. Er hat recht, wenn er befürchtet, dass der Name des Ortes für lange Zeit mit dieser Tat in Verbindung gebracht wird. Man wird die Bewohner ächten. Das wirkt sich auf die örtlichen Betriebe aus. Außerdem leben die Menschen auch vom Fremdenverkehr. Wer mietet eine Ferienwohnung in einem solchen Dorf?«

»Wie so oft«, sagte Große Jäger, »gibt es bei solchen Verbrechen immer weitere periphere Opfer.«

Christoph suchte Mommsen auf, um mit ihm den Sachstand zu besprechen.

»Akimsola Kpatoumbi liegt immer noch im Koma. Es geht ihm unverändert schlecht«, berichtete Große Jäger bei seiner Rückkehr. »Außerdem wissen wir jetzt, dass Kazimierz Kreczma, der nach McCoys Einlassung von der Musikhochschule verwiesene Dozent, derzeit in Hadersleben lebt. Er hat dort ein Engagement als Musiklehrer und spielt nebenbei in einer halbprofessionellen Band.«

»Hast du eine Adresse?«

»Sicher. Ich habe außerdem routinemäßig Lutz Scheske überprüft«, erklärte Große Jäger. »Den Freund von Svea Bremer, deren Zigarettenkippe wir in Klanxbüll gefunden haben.«

»Ich bin nicht dement«, erwiderte Christoph. »Ich weiß, wer das ist.«

»Der junge Mann ist zweiundzwanzig Jahre alt und stammt aus Leck. Er hat als Jugendlicher mit zwei Freunden einen Zug durch die Gemeinde gemacht. Zuvor haben die drei kräftig gebechert. Im Suff haben sie bei mehreren parkenden Autos die Spiegel abgeschlagen. Bevor die örtliche Polizei die Täter ermitteln konnte, hatten sich die jungen Leute aber schon selbst gestellt und den Geschädigten Schadenersatz versprochen. Das hat wohl auch unproblematisch geklappt. Scheske und seine Freunde sind mit einer Ermahnung davongekommen.«

»Das klingt wie ein Dummejungenstreich.«

»Ist es wohl auch gewesen. Ein einmaliger Ausrutscher. Ich bin über eine kleine Randnotiz gestolpert. Und zwar über Scheskes Beruf.«

»Was macht er?«

»Er ist gelernter Zimmermann.«

»Das ist interessant«, sagte Christoph. »Tyler McCoy war an ein Kreuz gebunden, als er in der Biike verbrannte.«

»Vielleicht war es doch kein Zufall, dass Svea Bremers Zigarettenkippe auf dem Parkplatz gefunden wurde. Was ist, wenn sie dort mit ihrem Freund auf Akimsola Kpatoumbi gewartet hat?«

»Das müssen wird noch einmal genauer prüfen«, stimmte Christoph zu. »Ich versuche herauszufinden, wo seine Freundin arbeitet.«

Zehn Minuten später rief Christoph beim »Friesenbäcker Petersen« in Westerland an und bat, Frau Bremer sprechen zu können.

»Die ist schon weg«, sagte eine freundliche Frauenstimme. »Die hatte Frühschicht. Entweder Sie rufen morgen wieder an, oder Sie versuchen es zu Hause.« Anschließend ließ er sich mit Herrn Vogelsang in dem Hotel verbinden, in dem Akimsola Kpatoumbi beschäftigt war.

»Wie geht es Aki?«, fragte Vogelsang. »Hoffentlich ist er auf dem Weg der Besserung. Haben Sie eine Ahnung, wie lange er noch krank sein wird?«

»Ich glaube, Herr Kpatoumbi hat im Augenblick andere Sorgen, als an seine Arbeit in Ihrer Spülküche zu denken.«

»Wie ist sein Gesundheitszustand? Wird er wieder?«

»Wir sind die Polizei. Zu medizinischen Fragen können nur die behandelnden Ärzte Auskunft erteilen.«

»Aber die sagen uns nichts«, beklagte sich Vogelsang.

Zu Recht, dachte Christoph. Laut fragte er: »Arbeiten Sie mit ›Friesenbäcker Petersen‹ zusammen?«

»Das ist unser Lieferant für Brötchen und Backwaren. Wir beziehen auch manches Gebäck von ihm. Unsere allseits gelobten Torten stellen wir allerdings im eigenen Haus her. Warum fragen Sie?«

»Danke«, sagte Christoph und verabschiedete sich.

»Wenn Svea Bremer ihrem Freund Scheske von Kpatoumbi erzählt hat und sich die beiden auch im Zug begegnet sind, kennen sich Opfer und Täter, sofern Scheske damit zu tun hat«, stellte Große Jäger fest, nachdem Christoph ihm die Neuigkeiten erzählt hatte. »Auf mich wirkte der junge Mann harmlos. Wir dürfen ihn trotzdem nicht aus dem Fokus verlieren.«

FÜNF

Über Nacht hatte es zunächst geregnet. Ein feiner Sprühregen war niedergegangen. In den frühen Morgenstunden hatte er sich auf dem gefrorenen Boden in eine tückische Eisschicht verwandelt. Kurz bevor der Berufsverkehr einsetzte, fing es an zu schneien.

»Bei solchem Wetter möchte man am liebsten zu Hause bleiben«, hatte Anna festgestellt, als sie aus dem Fenster sah. Sie nippte an ihrer Kaffeetasse und sah über den Rand Christoph an. »Du hast es gut. Noch ein Jahr. Dann kannst du morgens ausschlafen. Egal was für ein Wetter – du darfst frei entscheiden, ob du einen Fuß vor die Tür setzt oder nicht.«

Christoph trank einen Schluck Tee. »Das wird eine Umstellung«, sagte er leise. »Fünfundvierzig Jahre Berufsleben stellt man nicht wie eine gebrauchte Aktentasche in die Ecke.«

»Sei doch froh. Ich würde vieles darum geben, wenn ich auch im Landeanflug meines Berufslebens wäre.«

»Du könntest deine Stundenzahl reduzieren und müsstest nicht mehr jeden Tag arbeiten gehen. Oder du hörst ganz auf. Wir werden mit Sicherheit nicht am Hungertuch nagen. Dann müsstest du auch nicht mehr raus bei solchem Wetter. Wir würden ausgiebig frühstücken und überlegen, wie wir den Tag verbringen.«

»Mal sehen«, wich Anna aus. »So! Nun muss ich aber los.« Sie räumte das Geschirr zur Seite, griff ihre Sachen, gab ihm einen Kuss und verschwand.

Christoph suchte seine Winterkleidung zusammen und verließ wenige Minuten nach seiner Frau das Haus.

Die Straßen waren rutschig. In den Verkehrsnachrichten hörte er die Warnung, dass insbesondere im nördlichen Landesteil die Straßen spiegelglatt seien und sich schon zahlreiche Unfälle ereignet hätten.

Christoph benötigte länger als üblich für die Strecke über den Damm. Er atmete tief durch, als er in Husum-Nord auf die Umgehungsstraße abbog und Anna nicht gesehen hatte. Das bedeutete, auch sie war heil bis hierher gekommen.

Auf der Dienststelle fand er eine SMS von Cornilsen vor. Der Kommissar entschuldigte sich. Er war jetzt noch vor Bredstedt und würde etwas später kommen. Die Straßenverhältnisse ließen kein schnelleres Durchkommen zu.

Christoph sah seine Mails durch. Besondere Aufmerksamkeit weckte eine Information aus Kiel. Die Kriminaltechnik des LKA hatte die DNA der Marlboro-Zigaretten, die sie auf dem Klanxbüller Parkplatz neben der Kippe von Svea Bremer sichergestellt hatten, mit der Ku-Klux-Klan-Maske verglichen. Das Ergebnis war positiv. Einer der Täter hatte geraucht. Allerdings war die ermittelte DNA nicht in der Datenbank gespeichert. Er sah auf, als Hilke Hauck eintrat.

»Moin«, grüßte die blonde Kommissarin. »Bist du gut durchgekommen? Ich habe heut Morgen von Treia fast doppelt so lange gebraucht.«

»Es ist Winter«, erwiderte Christoph. »Im Allgemeinen kommen wir hier ganz gut weg. In anderen Regionen kämpft man mit viel mehr Problemen im Winter. Wir haben hier selten Schnee und Eis. Heute ist eine der wenigen Gelegenheiten.«

»Thorben hat etwas im Internet entdeckt«, sagte Hilke Hauck. Thorben Petersen war ein jüngerer Kollege, der sich schwerpunktmäßig mit Eigentumsdelikten beschäftigte. »Hast du deinen Rechner schon an?«

Christoph nickte.

»Darf ich mal?« Hilke Hauck kniete sich vor Christophs Schreibtisch und tätigte ein paar Eingaben. »Hier«, sagte sie und zeigte auf den Bildschirm.

Christoph war entsetzt. Irgendjemand hatte mit dem Handy eine kurze Filmsequenz über McCoys Verbrennung in der Biike ins Internet gestellt. Deutlich war die menschliche Gestalt zu erkennen, wie die Flammenzungen an ihr hochzüngelten, von den Beinen aufwärts am Körper leckten und schließlich gierig Besitz vom ganzen Opfer ergriffen.

»Wer macht so etwas?«, fragte Christoph fassungslos. »Es ist schlimm genug, wenn Unbeteiligte Zeugen eines Unfalls oder solcher Taten werden. Mancher hat Probleme, die schrecklichen Bilder wieder aus dem Kopf zu bekommen. Hier stellt sich jemand hin, filmt eiskalt das Geschehen und stellt es anschließend öffentlich zur Schau.«

»Es kommt noch schlimmer«, fuhr die Kommissarin fort. »Zu dem Video fragte ein anderer Nutzer an, ob das eine Puppe sei. Er schrieb außerdem dazu: ›Geiles Event.‹ Unser Filmer erwiderte: ›Nix Puppe. Da wird einer lebend abgefackelt.‹«

»Wissen wir, wer das gemacht hat? Es ist nicht auszuschließen, dass es einer der Täter war, der sich damit brüsten wollte.«

»Leider noch nicht. Das sind keine Klarnamen, unter denen die Beiträge dort eingestellt werden. Wir müssen versuchen, die IP-Adresse zu ermitteln. Aber auch das ist schwierig. Es gibt heute vielfältige Möglichkeiten, seine Spuren im Internet zu verwischen. Wer sich auskennt, leitet seine Beiträge über irgendwelche Rechner um, die in Weißrussland, Russland oder sonst wo stehen.«

»Da sollten wir am Ball bleiben.«

»Ich denke, wir sollten in diesem Punkt das LKA einschalten«, schlug Hilke Hauck vor. »Soll ich mich darum kümmern?«

»Danke. Gern.«

Christoph war über diese Aktion so empört, dass er Große Jäger damit überfiel, als der kurz darauf in der gewohnten Weise ins Büro kam.

»Kannst du deine nassen Schuhe nicht aus der Schublade nehmen?«, fuhr er den Oberkommissar an.

Große Jäger grinste. »Nee!«

Endlich traf auch Cornilsen ein und wollte sich wortreich für die Verspätung entschuldigen. Große Jäger winkte ab. »Geschenkt. Unser Chef ist heute nicht gut drauf. Aber ich verstehe ihn.«

Cornilsen musste sich die Story auch anhören.

»Das kommt häufig vor«, sagte der Kommissar. »Es ist ein weitverbreitetes Phänomen, dass die Leute bei Unfällen eher mit ihren Handys filmen, statt zu helfen.«

Sie diskutierten über jene Menschen, die ihre Neugierde so weit trieben, dass sie sogar die Rettungskräfte in ihrer Arbeit behinderten. »In der Zeitung gibt es täglich eine Hitliste, welche Meldungen im Internetauftritt des Blattes am meisten angeklickt werden. ›Krieg im Irak‹, ›Steuereinnahmen reichen nicht aus‹ und

›Pulitzerpreis für Husumer Lokalredakteur‹ erscheinen dort nie. Dafür steht ganz oben: ›Betrunkener Opa fackelt öffentliches WC ab‹ oder ›Mann ersticht seine drei Schwiegermütter‹.«

Cornilsen sah Große Jäger ratlos an. »Das verstehe ich nicht. Wie kann man drei Schwiegermütter haben?«

Christoph und der Oberkommissar brachen in ein schallendes Gelächter aus. Damit war das Eis gebrochen.

»Wenn Ihnen die Thematik vertraut ist«, wies Christoph Cornilsen an, »werfen Sie einen Blick hinter die Kulissen. Vielleicht finden Sie etwas, das uns auf die Identität des Handyfilmers bringt. Außerdem sollten wir die Spur verfolgen, ob in irgendeinem Bau- oder Holzmarkt Balken in der Stärke gekauft wurden, wie sie in Runeesby für das Kreuz verwendet wurden. Und wir«, wandte er sich an Große Jäger, »werden uns wieder in den Außendienst begeben.«

»Na denn dann«, murmelte Cornilsen und tauchte hinter seinen Bildschirm ab.

Es war kein Vergnügen, bei diesem Wetter Auto zu fahren. Zusätzlich zu den schlechten Witterungsbedingungen fuhren viele Autofahrer besonders vorsichtig. So entwickelten sich lange Schlangen.

In Enge-Sande bogen sie von der Bundesstraße ab. Auf dem Verbindungsstück nach Leck lag zur Rechten eine der raren Waldflächen Nordfrieslands. Der Landkreis war der waldärmste Deutschlands.

In der Lecker Hauptstraße mit den vielen kleinen Geschäften herrschte trotz der Witterung reges Treiben.

»Ein Stück weiter«, Große Jäger zeigte nach vorn, »befindet sich Europas größte Taschenbuchdruckerei. Kaum ein Krimiliebhaber ahnt, dass seine spannende Feierabendlektüre hier gedruckt wird. Auch der Krimi, den ich gerade lese, ist hier hergestellt worden.«

»Du liest? Und dann Krimis?«, wunderte sich Christoph.

»Klaro. Vielleicht kann man noch etwas lernen.«

»Schwedenkrimi?«

Der Oberkommissar schüttelte den Kopf.

»Ein deutscher Krimi. Spielt in Wilhelmshaven.«

»Das ist das andere Friesland.«

»Macht doch nichts. Die Frau schreibt einfach klasse. Christiane Franke heißt sie.«

»Du überraschst mich immer wieder.« Christoph beugte sich etwas vor. »Hier irgendwo im Gewerbegebiet muss es sein.«

»Da drüben. Zimmerei Nothnagel.« Große Jäger lachte. »Ein passender Name für einen Zimmereibetrieb.«

Sie parkten auf dem Firmengelände. Eine dünne Schneedecke hatte sich über den abgestellten Fuhrpark gelegt.

Im Büro war es bullig heiß. Eine ältere Frau empfing sie.

»Sie wollen zum Chef?«, fragte sie unaufgefordert.

Christoph nickte.

»Er ist gleich wieder da. Mal eben nach hinten verschwunden. Der Kaffee.« Sie kniff verschwörerisch ein Auge zu. »Platzen Sie schon mal.« Dabei wies sie auf den gegenüberliegenden Schreibtisch.

In diesem Moment rauschte die Spülung, dann war der Wasserhahn zu vernehmen. Ein vierschrötiger Mann trat in das Büro und stutzte, als er die Besucher gewahrte.

»Gäste?«, fragte er.

»Polizei«, erwiderte Große Jäger.

Der Mann hielt ihm seine Handgelenke entgegen. »Bin ich verhaftet?«

»Das hängt von der Güte Ihrer Antworten ab«, versicherte der Oberkommissar mit einem Schmunzeln. »Sie sind der Chef?«

»Siegfried Nothnagel. Chef bin ich nur, wenn meine Frau nicht dabei ist.« Erneut zog ein gemütlich wirkendes Lächeln über das Gesicht. »Was ist los, Jungs? Wer hat was ausgefressen?«

»Niemand«, mischte sich Christoph ein.

»Dafür kommt aber nicht die Polizei.«

»Wir möchten nur eine Auskunft über einen Ihrer Mitarbeiter. Vertraulich.« Er warf einen Blick auf die weißhaarige Angestellte.

Nothnagel winkte ab. »Lisa? Die gehört zum Inventar. Wären wir beim Militär, wäre sie die Mutter der Kompanie. Die kennt sich hier besser aus als ich.«

»Du sollst nicht schwindeln«, sagte die Frau.

»Es geht um Lutz Scheske.«

Nothnagel grunzte. »Der Lutz soll was ausgefressen haben?

Niemals. Für den lege ich meine Hand uns Feuer. Das ist einer meiner besten Leute. Trotz seiner Jugend. Immer zuverlässig. Klotzt rein. Schafft was weg. Wenn alle so wären, würde ich mit der halben Mannschaft auskommen. Nee, der Lutz, der ist total in Ordnung. Wie der mit Holz umgehen kann. Als wäre er im Wald geboren. Ich war auch froh, dass ich den Auftrag in Ellhöft bekommen habe. Eine alte Scheune. Die haben sie komplett ausgeräumt. Jetzt bauen wir ein neues Ständerwerk ein. Soll so ein Edelschuppen werden. Für Events, wie man heute sagt. Für einen kleinen Betrieb wie uns ist das in den Wintermonaten ein Großauftrag.« Er zeigte zum Fenster. »Im Winter ist das Schiet mit der Bauerei. Ist jedes Mal ein Stich ins Herz, wenn ich meine Jungs entlassen muss, weil wir nicht weitermachen können. Habe meistens Glück, dass die Mehrheit im Frühjahr, wenn's wieder losgeht, zurückkommt. Spricht doch auch für das gute Betriebsklima bei uns. Und der Lutz … Der passt da goldrichtig rein. Nee, der ist einfach klasse.«

»Sie sagten, Sie setzen dort dicke Holzbalken ein?«, fragte Christoph.

»Ja. Wirklich solide. Der Bauherr lässt sich das was kosten.« Nothnagel breitete die Hände aus. »Solche Oschis.«

»Wie viel Zentimeter sind das?«

»Das sind vierundzwanziger Stämme. Ich habe gesagt, sie sollten Viertelstämme nehmen. Holz ist ein natürliches Material. Klar, dass das arbeitet. Viertelstämme reißen nicht so leicht. Vollstämme haben allerdings eine bessere Optik. Der Bauherr bestand auf Vollstämme.« Nothnagel stutzte. »Warum interessiert Sie das eigentlich? Sind Sie von der Bauaufsicht?«

»Nein«, versicherte Christoph. »Das ist für mich ein fremdes Gebiet. Ich finde es aber ungemein interessant, auf was man achten muss.«

Der Zimmermeister entspannte sich. »Der Laie glaubt immer, wir kloppen nur ein paar Balken zusammen. Da gehört viel mehr zu. Was meinen Sie, welche Kräfte auf den Dachstuhl wirken? Wenn Sie zusätzlich noch die Dachziegel berechnen und den Winddruck, der hier bei uns oft dazukommt, dann muss das solide kalkuliert sein.«

»Beschäftigen Sie auch Mitarbeiter mit Migrationshintergrund?«, fragte Christoph.

Nothnagel neigte lauernd den Kopf. »Soll das eine Falle sein?«

»Bestimmt nicht.«

»Ja.«

»Gab es schon einmal Probleme zwischen diesen Mitarbeitern und Einheimischen?«

Der Zimmermeister ließ ein dröhnendes Lachen hören. Dann ballte er die Faust. »Da soll mal jemand anfangen, Stunk zu machen. Bei mir nicht. Für mich zählt nur die Arbeitsleistung. Wer Ärger machen will, der kriegt einen Tritt in den Hintern, bevor er den Satz zu Ende gesprochen hat. Aber – was ist nun mit Lutz? Stimmt irgendetwas nicht mit ihm?«

»Doch«, versicherte Christoph zum Abschied.

»Passt Scheske eigentlich noch der Schutzhelm?«, lästerte Große Jäger, als sie wieder im Auto saßen. »Den kann er sich doch gar nicht über den Heiligenschein stülpen, den, wo sein Chef ihm verpasst hat.«

Christoph war einen amüsierten Blick zur Seite. »Wie sprichst du denn?«

»So wie man hier sprechen tut.«

»Na denn dann«, sagte Christoph.

Beide lachten.

Während Christoph das nächste Ziel ansteuerte, nahm Große Jäger Kontakt zu Klaus Jürgensen auf.

»Habt ihr schon wieder eine verkohlte Leiche gefunden?«, fragte der Flensburger. »Oder zerstückelt? Im Säurebad?«

»Ja«, erwiderte Große Jäger.

Hauptkommissar Jürgensen schwieg einen Moment.

»Sch–«, fluchte er. »Wo müssen wir hin?«

»Nach Schleswig. Dort gibt es gleich mehrere Leichen.«

»Mehrere?«, fragte Jürgensen nach.

»Ja«, versicherte Große Jäger. »Die Moorleichen im Landesmuseum Schloss Gottorf.«

»Du blöder Kerl.«

»Wenn du keine Lust hast, nach Schleswig zu fahren, kannst du mir vielleicht sagen, ob das beim Mordbrand benutzte Holz aus Vollstämmen oder Viertelstämmen bestand. Und welche Stärke es hatte.«

»Hast du das Holz gesehen?«, fragte Jürgensen zurück. »Das war verkohlt. Wie sollen wir das vor Ort feststellen? In unserem schönen Land gibt es eine Stadt, da sind die Leute klüger als in anderen Orten.«

»Ich weiß«, bestätigte Große Jäger. »Husum!«

Jürgensen stieß einen spitzen Schrei aus. »Was hat dich bloß in den Norden geführt?«

»Ich bin nicht schwindelfrei«, entgegnete Große Jäger. »So nicht und so auch nicht. Deshalb spiele ich auch nicht in einem Alpenkrimi mit. Aber wenn Husum nicht stimmt, meinst du sicher das LKA in Kiel.«

»Ich dachte schon, du kommst nie darauf.«

»Danke, Klaus. Und nun leg dich wieder hin.« Der Oberkommissar legte schnell auf, bevor Jürgensen antworten konnte.

Große Jäger rief anschließend in Kiel an und wiederholte dort seine Fragen.

»Das können sie nicht ad hoc beantworten«, erklärte er dann Christoph.

Sie fuhren quer durch den nördlichen Landesteil bis zur Autobahn. Es war lange her, dass sich am Grenzübergang Ellund lange Schlangen gebildet hatten. Heute waren nicht nur die Grenzbeamten verschwunden, auch die Raststätte gleich hinter der Grenze war ein Geisterhaus.

Trotz der Geschwindigkeitsbegrenzung ließ es sich auf den Autobahnen des nördlichen Nachbarn entspannt fahren. Das galt auch für den Ribe Landevej, der sie von der Abfahrt der Europastraße ins Zentrum Hadersleben brachte. Die Partnerstadt Pinnebergs war etwa so groß wie Husum. Das markanteste Bauwerk in der reizvollen Innenstadt war zweifelsohne der Dom. Unweit vom Torvet – dem Marktplatz – lag die Lavgade. In einem der schlichten Häuser sollte Kazimierz Kreczma wohnen.

Eine Frau mittleren Alters, die in der zu engen Kleidung nur schwer ihre Üppigkeit bändigen konnte, öffnete die Tür. Sie zog eine Augenbraue fragend in die Höhe und sagte: »*Goddag.*«

Christoph entschloss sich, es auf Deutsch zu versuchen.

»Guten Tag. Wohnt Herr Kreczma hier?«

»Kazimierz?« Sie nickte. »Willst du mit ihm sprechen?« Wie viele Dänen in Jütland sprach sie Deutsch. Ihre Aussprache hatte dabei die unverwechselbare Klangfärbung der Dänen. Es war für die Frau auch selbstverständlich, das Du zu benutzen, das in Dänemark üblich war.

Sie ließ die Tür offen und verschwand in der Wohnung, um kurz darauf in Begleitung eines Mannes mit einem Wuschelkopf zurückzukehren. Er sah übernächtigt aus. Dunkle Ringe hatten sich unter den fast schwarzen Augen eingegraben. Unter den wulstigen Lippen zierte ein schmaler Bart das Kinn. Auf den Wangen sprossen dunkle Bartstoppeln. Er hatte sich heute noch nicht rasiert.

»Und?«, fragte er auf Deutsch.

»Herr Kreczma?«

Er nickte müde und hielt sich die Hand vor den Mund, als er gähnte.

»Wir sind von der deutschen Polizei. Sie haben gehört, dass Tyler McCoy ermordet wurde?«

»Deutsche Polizei? Wir sind hier in Dänemark.«

»Wir sind auch inoffiziell hier. Würden Sie uns trotzdem ein paar Fragen beantworten?«

»Muss ich das?«

»Nein«, sagte Christoph.

»Es wäre aber besser«, meldete sich Große Jäger aus dem Hintergrund.

»Kasimierz?«, fragte die Frau und sah ihn mit großen Augen an.

Kreczma nagte an seiner Unterlippe, während er überlegte. »Gut«, entschied er schließlich.

Der Raum, in den die Beamten geführt wurden, war hell und freundlich. Die Dielenbretter waren gebleicht. Eine kleine Anrichte nahm eine Wand in Beschlag. Statt Schränken waren verschiedene Fächer in unterschiedlicher Höhe an den anderen Wänden befestigt. Die Frau bat sie zu einem ovalen Tisch mit einer weißen Platte und Stahlrohrfüßen. Die sechs um den Tisch gruppierten Stühle passten dazu.

»McCoy ist tot?«, fragte Kreczma nach.

Christoph bestätigte es.

»Wie ist das geschehen?«

»Er wurde ermordet.«

Kreczma nickte bedächtig. Abwechselnd grub er die Schneidezähne des Ober- und des Unterkiefers in die Lippen. Christoph fiel auf, dass der Pole nicht nach den näheren Umständen fragte, nicht nach der Zeit, dem Ort oder der Art und Weise.

»Sie kannten ihn?«, fragte Christoph.

»Das habe ich auch geglaubt.« Es klang trotzig, nicht bestürzt, wie es häufig der Fall ist, wenn man vom Tod eines Menschen hört.

»Sie waren Kollegen an der Musikhochschule in Lübeck?«

»Kollegen? Pah. McCoy hatte keine Ahnung. Ich habe mich immer gefragt, durch welche Korruption er den Job in Lübeck bekommen hat. Er hat nie studiert. Weder Musik noch etwas anderes. Er hatte von nichts eine Ahnung. Bei ihm war alles intuitiv.«

»Man hat uns gesagt, er sei ein begnadeter Musiker gewesen und in der ganzen Welt unterwegs gewesen.«

»Wer hat das behauptet? McCoy hat Posaune gespielt, wie es ihm gerade in den Sinn kam. Da war keine Substanz dahinter. Alles war improvisiert.«

»Macht das nicht den Reiz des Jazz aus?«, fragte Christoph.

»Es hört sich alles so leicht an.«

»Professor Kühirt war von Tyler McCoys Qualitäten überzeugt.«

»Die beiden stecken unter einer Decke. Ein Schweizer, der eine Professur für Jazzposaune innehat.« Er tippte sich mit dem Zeigefinger gegen die Brust. »Die wollten mich loswerden, weil ich ihnen auf die Schliche gekommen bin.«

»Was haben Sie entdeckt?«, wollte Christoph wissen.

»Das würde zu weit führen«, wiegelte Kreczma ab. »Und Sie werden es nicht verstehen.«

»Unterschätzen Sie uns nicht. Also?«

»Nein.« Es klang entschieden.

»Sie wollten an der Lübecker Hochschule promovieren?«

»Das war eine reine Formsache. Professor Kühirt war der Doktorvater. Ich verstehe bis heute nicht, weshalb er auf McCoy gehört hat. Der versteht nichts davon. Das alles ist ihm viel zu hoch.

Trotzdem ist es McCoy gelungen, den Professor zu beeinflussen. Eine Riesenschweinerei.«

»Gibt es keine Möglichkeit, die Arbeit von einem anderen Professor oder an einer anderen Hochschule prüfen zu lassen und dort zur Promotion einzureichen?«

Kreczma lachte bitter auf. »Sie haben wirklich keine Ahnung. Die Welt der Musik ist nicht sehr groß. Sie glauben nicht, welche Eifersüchteleien dort herrschen, wie man sich argwöhnisch beobachtet und dem sogenannten Kollegen alles Schlechte wünscht. Neid und Missgunst regieren diese Welt. McCoy wollte nicht akzeptieren, dass ich eine wissenschaftliche Arbeit abliefere, die meine Qualifikation unter Beweis stellt. Er hat genau gewusst, dass mir mit der Promotion weitere Türen an der Hochschule offengestanden hätten. Ich wäre in einer Position gewesen, um ihn als Scharlatan zu entlarven.«

»Genau das wirft man Ihnen vor.«

Es schien so, als würde Kreczma ausspeien wollen. »Da sehen Sie, wie konspirativ die beiden zusammengearbeitet haben. Ich würde zu gern wissen, welche Leiche die im Keller haben. Die? Das muss Professor Kühirt sein. Vermutlich hat ihn McCoy erpresst.«

»Ein absurd klingender Vorwurf«, sagte Christoph. »Die beiden waren Freunde.«

»Haben sie vorgegeben. Ich habe erlebt, wie die wirklich miteinander umgegangen sind, wenn niemand dabei war. Wie Hund und Tiger ...«

»Hund und Katze meinen Sie«, korrigierte Christoph.

»Ist doch egal. Der Tiger ist auch eine Katze. McCoy war eine schwarze Schlange. Er ist ewig auf dem Bauch herumgekrochen, auf seiner eigenen Schleimspur, und hat nach Opfern Ausschau gehalten. Und wenn er ein argloses gefunden hat, hat er zugebissen. Blitzschnell und aus dem Hinterhalt. Eine richtige schwarze Mamba.«

»Spielen Sie damit auf McCoys Hautfarbe an?«, fragte Christoph.

Kreczma schlug die Hände über dem Kopf zusammen. »Um Himmels willen. In Deutschland geraten Sie in Teufels Küche, wenn Sie einem Nichtweißen etwas vorwerfen. Dann spricht man sofort von Rassendiskriminierung.« Er versuchte, einen türkischen

Slang nachzumachen. »Hast du was gegen Ausländer?« Es misslang.
»Nur auf uns Scheißpolen darf man schimpfen. Die klauen nur.«

»Ich entnehme Ihren Worten, dass Sie McCoy nicht gemocht haben«, formulierte Christoph vorsichtig.

»Nicht gemocht? Er war mir nie sympathisch. Ich habe es darauf geschoben, dass wir indirekt Konkurrenten an der Musikhochschule waren. Als er die widerliche Intrige gegen mich gesponnen hat, habe ich ihn gehasst. Jawohl! Er hat meine Zukunft zerstört.« Kreczma fuhr mit beiden Händen an seinem Oberkörper entlang. »Was mache ich jetzt? Ich gebe Musikunterricht und halte mich damit über Wasser. Außerdem spiele ich in einer Band, die halbprofessionell ist. Das Leben in Dänemark ist teuer. Die anderen Bandmitglieder haben alle noch einen anderen Beruf. Ich muss von dem schmalen Honorar leben, das wir für Auftritte bekommen. Neulich sind wir auf einem alten Lastwagen einer Brauerei unterwegs gewesen. Immer und immer wieder haben wir eine Runde durch die Innenstadt gedreht und gejazzt. Glauben Sie, das ist mein Lebensziel, nachdem ich erfolgreich als Dozent an einer Musikhochschule gewirkt habe? Nein.« Sein Kopf flog heftig hin und her, als müsse er auf diese Weise seinem Ärger Ausdruck verleihen. »Und das alles hat dieser schwarze Teufel McCoy verursacht. Wenn es nach mir ginge –« Er brach mitten im Satz ab.

Große Jäger legte Kreczma vertraulich die Hand auf den Unterarm. »Was dann?«

»Er soll von mir aus in der Hölle schmoren. Der Teufel soll ein großes Feuer entfachen.«

»Meinen Sie das im Ernst?«

Kreczma nickte. »Ja. Wörtlich.«

»Sie haben gehört, dass McCoy ermordet wurde. Können Sie uns sagen, wo Sie am letzten Donnerstag und am Freitag waren?«, fragte der Oberkommissar.

»Ja – das könnte ich.«

»Und? Wo waren Sie?«

»Muss ich mich rechtfertigen? Werde ich verdächtigt? Prüfen Sie lieber, warum McCoy den Professor in der Hand hielt.«

»Würden Sie Ihre Aussage auch in der Bundesrepublik zu Protokoll geben?«

»Nein.« Kreczma bewegte den Zeigefinger hin und her. »Niemals.«

»Haben Sie etwas zu verbergen?«

»Das ist doch lachhaft.«

»Haben Sie Tyler McCoy ermordet?«, fragte Große Jäger.

»Hundert Mal. Tausend Mal. Immer wieder. Ich habe mir gewünscht, dass er nie geboren oder zumindest nie nach Europa gekommen wäre. Er hätte drüben bleiben sollen, in den Südstaaten, wo man mit verlogenen Schwarzen umzugehen versteht.«

»Sie meinen, wo man dunkelhäutige Menschen verfolgt, so wie der Ku-Klux-Klan es getan hat?« In der Frage des Oberkommissars lag etwas Lauerndes.

Wieder schwenkte Kreczma den Zeigefinger. »Oh nein. Solche Worte lasse ich mir nicht in den Mund legen.«

Dann forderte er die beiden Polizisten auf, zu gehen.

»Kreczmas Auskunft über Tyler McCoy steht im Widerspruch zu allem, was wir bisher über den Musiker gehört haben«, meinte Große Jäger, als sie wieder im Auto saßen. »Natürlich ist der Mann verbittert, dass seine berufliche Zukunft zerstört wurde. Das Opfer wurde uns von jedem als fröhlicher und umgänglicher Mensch geschildert, der nur für die Musik gelebt hat.«

»Der Nachbar Ahrens war nicht begeistert von der Anwesenheit der Familie McCoy in Runeesby. Er empfand die laute und unpassende Musik, so seine Darstellung, als Zumutung«, warf Christoph ein.

»Das war eine Einzelmeinung. Es klingt merkwürdig, wenn Kreczma uns unterjubeln will, dass es zwischen McCoy und Professor Kührt kein freundschaftliches Einvernehmen gab. Auf mich hat Kührts Aussage anders gewirkt. Und die Ehefrau hat auch von einer guten Zusammenarbeit der beiden gesprochen.«

»Hmh«, knurrte Christoph. »Merkwürdig ist es schon, dass McCoy als Dozent an der Musikhochschule tätig war, ohne dass er über eine akademische Grundausbildung verfügte.«

»Er war ein begnadetes Naturtalent.«

»Das kann ich unterstreichen«, bestätigte Christoph. »Ich habe ihn selbst mit der Stormtown Jazzcompany bei ›Tante Jenny‹ in

Husum spielen hören. Es ist aber ein Unterschied, ob wir das Gehörte gut finden oder ob es ein studierter Musikdozent nach seinen Maßstäben beurteilt. Oder willst du für dich in Anspruch nehmen, auf diesem Gebiet mitreden zu können?«

»Aber ja – doch«, behauptete Große Jäger. »Ich kann auf dem Kamm blasen. Und nach dem sechsten Bier trommele ich jeden Takt mit dem Bierdeckel mit.«

Christoph grinste. »Wie gut, dass Mitbürger wie du den Mythos von Deutschland, dem Land der Dichter und Denker, aufrechterhalten«

»Vergiss nicht die Musiker. Kaum einer ahnt, wie ausgeprägt unsere regionale Musikszene ist. Fiede Kay, eine Legende, nach dem auch ein Platz in Bredstedt benannt ist. Knut Kiesewetter, den wohl kaum jemand nicht kennt, Rio Reiser, der König von Deutschland, Hans Hartz, dessen weiße Tauben müde sind und der mit »Sail Away« einen Riesenhit landete, die Fideelen Nordstrander, ein weit über die Grenzen bekannter Shantychor, der Hattstedter Spielmannszug mit zahlreichen Meisterschaften, die Jazzszene und Heino.«

»Heino?«, fragte Christoph. »Was hat der mit Nordfriesland zu tun. War der auch schon hier?«

»Nee«, sagte Große Jäger lachend. »Aber ich kenne jemanden in Husum, der hat alle seine Platten.«

»Du bist ein Kulturbanause. Die Husumer Kirchenmusiker um Kai Krakenberg präsentieren Jahr um Jahr hervorragende Konzerte, das ›Kirchlein am Meer‹ lockt weltbekannte Solisten wie zum Beispiel Friedrich Kircheis und Ludwig Güttler an, der Langenhorner Orgelsommer bringt großartige Interpreten an die Busch-Paschen-Orgel, nicht zu vergessen der Meisterkurs Liedkunst im Husumer Schloss mit Professor Bästlein.«

»Genug«, unterbrach ihn der Oberkommissar. »Dann sind da auch noch Beethoven und Mozart –«

»Mozart war Österreicher«, warf Christoph ein.

»Merkwürdig«, sagte Große Jäger. »Bei Mozart legen die Ösis Wert darauf, dass er einer der ihren war. Bei dem anderen, ich meine den mit dem kurzen schwarzen Bart auf der Oberlippe, verleugnen sie gern die Herkunft.«

»Hoffentlich bewahrheiten sich nicht unsere Befürchtungen, dass wir es mit Tätern aus der braunen Ecke zu tun haben«, nahm Christoph den Faden auf. »Ich kann es immer noch nicht glauben, dass den beiden Straftaten rassistische Motive zugrunde liegen.«

»Wie ist Kreczmas Andeutung zu verstehen, dass McCoy in der Hölle schmoren und der Teufel ein großes Feuer entfachen soll? War das eine Anspielung auf die Art und Weise, wie McCoy öffentlich verbrannt wurde?«

»Das hat mich auch stutzig gemacht«, sagte Christoph. »War das nur eine verunglückte Redewendung? Und warum weigert er sich, nach Deutschland zu kommen?«

»Wenn du mir diese Fragen beantworten könntest, wären wir ein Stück weiter«, antwortete Große Jäger, räkelte sich auf dem Beifahrersitz zurecht und war kurz darauf eingeschlafen.

In Husum wurden sie dringend erwartet.

»Der Chef hat schon viele Male nach Ihnen gefragt«, sagte Cornilsen.

»Der Chef?« Große Jäger zog eine Augenbraue in die Höhe und zeigte auf Christoph. »Das hätte ich mitbekommen, wenn er Selbstgespräche geführt hätte.«

»Ich meine den anderen Chef«, stammelte der Kommissar.

»Gibt es noch einen?«

»Der Kriminalrat.«

»Der ist doch nicht —«

Wie auf Kommando streckte Mommsen seinen Kopf zur Tür herein. »Gut, dass ihr da seid.«

»Willst du uns kontroll—«, begann Große Jäger, wurde aber von Christoph unterbrochen.

»Wir waren unterwegs und haben einige wichtige Dinge geklärt.«

Mommsen winkte ab. »Darüber können wir später sprechen. Viel wichtiger ist, dass Huthmacher wieder auf freiem Fuß ist.«

»Der ist — was?« Große Jäger unternahm gar nicht erst den Versuch, seine Empörung zu verbergen.

»Die Staatsanwaltschaft hält die neuen Vorwürfe für nicht ausreichend, um einen Haftbefehl zu beantragen. Huthmacher hat einen festen Wohnsitz. Es besteht keine Fluchtgefahr. Natürlich werden die neuen Anschuldigungen gegen ihn geprüft und gegebenenfalls weitere Verfahren eingeleitet, aber –«

»Sind die von allen guten Geistern verlassen?«, fuhr Große Jäger dazwischen. »Da sitzt so ein Sesselfurzer irgendwo an der Papierfront und ...« Er schlug sich mit der flachen Hand an die Stirn. »Der soll sich das mal ansehen, wie Huthmacher haust. Wenn der Staatsanwalt seinen Ar–«

»Wilderich!«, rief ihn Christoph zur Ordnung. »Du kannst gern anderer Auffassung sein, aber diskutiere das mit dir selbst im Zwiegespräch. Dein Ärger sollte nicht in dieser Form, mit diesen Worten und in der Öffentlichkeit vorgetragen werden.«

»In der Öffentlichkeit? Ja – wo sind wir hier denn?« Sein Blick fiel auf Cornilsen. »Hosenmatz«, sprach ihn der Oberkommissar in einem Befehlston an, »sorge mal für frischen Kaffee. Für alle.« Er streckte vier Finger in die Luft. »Auch für *die*, die sonst nur Teeplörre schlabbern.«

Niemand widersprach ihm. Cornilsen beeilte sich, den Raum zu verlassen.

»Nun erzählt ihr beiden mir nicht, ich sollte mich anders verhalten«, sagte Große Jäger donnernd. »Der Typ aus Niebüll ist ein Nazi der übelsten Sorte. Man muss doch gehirnamputiert sein, um mit ›Heil Hitler‹ am Hals tätowiert herumzulaufen. Und wir haben Bilder vom Ku-Klux-Klan gefunden. Nun erkläre mir jemand, dass das Zufall ist. In Runeesby wird ein Mensch an einem Kreuz öffentlich verbrannt, und genau so ein Bild finden wir bei Huthmacher an der Wand.«

»Ganz sicher ist der Mann von rassistischen Vorurteilen geprägt«, sagte Christoph.

»Hör doch auf«, schrie ihn Große Jäger an. »Das sind salbungsvolle Worte. Solche Leute sind nicht ganz dicht.«

»Ist ja gut«, versuchte Christoph, seinen Kollegen zu besänftigen. »Wie lange bist du schon dabei? Es gibt einen Unterschied zwischen dem, was wir im Herzen empfinden, und dem, wie es die Juristen sehen und bewerten. Niemand zweifelt daran, dass die Staatsanwaltschaft die Vorwürfe verfolgen wird. Aber nicht mit der Brechstange.«

»Ach ...« Große Jäger drehte sich um und ließ sich krachend

auf seinen Schreibtischstuhl fallen. Er schwieg, bis Cornilsen mit vier Kaffeebechern zurückkehrte.

»Das ist noch nicht alles«, setzte Mommsen seinen Bericht fort. »Hottenbeck, der Getränkehändler, hat einen Anwalt eingeschaltet. Der macht Druck, dass die beschlagnahmten Fahrzeuge freigegeben werden. Hottenbeck kann sein Gewerbe nicht ausüben. Der Anwalt droht uns mit Regressforderungen für den Verdienstausfall.«

»Die sollen sich an Kiel wenden«, schimpfte Große Jäger.

Cornilsen räusperte sich. »Ich habe schon mit dem LKA gesprochen. Es liegen noch keine Ergebnisse vor. Man arbeitet daran, hieß es.«

»Versucht noch einmal, auf diesen Punkt hinzuweisen«, bat Mommsen an Christoph gewandt.

Der sicherte zu, mit dem LKA zu sprechen.

»Ich bin ein bisschen weitergekommen bei der Suche nach dem Typen, der das Handyvideo vom Toten am Marterpfahl eingestellt hat«, erklärte Cornilsen. »Unter dem gleichen Account sind weitere kurze Filme eingestellt. Eines zeigt eine Schlägerei vor der Disco im Husumer Gewerbegebiet.«

»Moment«, unterbrach ihn Große Jäger. »Gibt es dazu eine Zeitangabe?«

»Einen *timestamp*? Klar. Das war ...« Cornilsen rief das Internet auf und nannte Datum und Uhrzeit.

»Wir müssen prüfen, ob die Streifenhörnchen ...«

»Er meint die Schutzpolizei«, erklärte Christoph.

»Vielleicht haben die einen Namen. Ein Beteiligter?« Große Jäger zog die Stirn kraus. »Eher nicht. Ein Zeuge. Kümmere dich mal darum, Hosenmatz.«

»Mach ich«, sagte Cornilsen. »Es gibt aber noch mehr. Ein Unfall an der Kreuzung Kuhsteig und Osterende.«

»Also Plan und Norderstraße«, unterbrach ihn Große Jäger.

»Nein, Kuhsteig und ...«

»Lassen Sie sich nicht irritieren«, erklärte Christoph. »An dieser Kreuzung stoßen die vier genannten Straßen aufeinander.«

»Ist er immer so?« Cornilsen zeigte auf Große Jäger.

Christoph schüttelte den Kopf. »Nein. Meistens ist er noch schlimmer.«

»An dieser Kreuzung«, fuhr Cornilsen fort, »gab es einen Unfall, bei dem eine ältere Radfahrerin verletzt wurde. Und dann haben wir noch einen Film von einem Feuerwehreinsatz in der Hebbelstraße. Dort hat der Fahrradkeller gebrannt.«

»Das ist ein weiterer Ansatzpunkt«, sagte Christoph.

Cornilsen unterbrach ihn. »Ich weiß Bescheid. Bei solchen Einsätzen werden die Zuschauer durch die Polizei gefilmt. Manchmal steckt unter ihnen der Brandstifter, um zu sehen, wie sich seine Tat auswirkt.«

»Kollege Großjürgen. Brandermittlungen. Zweite Tür links.«

»Ich kümmere mich darum«, versicherte Cornilsen.

»Na denn dann«, rief ihm Große Jäger hinterher.

SECHS

»Ja – ich bin schon unterwegs.« Christoph beeilte sich, ins Büro zu kommen. Schon auf dem Flur hatte er das durchdringende Geräusch des Telefons vernommen. Er ließ die offene Tür so stehen und nahm den Hörer auf.

»Braun!« Die Stimme der Kieler Wissenschaftlerin klang schneidend. »Wann ist bei Ihnen Dienstbeginn? Wenn wir uns solche Freiheiten erlauben würden, bekämen Sie nie ein Ergebnis.«

»Guten Morgen, Frau Dr. Braun. Ich bin schon lange im Hause. Wir waren im Nebenraum und haben den Sachstand erörtert«, log er und sah auf die Tischplatte. Aus den Haaren, vom Gesicht und von der Nasenspitze tropfte es auf die Arbeitsfläche. Es waren nur wenige Meter vom Parkplatz bis zur Hintertür des Polizeigebäudes gewesen. Die hatten gereicht, um ihn völlig zu durchnässen. Der Himmel hatte seine Schleusen geöffnet, und es schüttete, als hätte Petrus beschlossen, den Wasserstand der Nordsee binnen kürzester Zeit anzuheben. Es war halb neun Uhr. Draußen war es stockfinster. Christoph mochte sich nicht ausmalen, welches Verkehrschaos auf den Straßen entstehen würde, wenn der Regen auf gefrorenen Boden fiel.

»Hat irgendjemand eine Vorstellung davon, wie aufwendig es ist, ein Fahrzeug nach Spuren abzusuchen? Wissen Sie, wie viele Ecken und Kanten eine Fahrgastzelle im Inneren aufweist? Und wenn es sich auch noch um ein verschmutztes, ja völlig verdrecktes Fahrzeug wie dieses handelt, finden Sie Abermillionen von Spuren«, übertrieb die Kielerin. »Kann jemand Dreisatz bei Ihnen rechnen? Einfachen Dreisatz? Dann könnten Sie feststellen, wie viele Optionen wir vorgefunden haben.«

»Jeder andere hätte aufgegeben. Niemand hätte geglaubt, dass die Auswertung erfolgreich sein wird. Solche Zweifel sind bei Ihnen und Ihren Mitarbeitern aber nicht angebracht. Das muss man nicht glauben, nein, Frau Dr. Braun. Alle im Lande wissen, wenn jemand fündig wird, dann Sie«, schmeichelte Christoph der Wissenschaftlerin.

»Mit so viel Sahnesoße in Ihren Worten könnten Sie verbal eine Torte verzieren.« Frau Dr. Braun holte tief Luft. »Ja! Wir haben etwas entdeckt.«

»Nun bin ich aber gespannt.«

»Das Mordopfer –«

»Tyler McCoy«, sagte Christoph.

»Lassen Sie mich doch ausreden. Der hat im Lieferwagen des Getränkehändlers gesessen. Auf dem Beifahrersitz. Wir haben Spuren gefunden. Er hat sich mit der rechten Hand am Ablagefach festgehalten und den Türgriff benutzt. Ferner hat er sich vorne am Armaturenbrett abgestützt.«

»Gab es Blutspuren?«

»Nein«, antwortete Frau Dr. Braun entschieden. »Auch keine Visitenkarte vom Mörder. Wir haben ferner Erdspuren festgestellt. Nach McCoy muss noch jemand auf dem Beifahrersitz gehockt haben, der aber auch irgendwann am Steuer saß. Im Fußraum des Beifahrersitzes konnten wir verschiedene Erdspuren sicherstellen. Zum Teil sind die identisch mit denen im Bereich der Pedale –«

»Das wäre erklärlich, wenn der Fahrer auf den Beifahrerplatz gewechselt ist«, unterbrach Christoph die Kielerin.

»Es gibt aber auch noch andere Spuren, die wir noch nicht zuordnen können. Bringen Sie uns weitere DNA-Vergleichsdaten, dann können wir sie auf eine Übereinstimmung hin untersuchen. Unter den Erdspuren, die wir auf beiden Seiten im Fahrzeug gefunden haben, befinden sich welche, die sich dem Fundort des Toten oder zumindest dessen unmittelbarer Nähe zuordnen lassen. Außerdem haben wir Textilfasern auf dem Beifahrersitz sichergestellt. Es ist sehr aufwendig, festzustellen, ob einige davon zur Kleidung des Mordopfers gehören. Die Kleidung ist bekanntlich ein Raub der Flammen geworden.«

»Großartig, was Sie dort gezaubert haben.«

»Das ist weniger Zauberei als harte und nüchterne naturwissenschaftliche Arbeit«, korrigierte ihn Frau Dr. Braun.

»Es ist erstaunlich, was die Labormäuse zustande bringen«, sagte Große Jäger später anerkennend, nachdem Christoph ihm die Neuigkeiten aus Kiel berichtet hatte. »Gut. Dann fahren wir.«

Dieselbe Idee hatte Christoph zuvor auch gehabt.

»Vielleicht ist McCoy in den Getränkelaster eingestiegen. Irgendwie muss er aus der Einöde Runeesby weggekommen sein. Natürlich kennt man sich dort. Es gibt ja nur vier Dutzend Einwohner. Da ist keiner fremd. So ist es auch selbstverständlich, dass man den Nachbarn ein Stück im Auto mitnimmt. Damit dürften wir der Antwort auf die Frage, wie McCoy aus Runeesby weggekommen ist, nähergekommen sein.«

»Das kann auch ganz harmlos sein«, wandte Christoph ein. »Hottenbeck nimmt McCoy mit. Anschließend fährt er, das wissen wir, mit seinem Getränkelaster zum Platz, an dem die Biike stattfindet. Das würde die Erdspuren erklären, die das LKA im Auto festgestellt hat. An der Biike ist er ausgestiegen und wieder ins Auto zurückgekehrt. Mit Erdresten unter den Füßen.«

»Weshalb finden sich Spuren derselben Person auf der Fahrer- und der Beifahrerseite?«, fragte Große Jäger.

»Das müssen wir herausfinden. Deshalb sind wir jetzt unterwegs.«

Der Hofplatz vor dem Getränkelager war eine einzige Schlamm- und Wasserwüste. Der heftige Regen hatte das Areal in eine Seenplatte verwandelt.

»Kein Wunder, dass die Geschäfte schlecht laufen«, brummte Große Jäger und fluchte, als er beim Aussteigen in einer Pfütze landete. »Nordfriesen sind manches gewohnt, aber mit Ausnahme der Halligen fährt auch hier niemand mit dem Boot zum Getränkekauf. Nicht einmal in Friedrichstadt mit den vielen Grachten.«

Die Tür des Lagers stand offen. Von Weitem war das Scheppern von Getränkekisten zu hören.

Hottenbeck sah ihnen missmutig entgegen, als sie eintraten, unterließ es, den Gruß zu erwidern, und setzte weiter Getränkekisten um.

»Können Sie Ihren Frühsport unterbrechen?«, fragte Große Jäger.

»Frühsport? Ich muss hart arbeiten und werde nicht vom Staat alimentiert wie die Beamten.«

»Nicht nur das«, sagte der Oberkommissar lachend. »Wir bekommen unsere Bezüge sogar im Voraus. So viel Vertrauen setzt der Staat in seine Diener. Das kann man von Ihnen nicht behaupten.«

»Klugscheißer. Mir nimmt man meine Autos weg. Wie soll ich das Geld verdienen, das mir der Staat als Steuern unterm Hintern wegreißt, um solche Leute wie Sie zu bezahlen?«

»Das war ein guter Gedanke von uns. Freiwillig haben Sie uns nicht erzählt, dass Tyler McCoy mit dem Wagen gefahren ist.«

»Häh?« Hottenbeck sah die Beamten überrascht an. »Woher wollen Sie das wissen?«

Große Jäger fasste sich ans Ohrläppchen und legte den Kopf leicht schief. »Wir sind die Polizei. Und die ist schlau. Das kann man aus jedem ›Tatort‹ lernen. Sie sollten vielleicht nicht so viel ›Rosamunde Pilcher‹ auf dem anderen Programm sehen.«

»Also, nun ja. Kann sein«, sagte der Getränkehändler zögerlich.

»Was?«

»Dass Blacky mitgefahren ist.«

»Blacky?«

»So wurde McCoy manchmal hinter vorgehaltener Hand genannt. War aber nie böse gemeint. Der Fuchsberger«, fiel ihm plötzlich ein, »den haben doch auch alle gemocht. Und den nannte alle Welt auch Blacky. Ja. Genau.« Eine Spur Erleichterung zeigte sich auf Hottenbecks Antlitz.

»Tyler McCoy ist also bei Ihnen mitgefahren? Auch am letzten Donnerstag?«

Hottenbeck kratzte sich den Schädel. »War das Donnerstag? So genau weiß ich das nicht mehr.«

»Wo ist er eingestiegen?«

»Na hier. Auf unserer Straße. Wir haben nur die eine.«

»Und wo haben Sie ihn abgesetzt?«

»Weiß ich doch nicht mehr. Mensch. Das ist doch egal.«

Große Jäger machte einen Schritt auf Hottenbeck zu. »War das vielleicht bei der Biike? Dort, wo McCoy später verbrannt ist?«

Entsetzt wich der Getränkehändler zurück. »Das ist doch hirnrissig.«

»Sie mussten ohnehin zur Biike.«

»Aber doch erst abends«, entgegnete Hottenbeck atemlos.

»Was haben Sie bei schlechtem Wetter dort gemacht?«

»Das wird ja immer verrückter. Das weiß doch jeder. Ich habe dort den Getränkestand betrieben. Da waren Tausende Zeuge.«

»Tausende?«, fragte Große Jäger spöttisch.

»Ja – äh … Nein. Natürlich nicht. Aber viele.«

»Komisch.« Der Oberkommissar legte eine Pause ein. »Die Biike war aber erst am Freitag.«

Hottenbeck hob eine Bierkiste an und hielt sie unentschlossen in die Höhe.

»Sie machen mich ganz wuschig. Dann war das eben am Freitag.«

»Was denn nun? Freitag war die Biike. Und am Donnerstag ist McCoy mitgefahren. Sollte er einen ganzen Tag und eine Nacht auf der Straße gestanden und auf eine Mitfahrgelegenheit gewartet haben?«

»Natürlich nicht. Dann war das eben am Donnerstag.«

»Und Sie können sich nicht mehr erinnern, wohin Sie ihn mitgenommen haben?«

»Nein. Verdammt noch mal.«

»Dann werden wir Ihnen helfen«, mischte sich Christoph ein und zeigte auf die Bierkiste. »Stellen Sie die ab. Und dann gehen wir Ihre Lieferscheine vom vergangenen Donnerstag durch.«

»Da gibt es keine.«

»Bitte?«, fragte Christoph erstaunt.

»Haben Sie eine Lustreise mit dem Lieferwagen unternommen?«, schob Große Jäger hinterher. »Das ist interessant. Ihr Anwalt hat behauptet, Ihr Geschäft würde darunter leiden, wenn Ihnen der Lieferwagen nicht zur Verfügung stehen würde. Und jetzt wissen Sie nicht einmal mehr, wohin Sie gefahren sind?«

»Sind Sie damit einverstanden, uns eine Speichelprobe zu geben?«, fragte Christoph.

»Nein!« Hottenbeck schrie es heraus. »Ich gebe nichts, und ich sage nichts mehr. Ich will jetzt meinen Anwalt anrufen.«

»Eine gute Idee«, stimmte Große Jäger zu. »Erzählen Sie ihm gleich, in welcher misslichen Lage Sie sich befinden.«

Plötzlich stürmte Hottenbeck an ihnen vorbei in Richtung Haupthaus und verschwand in dem Gebäude.

»Der ist ganz schön nervös«, stellte Große Jäger fest, als sie wieder in den Volvo einstiegen.

Bei McCoy öffnete ihnen eine junge kaffeebraune Frau die Tür, nachdem sie geklingelt hatten. Sie hatte ebenmäßige Gesichtszüge und trug eine runde Goldrandbrille, die ihr apartes Äußeres vorteilhaft unterstrich. Das Ganze wurde von einem voluminösen Krauskopf eingerahmt. Ein Farbtupfer war eine goldblond gefärbte Stelle ungefähr dort, wo bei Männern die Geheimratsecken sitzen. Die sportliche Figur unterstrich ihre Attraktivität. Sie sah die beiden Polizisten fragend an.

»Polizei Husum«, erklärte Christoph. »Wir haben noch ein paar Fragen.«

»Selbstverständlich«, sagte sie mit einer angenehmen dunklen Stimme. »Ich bin Keike McCoy, die Tochter. Ich bin sofort aus Schleswig herübergekommen.«

Die Lehrerin von der A. P. Møller-Skolen, erinnerte sich Christoph. »Was unterrichten Sie?«, fragte er, als die junge Frau sie ins Haus führte.

»Deutsch, Geschichte und Mathematik.«

»Respekt. Das sind gleich drei Kernfächer.«

»Ach«, tat sie es mit einer Handbewegung ab. »Das ist ein dänisches Gymnasium. Und mein Dänisch ist einfach nicht gut genug.«

»Und Englisch?«

»Das gebe ich als Vertretung. Manchmal auch ein wenig Französisch oder Spanisch.« Ein Lächeln zeigte sich auf ihrem Gesicht. »Ist es nicht sonderbar? Eine Deutsche erteilt Französischunterricht auf Dänisch? Am meisten Spaß macht mir aber die Arbeitsgemeinschaft Plattdeutsch, die ich auch noch leite.«

Ob man je verstehen würde, warum es Fanatiker gibt, die aus ideologischen Gründen dieser klugen und hübschen Frau die Existenz in Deutschland versagen wollen?, überlegte Christoph. Und die auch vor Gewalt und Mord nicht zurückschrecken?

Monika McCoy hatte sich tief in einen Sessel im Wohnzimmer verkrochen. Sie trug eine weiße Strickjacke und hielt sie krampfhaft mit beiden Händen am Hals zusammen. Die Augen lagen tief in den Höhlen, dunkle Schatten umrahmten sie. Furchen hatten sich ins Gesicht eingegraben. Ihr Anblick zeigte überdeutlich, wie schlecht es ihr ging.

»Meine Tochter«, erklärte sie mit matter Stimme, als die Beamten eintraten. »Mein Sohn Jannes kommt auch. Er hat einen längeren Weg.«

»Jannes ist in Afghanistan«, erklärte die Tochter. »Wir rechnen damit, dass er morgen oder übermorgen hier ist. Er bringt Heiko mit.«

»Heiko?«, fragte Christoph.

Keike McCoy nickte. »Mein Verlobter. Er ist Major bei der Luftwaffe, in Jagel stationiert und im Augenblick auch in Afghanistan.« Sie warf ihrer Mutter einen Blick zu und zeigte dann auf das Sofa. »Bitte.«

»Wir wissen jetzt, wie Ihr Mann von Runeesby weggekommen ist«, erklärte Christoph. »Er ist mit dem Lieferwagen von Getränke-Hottenbeck mitgefahren.«

Die beiden Frauen zeigten sich nicht überrascht.

»Das ist hier so üblich«, erklärte die Tochter.

»Wir waren uns nicht sicher, ob Ihr Vater bei dieser Gelegenheit nicht den Tätern begegnet ist«, sagte Christoph.

Keike McCoy schüttelte energisch den Kopf. »Ganz bestimmt nicht. Ich bin mir ganz sicher, dass niemand von hier so etwas machen würde. Wir kennen sie doch alle. Mein Bruder und ich – wir sind hier groß geworden. Das sind alles liebe und gute Menschen. Schön, dieser oder jener hat vielleicht eine Marotte. Aber sind wir selbst frei davon? Nein! Die Täter, die so etwas Schreckliches machen, die sind nicht von hier. Hundertprozentig nicht.«

»Wohin könnte Ihr Vater mit Hottenbeck gefahren sein?«, fragte Christoph.

»Er wollte nach Lübeck. Also musste er zum Bahnhof. Der nächste mit den besten Verbindungen ist Klanxbüll. Dort fährt die Nord-Ostsee-Bahn alle Stunde. Alternativ könnte es auch Süderlügum sein. Wenn er mit Hottenbeck gefahren ist ... Ich kann mir nicht vorstellen, dass sie nach Niebüll wollten.«

»Und wenn Ihr Vater nur ein Stück mit dem Getränkelaster gefahren ist und unterwegs eine neue Fahrgelegenheit suchen musste?«

»Sie meinen, Hottenbeck hat ihn irgendwo in der Umgebung abgesetzt, und dort ist mein Vater seinen ...«

Sie brachte es nicht fertig, »Mördern« zu sagen, registrierte

Christoph. Man sah Keike McCoy an, dass sie nachdachte. »Unmöglich ist das nicht, aber ich halte es für nicht sehr wahrscheinlich. Jetzt, im Februar, treffen Sie hier keine Fremden. Und die Menschen in der Wiedingharde, also die Einheimischen, für die gilt das Gleiche, was ich von den Dorfbewohnern gesagt habe: Da finden Sie keine Gewalttäter.«

Christoph wandte sich an Monika McCoy.

»Wir haben inzwischen mit Kazimierz Kreczma gesprochen.«

»Der polnische Musiker? Der Betrüger?«, antwortete stattdessen die Tochter. »Der hat meinen Vater bedroht. Er hat üble Beschimpfungen ausgestoßen. Ja – und Drohungen.«

»Er wirft Ihrem Vater vor, sich ohne akademische Ausbildung als Dozent in der Musikhochschule eingeschlichen zu haben.«

»Mein Vater hat nie behauptet, einen akademischen Abschluss zu haben. Er war ein Naturtalent. Die Musik war ihm in die Seele geschrieben.«

Das hatte Professor Kühirt bestätigt.

»Wie gut verstand Ihr Vater sich mit dem Professor?«

»Das waren Freunde. Die Musik hat sie zusammengeführt. Der eine hat gewusst, wie der andere dachte. Das hat sich auch in der Musik ausgedrückt. Jeder hat sein Instrument in die Hand genommen, sie haben sich angesehen, und, ohne ein Wort zu wechseln, haben sie gespielt, als wären sie siamesische Zwillinge. Im Geiste, meine ich. Da bedurfte es keiner Abstimmung. Sie haben improvisiert, als hätten sie es lange Jahre einstudiert.«

»Kazimierz Kreczma glaubt, dass gerade diese Verbundenheit Ihrem Vater Vorteile verschafft hat, die ihm sonst nicht zuteilgeworden wären«, sagte Christoph.

»Sie meinen, Professor Kühirt und mein Vater hätten gekungelt?«, fragte Keike McCoy entrüstet.

»Das könnte man aus seinen Worten ableiten«, bestätigte Christoph. Es war ein schwieriges Unterfangen, die Worte so zu wählen, dass sie der Stresssituation der beiden Frauen angemessen waren.

»Mama? Hast du das gehört? Das musst du beantworten. Mama! Sag doch was.« Keike McCoy kniete sich vor dem Sessel ihrer apathisch dasitzenden Mutter nieder und drang auf sie ein. Sie legte ihre Hand auf deren Unterarm und rüttelte ihn leicht.

»Nein«, sagte Monika McCoy kaum hörbar.
»Was wollen Sie damit sagen?«, fragte Christoph.
»Basilius Kühirt und Tyler waren Freunde. Aber in der Sache durchaus unterschiedlicher Auffassung. Diesen Widerspruch hat Basilius geschätzt. Es ging immer nur um die Sache. Nein!« Sie schüttelte entschieden den Kopf. »Tyler war keiner, der einen anderen unter Druck setzte. Oder?« Sie sah ihre Tochter an.

Ein leises Lächeln huschte über deren Gesicht. Aus den Augen glänzte ein verklärtes Strahlen. »Meine Mutter hat recht. Wenn wir als Kinder irgendetwas wollten und Mama ›Nein‹ gesagt hat, sind wir zu Papa gegangen. Der konnte uns nie etwas abschlagen. So gutmütig, wie der war.«

Die Tochter stand auf. »Kreczma ist ein bösartiger Verleumder. Er hat meinen Vater gehasst, weil der ihm in allen musikalischen Belangen überlegen war. Es war purer Neid, wenn Kreczma immer wieder gestichelt hat. Er hat vor den Musikstudierenden meinen Vater lächerlich machen wollen, hat gesagt, so einer wie er könne doch nicht dozieren. Er spreche nicht einmal richtig Deutsch. Dabei hat Kreczma einen wesentlich ausgeprägteren Akzent als Daddy. Immer und immer wieder hat Kreczma versucht, Papa mit überfrachtetem akademischem Blabla aufs Glatteis zu führen. Das war nicht Papas Welt. In einer musiktheoretischen Grundsatzdiskussion konnte jemand mit einer Ausbildung wie Kreczma sicher Punkte finden, in denen mein Vater nicht mithalten konnte. Er war Musiker. Dafür lebte er.«

Hoffentlich ist er nicht auch dafür gestorben, dachte Christoph grimmig.

Monika McCoy reagierte nicht, als sie gingen.

»So schlimm wie der Tod meines Vaters ist die Ungewissheit, warum man ihm das angetan hat«, verabschiedete sich Keike McCoy an der Haustür.

Die beiden Beamten stiefelten zum Auto zurück. Im Nu waren die Scheiben beschlagen, als sie sich darin niederließen.

»Mit Ausnahme des Polen haben wir noch keinen getroffen, der nicht Gutes über McCoy zu berichten wusste«, stellte Große Jäger fest.

»Ja, außer seinem Nachbarn Ahrens«, erinnerte Christoph ihn noch mal.

»Wenn man eine bestimmte Musikrichtung nicht mag, kann es einem auf den Geist gehen. ›Musik wird störend oft empfunden, dieweil sie mit Geräusch verbunden‹, hat schon Goethe gesagt.«

Christoph lachte. »Nicht jeder kluge Spruch stammt vom Dichterfürsten. Dieser wurde von Wilhelm Busch kreiert.«

»Gut. Von mir aus. Aber – ehrlich. Wenn du etwas zitierst und kennst den Urheber nicht, dann behaupte einfach, es sei von Goethe. In fünfzig Prozent der Fälle stimmt es.«

»Ich möchte mich noch einmal mit einem anderen Intellektuellen unterhalten«, sagte Christoph und fuhr zum Haus Götz Thurows.

Der emeritierte katholische Geistliche trug eine dunkle Hose und ein dunkelgraues Jackett, darunter ein Kollarhemd. Christoph war ein wenig erstaunt über Thurows Kleidung. Den weißen ringförmigen Stehkragen, auch Römerkragen genannt, sah man in dieser Gegend nicht oft.

Thurow hatte den Blick bemerkt.

»Ist irgendetwas?«, fragte er, nachdem er die Beamten mit einem »Guten Morgen« begrüßt und Große Jäger nach dessen »Moin« indigniert gemustert hatte. Er bat die Polizisten in das düster wirkende Zimmer, in dem er sie schon beim ersten Besuch empfangen hatte.

»Sie kleiden sich immer noch wie ein aktiver Geistlicher?«

»Gibt man seinen Glauben an der Garderobe ab? Oder erfüllt er einen nicht mehr mit Erreichen des Ruhestandes? Ich bin nicht nur bis zur Rentengrenze geweiht. Das Kollar wird auch von anglikanischen und teilweise auch von evangelischen und evangelisch-methodistischen Pfarrern getragen.«

»Ich habe mich immer gewundert, warum die Priester in englischen Krimis stets den weißen Kragen tragen«, mischte sich Große Jäger ein.

»Es wäre mir lieb, wenn Sie bei den Anglikanern nicht von Priestern sprechen würden. Darunter verstehe *ich* etwas anderes.«

»In den Naturreligionen gibt es doch auch Priester, ganz abgesehen von den Voodoopriestern«, zeigte sich der Oberkommissar hartnäckig.

»Können wir seriös bleiben?« Thurows Miene hatte den strengen Ausdruck beibehalten. »Ich vermute, Sie kommen wegen des Vorfalls bei diesem heidnischen Feuer.«

»Der *Vorfall*, wie sie es nennen, war ein brutaler *Mord*«, sagte Große Jäger. »Und das *heidnische Feuer* nennt man hier Biike.«

In Thurows dunklen Augen blitzte es kurz auf. »Es ist für uns Menschen unvorstellbar, welche Wege Gott für das einzelne Individuum vorgesehen hat.«

»Kann Gott nicht ›Halt‹ rufen, wenn Unschuldige ermordet werden?«, ereiferte sich Große Jäger.

»Das ist hier nicht das Thema«, stoppte Christoph die mögliche Entwicklung einer theologischen Grundsatzdiskussion.

»Ich habe für Herrn McCoy gebetet«, sagte Thurow, »und seine Seele dem Allmächtigen anempfohlen. Das gilt auch für seine Mörder.«

»Für seine … was?«, fragte Große Jäger überrascht.

»Jeder, der seine Taten bereut, findet Gnade vor Gottes Angesicht.«

»Sie wollen diesen schändlichen Verbrechern die Absolution erteilen?« Große Jäger war aufgebracht.

»Ja«, antwortete Thurow ohne sichtliche Gemütsregung. »Ich spreche von einer echten Reue. Und von der Vergebung durch Gott.«

Der Oberkommissar drehte die Hand im Gelenk. »Und damit ist mir nichts, dir nichts alles erledigt. War ein Versehen, dass McCoy verbrannt ist. Sorry. Soll nicht wieder vorkommen. Zumindest nicht bis zum nächsten Mal.«

»Mit Ihrem Zynismus kommen wir nicht weiter. Ich sprach von der göttlichen Vergebung. Das bedeutet nicht, dass es keine irdische Gerechtigkeit gibt. Dafür sind Sie verantwortlich.«

»Und wenn wir Synergieeffekte nutzen und gemeinsam für die Gerechtigkeit sorgen?«, fragte Große Jäger lauernd.

»Lassen Sie uns den Fokus auf das Geschehene legen«, unterbrach Christoph das Streitgespräch. »Ist Ihnen noch etwas eingefallen, das für uns von Bedeutung wäre?«

»Nein«, antwortete Thurow direkt.
»Haben Sie irgendwelche Gerüchte gehört?«, fragte Große Jäger dazwischen.
»Ich denke, wir sollten nur über Fakten sprechen.«
»Das passt nicht zu Ihrem Gewerbe.«
Thurow machte Anstalten, aufzustehen. »Das ist keine Basis, auf der wir miteinander reden können«, sagte er scharf.
»Sie haben als Geistlicher stets mit Menschen zu tun gehabt«, sagte Christoph besänftigend. »Mit solchen und mit solchen.«
»Wollen Sie durch die Hintertür das Beichtgeheimnis umgehen?« Thurow war immer noch misstrauisch.
»Hat sich der Täter Ihnen anvertraut?«, mischte sich erneut Große Jäger ein.
Thurow warf dem Oberkommissar einen zornigen Blick zu.
»Betrachten Sie die Frage als nicht gestellt«, beschwichtigte ihn Christoph. »Wir sprachen schon darüber, dass es ungewöhnlich ist, wenn sich jemand hier niederlässt, um seinen Lebensabend in der Einsamkeit der Wiedingharde zu verbringen.«
»Ich habe Ihnen meine Gründe erläutert.«
»Gibt es hier noch mehr Katholiken außer Ihnen?«
»Mir ist keiner bekannt.«
»Und der junge Ahrens?«
»Der ist auch nicht katholisch. Warum interessiert Sie das?«
»Wir hatten bei unserem ersten Besuch den Eindruck, dass Sie einen Umgang miteinander pflegen.«
»Nur weil er mir ein wenig zur Hand geht?«
Christoph sah sich um. »Sie haben viele Erinnerungen an Afrika?«
»Ich habe dort den größten Teil meines Lebens zugebracht.«
»Ist Ihnen der Abschied schwergefallen?«
»Ja und nein.«
»Haben Sie sich deshalb von Dingen getrennt, die Sie aus Afrika mitgebracht haben?«, fragte Christoph.
»Gehört das zur Sache?« Thurow klang unfreundlich.
»Es hat uns verwundert, nicht als Polizeibeamte«, ergänzte Christoph. »Sie haben in einer ganz besonderen Weise über Ihren Afrikaaufenthalt gesprochen. Ich will kein Wortspiel betreiben,

aber ich hatte den Eindruck, Sie haben es als Mission betrachtet. Ich meine, dass Sie es nicht als Abenteuer aufgefasst haben.«

Der Geistliche sah Christoph lange an. Er hatte die Augen ein wenig zusammengekniffen, als würde er ihn dadurch besser fixieren können.

»Was kennen Sie von Afrika?«

»Nichts«, gestand Christoph ein.

»Sie befinden sich damit in guter Gesellschaft. Afrika ist Hoffnung und Enttäuschung zugleich. Sind Sie Christ?«

»Ja«, bestätigte Christoph. »Wir sind beide Christen.« Er nickte kurz in Richtung Große Jäger.

»Ich habe nie Zweifel an Gott gehabt, an seiner Kirche. Dafür stehe ich ein. Für mich war das Wirken als Priester nie Beruf, sondern Berufung. Ich bin auch der Überzeugung, den richtigen Glauben zu haben. *Pecca fortiter.* Wissen Sie, was das heißt?« Thurow sah zuerst Christoph, dann Große Jäger fragend an.

Beide schüttelten den Kopf.

»Lateinisch. Das ist eine Aussage Ihres Martin Luther. ›Sündige tapfer.‹ Wenn man Fehltritte begeht, dann richtig. Beim halbherzigen Sündigen hat man weder kurzfristige Freude noch langfristige Läuterung. Das ist Christentum light. Die Bequemchristen.«

Große Jäger grinste. »Schade«, sagte er. »Ich bin katholisch. Wenn ich aber von solchen Lehrsätzen der Prosttanten gewusst hätte, hätte ich vielleicht auch die Seiten gewechselt.«

Christoph erschrak. Hoffentlich hatte Thurow nicht mitbekommen, dass Große Jäger nicht von Protestanten, sondern von Prosttanten gesprochen hatte.

Der Geistliche hatte sich zum Glück auf den ganzen Satz konzentriert. »Das ist es, was ich bemängele. Die Menschen haben keinen Bezug mehr zu Gott. Sie nehmen alles als selbstverständlich hin. Schauen Sie sich doch um. Wir haben alle verlernt, Danke zu sagen. Das ist nur ein Beispiel. Die Menschen verstehen Gott nicht mehr. Man traut sich nicht mehr einzugestehen, dass man betet. Was heißt Beten überhaupt? Ja – in Notsituationen und Bedrängnis fällt den Menschen das Gebet ein. Aber sonst?« Thurow fasste sich an die Stirn. »Ich war erschrocken, als ich vor einiger Zeit sah, wie die Menschen massenhaft gebetet haben. Und warum? Dass ihre

Nation Fußballweltmeister wird. Als wenn es nichts Wichtigeres im Leben gäbe.«

Die beiden Beamten ließen den alten Mann reden. Christoph hatte das Gefühl, als hätte sich ein Ventil geöffnet. Warum war er hierhergezogen? Er kannte niemanden. Er fand hier keine Gesprächspartner. Niemand verstand seine Beziehung zu *seiner* Kirche.

Christoph sah sich noch einmal im Raum um. Alles wirkte düster. Überall war Thurows tiefe Religiosität zu atmen. Und über allem hing ein Hauch Afrika. Eine bedrückende Mischung. Ob Thurow es selbst so empfand und sich aus dieser Enge lösen wollte, indem er Erinnerungen an seine Zeit auf dem Schwarzen Kontinent aus dem Haus schaffte?

Thurow starrte minutenlang auf einen imaginären Fleck auf dem Teppich. Er hatte die Hände gefaltet, auch wenn es keine religiöse Geste war.

»Ich habe mein ganzes Leben der Kirche gedient, meine Energie und meine Gesundheit dafür geopfert, den Menschen im Südsudan Gottes Liebe nahezubringen.«

»Ich kann mir vorstellen, dass die Menschen dort auch viele ganz irdische Probleme haben«, warf Christoph ein.

Thurow nickte versonnen. »Auch wenn ich mit ganzem Herzen Gott diene, habe ich nicht den Blick für diese Welt verloren. Aber! Als die gleichen Menschen, die früher den Leib Jesu Christi empfangen haben, die Möglichkeit erhielten, haben sie plötzlich gebrandschatzt, sind Vergewaltiger geworden. Was habe ich falsch gemacht? Oder kann man die Schwarzen nicht bekehren? Ist es Sünde, so zu denken? Zweifel zu haben? Gottes Allmacht in Frage zu stellen? Damit beschäftigte ich mich. Das quält mich. Aber wer kann meine Fragen beantworten? Deshalb habe ich alles, was mich an meine Zeit in Nyamlell erinnert, radikal ausgemistet. Ich bin hier, um in der Einsamkeit des Nordens das Vergessen zu suchen.«

Erneut entstand eine längere, bedrückende Pause.

»Weitgehend von der westlichen Welt unbemerkt gab es in der Gegend noch bis vor Kurzem die Sklaverei. Die arabischstämmigen Nordsudanesen haben immer wieder das Grenzgebiet überfallen und Frauen und Kinder der dunkelhäutigen Südsudanesen geraubt.«

»Das hat Sie seelisch mitgenommen?«

»Wir haben vor Ort alles in unserer Macht Stehende unternommen, um die Geiseln wieder freizukaufen. Ein Teufelskreis.« Thurow legte seine Hände vors Gesicht, als ihn die Erinnerungen übermannten. »Ersparen Sie mir Details.« Plötzlich straffte sich der Körper des alten Mannes. »Das war ein Teil des Lebens vor Ort. Was ich aber nicht verstanden habe, war, dass die Menschen, denen ich von der Liebe Gottes erzählt habe, die getauft waren, ihrerseits ohne jede Vorwarnung über die nördlichen Nachbarn hergefallen sind und auf grausame Weise Rache geübt haben. Ganz normale Menschen, die allerdings auch nicht davor zurückschreckten, Kinderehen zu arrangieren und Kindersoldaten zu rekrutieren. Auf einmal war alles weg. Alles. Ich verstand sie nicht mehr. Die Jahre in Afrika – mein Leben. Für nichts.« Er sah Christoph an. Ein feuchter Schimmer war in seine Augen getreten. »Ich wollte ganz weit weg von dort. Nichts sollte mich mehr an Afrika erinnern. Nicht einmal mehr eine zufällige Begegnung mit einem Afrikaner.«

»Deshalb Runeesby?«

Thurow nickte, ohne es zu bemerken. Es war eine intuitive Reaktion.

»Und dann trafen Sie hier auf Tyler McCoy«, sagte Große Jäger.

Der Geistliche nahm es nicht wahr.

»Haben Sie oft miteinander gesprochen?«, formulierte Christoph die Anmerkung des Oberkommissars um.

»Wie? Was?« Es schien, als wäre Thurow aus einer geistigen Abwesenheit zurückgekehrt. »Nein! Ich habe zu niemandem Kontakte gepflegt.«

»Aber der junge Ahrens … Der hilft Ihnen.«

»Na und?« Es klang eine Spur aggressiv.

Merkwürdig, dachte Christoph. Thurow will ganz für sich allein gelebt haben. Und ausgerechnet der Sohn des Mitbürgers, der sich am intensivsten über die Familie McCoy, deren sichtbare Andersartigkeit und die ihm zu fremde und zu laute Musik beklagt hat, hilft dem Geistlichen.

»Wie haben Sie zueinandergefunden?«

»Das ist ohne Belang«, entschied Thurow. »So. Ich bitte Sie, zu gehen. Ich muss mein Brevier beten.«
Die Verabschiedung fiel unterkühlt aus.

»Ein merkwürdiger Geselle«, befand Große Jäger auf dem Weg zum Auto. »Ich akzeptiere jedermanns Freiheit, seine Religion so zu leben, wie er es für richtig hält. Für mich tut sich aber ein Widerspruch auf. Ich habe keinen Zweifel an Thurows ernstem Willen, seine Ideale vom christlichen Glauben den Menschen im Südsudan vermitteln zu wollen. Ich war aber erschrocken, als er von seiner Enttäuschung sprach. Hast du das auch so empfunden?«
Er blieb stehen und sah Christoph an.

»Kann man das so einfach verstehen?«, erwiderte Christoph. »Es war sein Lebenswerk, das Christentum, aber auch, Anstand und Moral zu lehren. Und bei der erstbesten Gelegenheit verwandeln sich seine Schäfchen in reißende Wölfe.«

»Vielleicht ist Afrika uns zu fern, ich meine, uns beiden, um das begreifen zu können. Dort herrschen andere Gesetzmäßigkeiten. Aber ist das an die Hautfarbe gebunden?«

»Blödsinn«, sagte Christoph. »Kultur, Geschichte und die Lebensumstände prägen so etwas.«

»Warum war Thurow so irritiert, als er in Runeesby plötzlich einem Dunkelhäutigen begegnete? Er hat unumwunden zugegeben, dass für ihn ein Kriterium für den Umzug hierher war, dass er hier nur auf Europäer stoßen würde.«

»Es gibt einen großen Unterschied zu den Menschen aus seiner Zeit in Afrika. McCoy war Amerikaner und lebte schon lange in Deutschland. Man kann ihn kaum mit den Einheimischen im Südsudan vergleichen. Das ist ein anderer Kulturkreis. Eine andere Welt.«

Große Jäger blieb stehen und hielt Christoph am Ärmel fest. »Wenn du recht hast, wird es noch verworrener. Dann war Thurow so erschrocken, als er McCoys Hautfarbe sah, dass er den Menschen dahinter nicht beachtete.«

»Das ist weit hergeholt. Du vergisst, dass Thurow ein Geistlicher ist.«

»Na und? Was hast du mir über den Ku-Klux-Klan vorgelesen? Liegen dessen Ursprünge nicht auch im radikalklerikalen Bereich?«

»Das ist mir zu weit hergeholt«, entschied Christoph und stieg ins Auto.

»Wir müssen ja nicht immer einer Meinung sein«, brummte der Oberkommissar und nahm auf dem Beifahrersitz Platz.

Die Fahrt verlief schweigend. Jeder hing seinen Gedanken nach.

Thurow hatte sich in der Tat merkwürdig verhalten, dachte Christoph. Allerdings hatte er freiwillig von Afrika und seiner Enttäuschung berichtet. Die Polizei hatte nicht danach gefragt. Ob der Mann dieses Ventil gebraucht hatte? Wem sonst hätte er von seinen Zweifeln erzählen können? Christoph war mit dem Innenleben der katholischen Kirche zu wenig vertraut, um beurteilen zu können, ob man sich dort im Klerus vertrauensvoll aussprechen könnte. Und »mit seinem Bischof« sprechen? Mit welchem? Thurow war erst nach seiner Rückkehr in das Erzbistum Hamburg gezogen und dürfte hier keine Kontakte haben. Und Bischöfe waren heute – wahrscheinlich – mehr Manager als Seelsorger. Irgendjemand hatte Christoph sein Leid geklagt, dass »sein evangelischer Bischof« aus Schleswig die Aufgabe als Hirte gar nicht wahrgenommen hatte, da er zielstrebig an seiner Karriere als Landesbischof gearbeitet hatte. Erfolgreich. Nun war er Chef-Chef. So hatte man Christoph berichtet.

Die Fahrt führte sie parallel zur Bundesgrenze über Aventoft. Dieser kleine Ort wurde von großen Supermärkten geprägt, die fast ausschließlich von der in Heerscharen einfallenden dänischen Kundschaft lebten. Sie folgten der schmalen Straße, überquerten nördlich von Süderlügum die Bundesstraße 5 und trafen kurz darauf in Ellhöft ein. Die unsichtbare dänische Grenze war nur einen Steinwurf entfernt. Sie existierte praktisch nicht mehr. Auch in den Köpfen und Herzen der Menschen war sie abgebaut oder zumindest kaum noch erkennbar. Lediglich bei der Währung und den Preisen zeigte sich noch ein großer Unterschied. Und Deutschland war Nutznießer.

Der Ort, ein wenig abseits der Landesstraße, bestand nur aus wenigen Häusern. Menschen waren keine zu sehen. Sie mussten eine Weile suchen, bis sie im Außenbereich einen repräsentativen Resthof fanden, auf dessen Vorplatz ein Fahrzeug der »Zimmerei

Nothnagel« aus Leck abgestellt war. Daneben parkten noch drei andere Autos, darunter ein neuer Mercedes der S-Klasse mit einheimischen Kennzeichen.

Aus der ehemaligen Scheune drangen Arbeitsgeräusche. Eine Kreissäge schrie schrill. Es wurde gehämmert. Zwei Handwerker riefen sich laut etwas zu.

Das ehemalige Scheunentor war angelehnt. Als Christoph es ganz aufstieß, empfing ihn der Geruch frisch gesägten Holzes. Er sog ihn tief ein.

Lutz Scheske hatte Ohrschützer angelegt und trug eine Schutzbrille. Er war mit dem Sägen von dicken Holzbalken beschäftigt und hatte sie noch nicht bemerkt. Zwei Männer standen in der Nähe und sahen sie interessiert an. Ein Mann, unter dessen Schutzhelm graue Haare hervorlugten, unterhielt sich mit einem elegant gekleideten anderen. Die beiden unterbrachen ihr Gespräch.

»Moin«, sagte Christoph. »Wir haben neulich Ihren Chef besucht. Jetzt würden wir uns gern noch einmal mit Lutz Scheske unterhalten.«

»Das ist schlecht«, sagte der Mann in einem breiten heimischen Slang. Er zeigte auf den Zimmermann. »Der ist beschäftigt.«

»Es geht schnell«, versicherte Christoph.

»Viele ›schnelle Male‹ sind auch ein Haufen«, entgegnete der Mann, Christoph vermutete in ihm den Vorarbeiter, ungerührt.

»Ich muss dann wieder«, sagte der Elegante. »Kriegen Sie das hin wie besprochen?«

»Mokt wi«, antwortete der Vorarbeiter und tippte sich an den Rand seines Helms. Als der Elegante außer Hörweite war, sah er ihm nach. »Was die sich immer vorstellen? Mal soll es so sein, dann wieder so. Immer wenn er etwas geträumt hat, kommt er vorbei und hat neue Ideen. Und das Ganze darf nichts kosten. Vor allem keine Zeit.« Er zeigte auf das Ständerwerk in der ausgehöhlten Scheune. »Da drüben. Da hatten wir Balken eingezogen. Dann hatte der Bauherr die Idee, dass damit die Sicht im Saal behindert sein könnte. Also: alles wieder raus. An die Statik denken die Leute nicht. So ein Scheiß. Und immer schön freundlich bleiben. Das will ich aber nicht. Auch nicht bei Ihnen. Also. Was wollen Sie von Lutz?«

»Wir sind von der Polizei«, sagte Christoph.

»Polizei? Und was wollen Sie von Lutz? Der hat nichts mit der Polizei zu tun. Der nicht.«

Schon der Betriebsinhaber hatte dem jungen Mann Zuverlässigkeit attestiert.

»Wir haben seine Freundin als Zeugin vernommen«, sagte Christoph.

»Sie meinen wegen dem Dingsbums, als sie den Schwarzen zusammengeschlagen haben. Wer tut so was?«

»Das versuchen wir herauszufinden«, rief Christoph gegen den Lärm der wieder kreischenden Säge an.

»Schnappen Sie die Kerle«, sagte der Vorarbeiter. »Und dann bringen Sie sie hier vorbei. Wir wüssten schon, wie man mit denen umgehen muss. Ich würde auch gern die Typen zu fassen kriegen, die uns beklauen.« Er stutzte. »Das ist doch was für die Polizei. Darum sollten Sie sich mal kümmern.« Er zog Große Jäger am Ärmel mit in eine Ecke des Raumes. »Da. Das wollte der Bauherr ein Stück versetzt haben. Also haben wir die Stützen wieder herausgenommen. Und? Am nächsten Tag waren sie weg. Geklaut. Und das hier, in Ellhöft. Mensch, hier tut keiner so was.«

»Ihnen wurden Holzbalken gestohlen?«

»Hab ich eben gesagt. Richtige solide Vierundzwanziger.«

»Vollstamm?«

Der Vorarbeiter nickte. »Haben Sie Ahnung davon?«, fragte er Große Jäger.

»Nicht wirklich«, erwiderte der Oberkommissar. »Ich trage zwar ein Holzfällerhemd, aber das ist nur Show.«

»Der Mann ist gut«, zeigte sich der Vorarbeiter von Große Jäger begeistert.

»Könnte einer Ihrer Mitarbeiter die Stämme entwendet haben? Schließlich waren sie nicht mehr zu gebrauchen.«

»So nicht«, war der Vorarbeiter entrüstet. »Bei uns macht keiner lange Finger. Der fliegt, aber achtkantig. Und das ohne Pilotenschein.«

»Sind Sie sich absolut sicher?«

»Hundertpro. Wie wollen Sie den Stamm mitnehmen? In die Brotdose stecken? Lutz kommt mit seinem eigenen Wagen. Und ich und der andere Kollege fahren mit dem Firmenwagen. Nee.

Den hat sich jemand von der Baustelle geholt. Irgend so ein Idiot, der meint, dass er den Stamm zu Kaminholz klein machen kann.«

Christoph sah sich um.

»Was soll das hier werden?«

»Ein Eventschuppen.«

»Was versteht man darunter?«

»Keine Ahnung. Wird aber was Edleres. Wir sind ja froh, dass wir den Auftrag gekriegt haben. Im Winter als Zimmermann – da ist es zappenduster. Noch ein paar Tage, dann kommt GWS.«

»GWS?«, fragte Christoph.

Der Vorarbeiter lachte. »Gas-Wasser-Scheiße. Dann toben sich hier der Elektriker, der Heizungs- und Klimabauer aus. Und natürlich der Klempner. Hoffentlich brauchen die nicht zu lange. Für uns ist das mau. Erst wenn die fertig sind, können wir wieder rein und weitermachen.«

»Danke«, sagte Christoph und verabschiedete sich.

»Häh? Ich dachte, Sie wollten mit Lutz sprechen.«

»Hat sich erledigt«, sagte Große Jäger grinsend.

Der Vorarbeiter fuhr sich mit der Hand durchs Gesicht.

»Das soll einer verstehen«, murmelte er den beiden Polizisten hinterher.

Christoph blieb an der Tür stehen und besah sich das Schloss.

»Büroklammer oder Haarnadel«, stellte Große Jäger fest. »Wenn es überhaupt verschlossen ist. Hier einzudringen ist kein Problem. Die Leute, die hier arbeiten, kennen das. Sie könnten ohne Aufsehen nach Feierabend zur Baustelle zurückfahren und das Holz holen. Wer kommt dafür in Frage?«

»Wenn wir diesen Gedanken weiterspinnen, nur Lutz Scheske.«

»Ist es nicht ein bisschen viel Zufall, dass er mit der Frau befreundet ist, deren Zigarettenkippen wir am Schauplatz des Überfalls finden? Als Zimmermann weiß er mit Holz umzugehen.« Er schenkte Christoph einen spöttischen Blick. »Dich würden sie beim Ku-Klux-Klan nicht nehmen. Wenn du so ein Holzkreuz basteln würdest – versuchen würdest! –«, überbetonte er, »würde das Ding vorher zusammenfallen.«

»Du scheinst keine große Meinung von mir zu haben«, entgegnete Christoph.

Große Jäger klopfte ihm auf die Schulter. »Doch. Deine Fähigkeiten liegen auf anderen Gebieten. Niemand schreibt so perfekte Berichte wie du.«

»Deshalb drückst du dich davor?«

»Jeder soll nach seinen Fähigkeiten eingesetzt werden«, sagte Große Jäger lachend. »Kannst du mir sagen, was hier gebaut werden soll? Nichts gegen Ellhöft, aber ein wenig abseits liegt das Dorf schon. Die einhundert Einwohner brauchen bestimmt keinen Vergnügungstempel. Und ein Umland, aus dem Massen hierherströmen würden, ist auch nicht vorhanden.« Er senkte die Stimme. »Wenn man kleine Zimmer bauen würde und am Eingang eine rote Laterne installiert, dann ...«, ließ er den Satz unvollendet.

»Selbst wenn man in der ländlichen Abgeschiedenheit ein Erotikzentrum errichten würde, würden die Zwischenwände nicht aus Holz gebaut werden.«

»Der angebliche Bauherr sah nicht wie jemand aus, der sozialen Wohnungsbau betreibt«, sagte Große Jäger. »Hottenbeck in Runeesby hat sich ein Zubrot damit verdient, indem er Asylbewerber aufgenommen hat, die auf der Durchreise nach Skandinavien sind. Was ist, wenn hier eine ähnliche Geschäftsidee verwirklicht werden soll? Eine ganz spezielle Art von ›Wanderheim‹? Ich habe mir das Kennzeichen von dem Mercedes gemerkt. Vielleicht erfahren wir über den Namen des angeblichen Bauherrn etwas.«

Jetzt klopfte Christoph dem Oberkommissar auf die Schulter. »Streng dich weiter an. Vielleicht wird aus dir irgendwann ein guter Polizist.«

Vom Auto aus nahm Christoph Kontakt zur Flensburger Diako auf. Dr. Meyer zu Altenschildesche konnte keine Neuigkeiten berichten. Akimsola Kpatoumbi lag immer noch im Koma. Sein Zustand war weiterhin labil.

★★★

Mbala Mbuta Makondele war enttäuscht. Hayrünnisa hatte ihm Hoffnungen gemacht. Alles hatte mit einem lockeren »*Salut vapeur vive*« begonnen, das er ihr hinterhergerufen hatte, als er mit ein paar Kumpels auf dem Niebüller Rathausplatz herumlungerte. Um diese Jahreszeit spie der Brunnen in der Mitte keine Fontänen aus seinen drei Wellen, die ihm Gestalt gaben. Der im Sommer Schatten spendende Baum war kahl, die fünf drehbaren Holzsitze beanspruchte bei diesem Wetter kein Passant.

Es war nasskalt gewesen. Makondele hatte in seiner dünnen Jacke erbärmlich gefroren. Die Feuchtigkeit hing in der Luft und durchdrang den dünnen Stoff. Der eiskalte Wind verstärkte den Effekt. Er war dieses Wetter nicht gewohnt. In seiner Heimat, der Demokratischen Republik Kongo im Herzen Afrikas, herrschten andere Temperaturen.

Den anderen jungen Männern, die wie er in die Gemeinschaftsunterkunft Niebüll eingewiesen worden waren, erging es ähnlich. Sie alle kamen aus Ländern, in denen es nicht so kalt war wie in diesem gotterbärmlichen Nest im Nirgendwo.

Sicher, seine Heimatgemeinde im bürgerkriegsumkämpften Osten des Kongos war staubig und schmutzig, vor allem aber zerstört. Er kannte die Zahlen nicht, die den Kongo als eines der ärmsten Länder der Welt auswiesen, hatte nie etwas von Sozialsystemen gehört. Die Menschen waren unterernährt, kaum jemand ging zur Schule, Menschenrechte waren unbekannt. Wer die Geburt und die ersten Kindheitsjahre überstand, fand sich im Elend wieder.

So war es ihm ergangen. Niemand interessierte sich dafür. Alle anderen teilten das gleiche Schicksal. Für einen Jungen gab es nur eine reale Überlebenschance – sich einer Miliz anzuschließen und sich das für das Überleben Notwendige mit Gewalt zu holen. Von denen, die sich nicht wehren konnten. Die hatten Pech.

»Du oder ich« hieß die Devise. Man fragte nicht, man nahm es. Essen. Trinken. Körperlichkeit. Frauen waren dazu da, die Begierde des Mannes zu stillen. Woher sollte ein hungernder Sechzehnjähriger wissen, welche Miliz die erfolgreichere sein würde? Man konnte nicht wählen.

Als sich das Glück wendete, sah er sich auf der Verliererstraße. Hunger. Folter. Vergewaltigung. Nun war er das Opfer. Irgendwie gelang es ihm, zu fliehen. Irgendwie schlug er sich durch. Mal allein. Mal in einer Gruppe. Irgendwie schaffte er den Weg nach Norden. Irgendwie überquerte er das Mittelmeer, irgendwie entkam er dem Tod.

Er glaubte, es geschafft zu haben. Frankreich war sein Ziel. Er sprach die Sprache. Irgendwie kam er nach Deutschland. Ihm war es auch recht. Er wusste von diesem Land, dass es unermesslich reich war. Beckenbauer. Schweinsteiger. Müller. Das war Deutschland. Atemberaubende Städte. Unterwegs hatte ihm jemand gezeigt, wie man sich auf dem Smartphone Bilder von München ansehen konnte. Dort wollte er leben.

Irgendwie war er in Niebüll gelandet. In der Gemeinschaftsunterkunft am Bahnübergang. Die Überschrift »Motel« war verwittert, das Haus dem Verfall preisgegeben. Wer einen Blick durch das Fenster am Eingang warf, gewahrte als Erstes einen großen schwarzen Schimmelfleck an der Decke. Alles wirkte heruntergekommen. Seine ganze Existenz war seit seiner Flucht … irgendwie.

Und mit dieser inneren Einstellung hatte er der schwarzhaarigen Hayrünnisa hinterhergerufen, als sie mit einer Freundin die herumlungernde Gruppe passierte. Die Freundin hatte Hayrünnisa am Ärmel gezupft und kurz festgehalten. Trotz der nasskalten Witterung war es Makondele warm ums Herz geworden, als die junge Frau ihm ein zartes Lächeln schenkte.

Natürlich hatte er Erfahrungen mit Frauen. Doch nie hatte ihn ein weibliches Wesen angelächelt. Wenn er sich nahm, was ihm zustand, hatte er nur in tränennasse, angsterfüllte Gesichter geblickt. Es schien, als würde ihn ein Stich mitten ins Herz treffen. Er war so aufgeregt, dass er nur wenige Worte mit ihr wechseln konnte. Die paar Brocken Deutsch, die er gelernt hatte, reichten nicht für eine Unterhaltung.

Tagelang harrte er in der kommenden Zeit auf dem Rathausplatz aus und trotzte dem schlechten Wetter. Bis Hayrünnisa wieder auftauchte. Irgendwie. Diesmal war es ein glückliches Irgendwie. Irgendwie schafften sie es, sich verständlich zu machen.

Hayrünnisa, so erfuhr er, wohnte mit ihrer Familie in Bredstedt und besuchte die Berufliche Schule in Niebüll, um sich auf die Ausbildung zur Restaurantfachfrau vorzubereiten. Makondele glaubte, verstanden zu haben, dass ihre Familie aus der Türkei stammte und hier ein neues Leben begonnen hatte. Sie waren freiwillig gekommen und nicht geflüchtet – im Unterschied zu ihm. Warum, hatte er von ihr wissen wollen, waren sie nicht nach München gegangen?

Er hatte so tolle Bilder von dieser Stadt gesehen. Und dort gab es die Bayern. In München wurde der beste Fußball der Welt gespielt. Warum lebte Hayrünnisas Familie in, äh ... Bredstedt? War es dort auch so kalt wie in Niebüll?

Heute hatte er sich auf den Weg gemacht. Die zwei Stationen bis Bredstedt sollte er mit der Nord-Ostsee-Bahn zurücklegen, hatte Haytham Ghaddar, der aus dem Libanon stammte, erklärt. Haytham hatte ihm auch verraten, wie man der Fahrkartenkontrolle entgehen konnte. Dieser Teil der Exkursion hatte geklappt. Dafür war der Rest unerfreulich gewesen.

Makondele hatte das Haus gefunden, in dem Hayrünnisa wohnte. Er lungerte eine Weile vor dem Haus herum, beobachtet von einem älteren Mann, der immer wieder durch einen Gardinenspalt hindurchlugte, bis schließlich zwei kräftig aussehende junge Männer mit dunklen gegelten Haaren aus dem Gebäude herauskamen. Sie steuerten direkt auf ihn zu. Der größere stieß ihm gegen die Brust, dass Makondele zurücktaumelte.

»Verpiss dich, du Kaffer«, hatte der Mann gesagt.

Seine Aussprache klang hart. Er hatte Deutsch gesprochen, aber irgendwie klang es fremd. Da war es wieder – das Irgendwie.

Wie ein geprügelter Hund war er zum Bahnhof geschlichen, hatte sich hinter dem Unterstand versteckt, auch wenn der nur aus Glas war. Der eisige Wind hatte an seiner Kleidung gezerrt. Makondele hatte es kaum gespürt. Erst auf dem Bahnsteig war ihm bewusst geworden, dass er ein Ausgestoßener war.

Hayrünnisa hatte ihn angelächelt. Warum hatte sie ihm ihre Adresse verraten? Warum hatten die beiden Männer ihm gedroht? Er sei hier unerwünscht. Ein Nichtsnutz, der sich hier nur durchfressen wolle. Solche Leute wie er würden es ihnen schwer machen, bei den Einheimischen akzeptiert zu werden, obwohl sie Europäer waren. Na ja – fast.

Es war kurz vor zwanzig Uhr, als der Zug in Niebüll einlief. Die Verladung des Sylt-Shuttle lag im Licht zahlreicher Lampen. Die Leere wirkte ein wenig gespenstisch.

In Niebüll stieg außer Makondele noch ein älteres Ehepaar aus. Er überlegte, ob er den kurzen Weg bis zum Ende des Bahnsteigs gehen sollte. Dort wies ein rundes Verbotsschild mit einem Mann mit ausgebreiteten Armen darauf hin, dass der Durchgang verboten sei. Neben den Gleisen waren es nur wenige Schritte bis zum Bahnübergang. Direkt daneben befand sich die Gemeinschaftsunterkunft. Er hätte am Lokführer vorbeilaufen müssen. Außerdem würde ihn der Fahrdienstleiter auf dem Stellwerk sehen. Binnen kurzer Zeit würde die Bundespolizei in der Unterkunft erscheinen und Nachforschungen anstellen, wer die Bahnanlagen betreten hatte. Das war schon in anderen Fällen passiert.

Die Bahnsteigüberdachung war neu aus gelblichem Holz gebaut. Das nahm Makondele ebenso wenig wahr wie die hellen freundlichen Fliesen des Tunnels, der zum Bahnhofsgebäude führte. Im Unterschied zu vielen anderen Stationen war nichts verschmiert, keine Graffitis zierten die Wände.

Auf der Treppe nahm er zwei Stufen auf einmal und tauchte in der kleinen Halle wieder auf. Alles wirkte wie ausgestorben. Das Reisezentrum war dunkel, und die Buchhandlung, durch die es weiter zum Bistro ging, war ebenfalls verschlossen. Makondele wählte den rechten Ausgang. Er schenkte weder der ehemaligen Post einen Blick, noch sah er auf den Fahrradparkplatz, der an guten Tagen eng mit Zweirädern zugestellt war. Heute warteten auch keine der sonst reichlich vorhandenen Taxen vis-à-vis. Der letzte Zug nach Dagebüll-Mole hatte den nahen Kleinbahnhof bereits verlassen.

Überall herrschte gähnende Leere. Der Bushalteplatz vor dem Bahnhof war ebenso verwaist wie die Straßen. Das ältere Ehepaar hatte er aus den Augen verloren. Merkwürdig erschienen ihm nur die drei Gestalten, die im Halbdunkel eines gläsernen Busunterstandes lauerten. Er versuchte, ihnen aus den Augenwinkeln einen Blick zuzuwerfen. Den Kopf zu ihnen hinzuwenden traute er sich nicht. Auf dem Haltestellenschild stand in großen Buchstaben: »Klanxbüll/Rodenäs«. Makondele hatte keine Ahnung, was sich dahinter verbarg. Er hatte es plötzlich eilig, zur schmuddeligen Unterkunft zu kommen. Die Straßenlampen gaben ein fahles Licht ab. Hinter den Fenstern der beiden Wohnhäuser, die am Weg standen, zeugte der helle Schein von Leben. Es waren nur zwei Minuten bis zur Straße, an der vereinzelt Auto vorbeifuhren.

Der Fußweg endete an einem Schild. Geradeaus ging es nur noch zum Gebäude des Fahrdienstleisters, das direkt an den Schranken stand. Von seinem Zimmer in der Unterkunft aus konnte er die Betriebsamkeit in den Diensträumen beobachten.

Makondele musste das Rangiergleis überqueren, auf dem die Kurswagen der Fernzüge vom Westerländer Intercity an die Kleinbahn der NEG nach Dagebüll umgesetzt wurden. Alles war übersichtlich. Die Hecken, die den Fußweg säumten, reichten gerade bis zu den Knien. Die Kiesel knirschten unter seinen Schuhen.

Doch es waren nicht nur seine Geräusche. Er hatte nicht gewagt, sich umzusehen. Es war das unbestimmte Gefühl, verfolgt zu werden, das Menschen packte. Ein uralter Instinkt. Er konnte schließlich der Versuchung doch nicht widerstehen und sah über die Schulter zurück.

Das Grauen griff nach ihm, als er die drei Gestalten aus dem Busunterstand sah, die ihm ganz nah waren. Sie waren in weiße Gewänder gehüllt. Kapuzen bedeckten die Köpfe. Sie liefen oben spitz zu. Die Verfolger ähnelten mehr Geistern als menschlichen Wesen. Makondele schien es, als würden ihm seine Beine den Dienst versagen. Panik erfasste ihn. Nackte Angst umklammerte sein Herz.

Diese Schrecksekunde, die ihn erstarren ließ, reichte den Verfolgern, um zu ihm aufzuschließen. Er versuchte davonzusprinten, rutschte noch einmal auf dem groben Kies aus und spürte den Schlag auf den Unterarm, den der mit Wucht niedersausende Baseballschläger verursachte. Das Geräusch des brechenden Knochens ging einher mit einem stechenden Schmerz. Er spürte einen weiteren Schmerz am Oberarm, dann folgte etwas auf dem Rücken.

Makondele dachte nicht mehr weiter. Er lief um sein Leben. So schnell er konnte, rannte er die wenigen Meter bis zur Straße und hetzte quer über die Fahrbahn und die Schienen in Richtung der Gemeinschaftsunterkunft. Er sah sich nicht um, wusste nicht, ob die drei Gestalten noch hinter ihm waren. Er spürte keinen Schmerz mehr.

Er rannte, um dem Tod zu entkommen. Ihm blieb die Luft weg. Das Herz schlug ihm bis zum Hals, als er das schäbige Gebäude erreichte. Makondele riss die Tür auf, taumelte durch den Vorraum und weiter bis zu seinem Zimmer. Er fiel gegen den Türrahmen, fing sich, stieß mit dem gebrochenen Arm gegen die Wand und schrie vor Schmerz auf, bis es ihm schließlich gelang, in sein Zimmer zu flüchten.

Fieberhaft versuchte er, die Tür zu verbarrikadieren, bis er sich, schweißnass, auf das Bett fallen ließ und verzweifelt nach Luft japste. Er wagte kaum, zu atmen. Immer wieder versuchte er, die Geräusche einzufangen, die vom Flur, aus anderen Räumen, aber auch von außen zu ihm durchdrangen.

Erst als der Schmerz vom ihm Besitz ergriff, fragte er sich, warum man ihn töten wollte. Warum?

Warum?

SIEBEN

Die Brötchen waren lecker. Christoph hatte sie – wie immer am Sonnabend – frisch beim Bäcker besorgt. Mit Genuss biss er in das Roggenbrötchen und griff zur Teetasse. Über den Rand sah er Anna an. Seine Frau nippte an der Kaffeetasse, zupfte ein Stück vom Croissant ab, strich holsteinische Rahmbutter auf das Backwerk und steckte es sich in den Mund.

Als sie bemerkte, dass sie beobachtet wurde, verdrehte Anna die Augen und sagte: »Hmh!«

»Das ist das Schöne am Wochenende.«

»Du kannst es im nächsten Jahr täglich haben, wenn du pensioniert bist.«

Ein Gedanke, an den er sich immer noch nicht gewöhnen konnte. Nach fünfundvierzig Jahren Polizeidienst durfte man getrost vom wohlverdienten Ruhestand sprechen. Die Polizei war aber auch sein Leben. Es war nicht immer einfach gewesen, besonders wenn es um Fälle ging, hinter denen menschliche Tragödien steckten. Trotzdem würde ihm etwas fehlen. Nicht immer gelang es ihm, den Gedanken an das schwarze Loch, das sich vor ihm auftat, zu verdrängen.

Wenn er die alte Phrase bemühen wollte, dann war »das Haus wohlbestellt«. Mommsen und Große Jäger, Hilke Hauck und all die anderen Kollegen würden weiter ihren Dienst verrichten und dem Recht zu seinem Recht verhelfen. Er lächelte. Ein merkwürdiges Wortspiel.

»Was lachst du?«, fragte Anna, die ihn beobachtet hatte.

Er erzählte ihr von seinem Gedanken. Vom letzten. Vom Wortspiel. Dann nahm er sich das Kümmelbrötchen. Leicht gesalzene Butter auf der oberen Hälfte und den vollfetten »Alten Pellwormer«, dessen kräftiger Geschmack durch den unnachahmlichen Käsegeruch begleitet wurde. Prompt sagte Anna »Puuuh« und rümpfte die Nase.

Beide sahen auf, als sich das Telefon meldete. Anna stand auf.

»Bergmann-Johannes.« Sie hörte kurz zu, sagte »Moment« und brachte Christoph den Hörer. »Harm.«

»Sorry, wenn ich störe«, entschuldigte sich Harm Mommsen, »aber es hat gestern Abend erneut einen ernsten rassistischen Übergriff gegeben.« Der Kriminalrat berichtete von dem Vorfall in Niebüll.

»Das Opfer, ein dunkelhäutiger Asylbewerber aus dem Kongo, hat sich verletzt in die Gemeinschaftsunterkunft geschleppt und in seinem Zimmer verschanzt. Aus Angst hat er keine Hilfe herbeigerufen. Einem Mitbewohner ist nach Mitternacht die Blutspur aufgefallen, die sich bis zum Zimmer des Opfers hinzog. Er hat daraufhin den Betreuer alarmiert, der den Rettungsdienst und die Polizei verständigte.«

»Was ist mit dem Opfer?«, fragte Christoph. »Verletzt? Schwer?« Er zögerte. »Oder noch schlimmer?«

»Das Opfer liegt im Niebüller Krankenhaus.«

»Ich fahre hin«, beschloss Christoph, »und rufe Wilderich an.«

»Siehst du«, merkte Anna an, »so etwas passiert dir im kommenden Jahr nicht mehr.«

Christophs Antwort bestand aus einem Kuss.

Er holte Große Jäger vor dessen Husumer Wohnung ab, die nur einen Steinwurf von der Dienststelle entfernt lag.

Statt eines Morgengrußes erklärte der Oberkommissar: »Bevor du Fragen stellst ... Ich war nicht in Garding. Wir haben keinen Streit. Es ist Quartalsende. Da muss eine Landärztin ihre Abrechnung machen.«

»Läuft es denn wieder besser?«, fragte Christoph. Aufgrund übler Nachrede befand sich Heidi Krempl in einer schwierigen Situation, da man die von ihr übernommene Praxis mied.

»Man hat Vertrauen zu ihr gefasst. Sie ist auf dem besten Weg, eine ganz normale Praxis zu betreiben.«

»Fein«, sagte Christoph. Er freute sich nicht nur darüber, sondern auch über die zarten Bande, die sich zwischen Große Jäger und der Gardinger Ärztin entwickelt hatten.

»Ich habe den Hosenmatz aufgeschreckt«, erzählte der Oberkommissar auf der Fahrt. »Cornilsen ist Niebüller. Er kann uns sicher behilflich sein.«

»War er begeistert?«, fragte Christoph.

»Das vielleicht nicht. Aber auf jeden Fall war er müde«, erwiderte Große Jäger mit einem breiten Grinsen.

Cornilsen erwartete sie am Niebüller Bahnhof.

»Ich habe mich schon einmal umgesehen«, sagte der Kommissar. »Nix. Heute Nacht hat es auch noch geregnet. Falls es Spuren gegeben haben sollte, dann sind sie weg.«

Gemeinsam suchten sie noch einmal das Areal am Bahnhof ab, hielten Ausschau nach Zigarettenkippen, Fußabdrücken und anderen möglichen Hinweisen. Nichts.

Hagen Bargfrede empfing sie in der Gemeinschaftsunterkunft. Auf dem Flur standen einige der Bewohner aus aller Herren Länder und starrten sie stumm an. Konnte man in den stumpfen Blicken Vorwürfe lesen?, überlegte Christoph, wurde aber abgelenkt, als Bargfrede ihnen das vertrocknete Blut auf dem Fußboden und am Türrahmen zeigte.

»Mbala, so heißt er mit Vornamen, hat sich nach dem Überfall hierhergeschleppt und in seinem Zimmer verkrochen.« Er öffnete die Tür. Der Raum war schlicht eingerichtet. Ein Schrank. Ein Tisch. Ein Stuhl. Und das Bett. In Höhe des Oberkörpers hatte sich eine größere Blutlache gebildet, die die Bettwäsche durchtränkt hatte. Das galt auch für die Matratze.

»Er ist fast verblutet«, erklärte Bargfrede. Diese Einschätzung war typisch für eine laienhafte Betrachtung. Ein halber Liter Wasser auf dem Fußboden vermittelte den Eindruck einer riesigen Überschwemmung. Bei Blut spiegelte die Phantasie noch mehr vor. Trotzdem musste Makondele erheblich verletzt worden sein.

Die Beamten fragten nach dem Namen und dem Grund des Asylbegehrens.

»Mbala ist neunzehn Jahre alt«, begann Bargfrede und erzählte die Geschichte des jungen Afrikaners.

»Hat er mit irgendjemandem Streit gehabt?«, fragte Große Jäger.

»Nicht dass ich wüsste. Hier sind zahlreiche Nationen vertreten. Auf engstem Raum stoßen unterschiedliche Kulturen aufeinander. Da ist man nicht immer einer Meinung. Aber das hier«, dabei zeigte er auf den Blutfleck, »war keiner der Bewohner. Das ist blanker Hass, der sich auf niederträchtige Weise offenbart hat.«

»Sie glauben, es sind Fremde gewesen?« Große Jäger betrachtete immer noch das getrocknete Blut.

»Fremde? Es waren Leute von hier. Nein, nicht aus der Wohnanlage, sondern aus der Umgebung. Nicht jeder ist mit dieser Einrichtung einverstanden. Es hat immer schon erheblichen Widerstand gegeben. Aber noch nie wurden Gewalttaten verübt.«

Der Sozialarbeiter strich sich durch seinen wilden roten Bart. Es wirkte, als würde er durch seine äußere Erscheinung bildhaft auf seinen Beruf aufmerksam machen wollen. So stellte sich der Laie Sozialarbeiter vor. Ein Klischee. Junge Leute würden die struppige und üppige Haarpracht »Matte« nennen. Auf Christoph wirkte sie eher wie eine rostige Drahtbürste. Es war sicher auch eine sehr individuelle Frage, ob man den Zimmermannsohrring und die zerfetzte Jeans leger nennen wollte.

»Wurden offen Drohungen gegen das Haus vorgebracht?«

Bargfrede schüttelte den Kopf. »Das traut sich niemand. So etwas geschieht versteckt, hinter vorgehaltener Hand. Vordergründig werden andere Argumente angeführt. Sie kennen die Diskussion. Aber Androhung von Gewalt? Das hat es noch nicht gegeben.«

»Hat Herr Makondele etwas Derartiges verlauten lassen? Ist ihm früher nachgestellt worden? Wurde er beschimpft? Verunglimpft? Oder sonst etwas?«

»An mich ist nichts dergleichen herangetragen worden. Natürlich gibt es mal dumme Sprüche, namentlich von Jugendlichen, wenn sie unseren Bewohnern in der Stadt begegnen. Aber – wie gesagt – diese Gewalttat ist eine neue Dimension.«

Bargfrede stimmte zu, als die Beamten baten, das Zimmer durchsuchen zu dürfen. Sie fanden wenig Wäsche. Es sah so aus, als müsse der Afrikaner mit dem auskommen, was er am Körper trug. Zwei Schreiben der Ausländerbehörde lagen zerknüllt im Schrank.

»Die hat er vermutlich nicht verstanden«, versuchte Große Jäger eine Erklärung.

»Wir werden jetzt ins Krankenhaus fahren«, sagte Christoph.

»Ich komme mit«, beschloss der Betreuer und ergänzte: »Mbala spricht kaum Deutsch. Sie brauchen mich zum Übersetzen.«

Die kurze Entfernung bis zur Klinik legten sie mit zwei Fahrzeugen zurück.

Mbala Mbuta Makondele lag in einem Zimmer der chirurgischen Abteilung. Lebensgefahr würde keine bestehen, hatte ihnen der Arzt zuvor erklärt, auch wenn der Patient viel Blut verloren hatte. Die Verletzungen stammten von zwei Messerstichen. Ein Angriff hatte dem linken Oberarm gegolten und dort eine tiefe Fleischwunde verursacht, beim zweiten Messerstich hatte Makondele Glück gehabt. Die Waffe war im Rücken knapp unterhalb des Schulterblatts in die Muskulatur eingedrungen. Nur dadurch, dass er gelaufen war, hatte das Messer keine inneren Verletzungen verursacht.

»Der Bruch des linken Unterarms rührt von einem Schlag mit einem Baseballschläger her. Das hat der Patient erklärt. Wir haben ihn noch in der Nacht operiert«, hatte der Mediziner angefügt.

Das tiefschwarze Gesicht mit den weißen Augäpfeln kontrastierte zur blütenweißen Bettwäsche. An der Mimik war erkennbar, dass Makondele bei Bargfredes Erscheinen Erleichterung empfand.

Der Betreuer legte seine Hand auf den gesunden Arm des jungen Mannes und sprach beruhigend auf ihn ein.

»Es ist lange her, dass ich Französisch gelernt habe«, wisperte Große Jäger und übersetzte für Christoph. »Er erzählt, dass wir von der Polizei sind und der junge Mann keine Angst haben muss. Wir wollen nichts von ihm. Es geht nur um die Aufklärung des Überfalls auf ihn und dass wir alles daransetzen, den Täter zu finden und zu bestrafen.«

Makondele nickte müde und sah dabei abwechselnd die drei Polizisten an. Sein Blick blieb bei Cornilsen haften. Offenbar empfand er mehr Zutrauen zu dem jungen Beamten, der seiner Generation am nächsten kam. Große Jäger hatte es auch bemerkt und schob Cornilsen an den Schultern nach vorne.

Zunächst ließen sich die Polizisten den Hergang aus Makondeles Sicht schildern.

»Kannten Sie einen der Täter?«, fragte Cornilsen.

»*Non.*« Der Afrikaner öffnete kaum die Lippen.

»Sie haben sie noch nie gesehen?«, fragte Cornilsen, während Bargfrede als Dolmetscher fungierte.

»Ich bin schnell davongelaufen. Um mein Leben. Außerdem ...«

Bargfrede hakte nach, ohne dass Cornilsen ihn dazu auffordern musste.

»Außerdem waren die Männer maskiert. Alle drei.«
»Es waren drei Täter? Sie sind sich ganz sicher?«
Makondele nickte zaghaft. »Bestimmt.«
»Sie waren maskiert?«
»Die Männer trugen weiße Umhänge und spitze weiße Kapuzen. Da waren Löcher hineingeschnitten, aus denen mich der Tod angesehen hat«, beschrieb der Patient plastisch die Situation.

Unmerklich hatte Große Jäger Christoph angestoßen, während Cornilsen um einen Augenblick Geduld bat, mit geübten Fingern etwas auf seinem Smartphone eintippte und das Display anschließend dem Afrikaner hinhielt.

»Das waren sie«, bestätigte Makondele. »Ganz sicher.«

»Ich habe ihm ein Bild vom Ku-Klux-Klan gezeigt«, erklärte Cornilsen. »Ein beliebiges aus dem Internet. Zufällig waren darauf auch drei Männer zu sehen. Genauso haben die Täter ausgesehen. Und da es auch drei waren, glaubt er, wir hätten die Täter gefasst.«

Der junge Afrikaner begann aufgeregt zu sprechen. Nachdem er geendet hatte, übersetzte Bargfrede.

»Mbala hat große Angst, dass die Täter sich an ihm rächen könnten, jetzt, nachdem sie identifiziert und verhaftet worden seien.«

Sie versuchten gemeinsam, Makondele zu beruhigen. Aber es half nichts. Die Angst war größer als das Vertrauen in die Anwesenden.

»Wir sollten eine Streife holen«, schlug Christoph vor. »Vielleicht glaubt er denen eher.«

»Das ist eine gute Idee«, pflichtete Bargfrede bei. »Polizisten in Zivil erinnerten ihn an die Geheimpolizei seines Landes. Und die ist alles andere als zimperlich, geschweige denn vertrauenswürdig.«

»Ich möchte aber wissen, ab wo ihn die Täter verfolgt haben.«

»Am Bahnhof ist er auf sie gestoßen«, übersetzte Bargfrede die Erklärung des jungen Afrikaners.

Er sei sich dessen ganz sicher, bestätigte Makondele nach einer weiteren Frage.

»Was hat er da gemacht?«, wollte Große Jäger wissen.

Makondele drehte den Kopf zur Seite, als er antwortete.

»Er hat dort gestanden. Nur so.« Bargfrede hatte die Geste nicht mitbekommen.

Es war intuitiv, registrierte Christoph. Sie sollten nicht sehen, dass er log. In solchen Fällen schlagen Menschen oft die Augenlider nieder oder sahen woandershin.

Mehr war nicht zu erfahren. Bargfrede versprach, so lange zu bleiben, bis die Streife eingetroffen war, die Cornilsen zwischenzeitlich angefordert hatte. Dann zogen sich die drei Polizisten auf den Flur zurück.

»Wo war er wirklich?«, fragte Große Jäger. »Ich glaube nicht, dass er am Bahnhof herumgelungert ist. Dort ist es mausetot. Und Zeugen müssen wir auch nicht suchen. Mit Sicherheit hat sich niemand am Bahnhof aufgehalten.«

»Also lügt Makondele«, sagte Cornilsen. »Aber warum? Hat er versucht, irgendwo einzubrechen, und ist überrascht worden?«, gab er sich selbst die Antwort.

Große Jäger lächelte milde. »Das wäre unter anderen Umständen denkbar, dass jemand Selbstjustiz übt. Aber niemand lauert als Gruppe, als Ku-Klux-Klan vermummt, hinter der Gardine und wartet auf einen dunkelhäutigen Einbrecher.«

»Stimmt«, gab Cornilsen kleinlaut zu.

»Wie groß ist die Wahrscheinlichkeit, dass man bei einem abendlichen Streifengang in Niebüll auf Afrikaner trifft?«, fragte Christoph.

»Null«, antwortete Cornilsen.

»Und?« Große Jäger sah den jungen Kommissar fragend an.

»Die Klan-Leute sind nicht zufällig auf das Opfer gestoßen, sondern haben es erwartet.« Cornilsen kramte sein Smartphone hervor. Erneut staunte Christoph, wie behände der Kommissar mit beiden Daumen die Tastatur bearbeitete. »Makondele sagte, er sei gegen zwanzig Uhr überfallen worden. Um neunzehn Uhr achtundfünfzig trifft eine NOB aus Richtung Süden ein. Er könnte also mit dem Zug gekommen sein.«

»Nun werden die Klan-Leute auch nicht mit ihrer Maskerade Eisenbahn fahren«, sagte Große Jäger.

»Dann kam Makondele irgendwoher, wo man ihn und sein Ziel kannte. Man hat die Niebüller Ku-Klux-Klan-Leute informiert, und die haben ihn abgefangen.«

»Gut«, lobte Große Jäger den jungen Kollegen und erntete ein Strahlen dafür.

»Du weißt, was du zu tun hast?«

»Ich kümmere mich darum. Da wäre noch etwas. Ich war gestern Abend in der Disco im Husumer Gewebegebiet und habe mich ein wenig umgehört.«

»Ob Mädchen frei sind?«, lästerte Große Jäger.

Cornilsen ging nicht darauf ein. »Unter den jungen Leuten ist es üblich, sich mit den geilsten Videos gegenseitig zu übertrumpfen. Sei es ein Selfie oder andere Aufnahmen, selbst gedreht oder irgendwo geklaut. In der Disco kurvt einer herum, der mit ›Katastrophenclips‹ prahlt, mit selbst gedrehten. Ob es ein Unfall ist, eine Schlägerei oder behinderte und hilflose Menschen, die sich in der Öffentlichkeit anders bewegen oder verhalten.«

»Das ist widerwärtig«, sagte Große Jäger.

»Es könnte unser Mann sein, der in Runeesby mit dem Handy die Aufnahme vom brennenden Opfer gemacht und ins Internet eingestellt hat.«

»Wie heißt er?«, wollte Große Jäger wissen.

»Einen Klarnamen habe ich nicht erfahren. Er wird ›Chaplin‹ gerufen, weil er Kurzfilme dreht, und wohnt möglicherweise in Langenhorn.«

»Um den kümmern wir uns später«, beschloss Christoph und zeigte auf Cornilsen. »Sie versuchen, den Schaffner ausfindig zu machen, auch wenn heute Sonnabend ist.«

»Na denn dann«, verabschiedete sich der Kommissar und stapfte zu Fuß die Gather Landstraße Richtung Innenstadt davon.

Große Jäger wurde ernst. »Wenn ich die in die Finger bekomme, die hier Menschenjagden auf Dunkelhäutige veranstalten ...«, ließ er den Schluss des Satzes offen.

»Fahren wir noch einmal zur Familie McCoy«, schlug Christoph vor. »Vielleicht können wir etwas von den Kindern erfahren. Die müssen jetzt eingetroffen sein.«

Auf dem Grundstück parkten jetzt drei Fahrzeuge. Ein Mazda mit Kieler Kennzeichen war neu hinzugekommen. Er gehörte Dr. Jannes McCoy, wie sie erfuhren, als man sie eingelassen hatte. Der Stabsapotheker war fast ein Ebenbild seiner Schwester. Er war in der Nacht eingetroffen.

»Was ist dort draußen passiert?«, fragte Christoph.
»Kommen Sie mal mit«, forderte Dr. McCoy die Polizisten auf und ging in den Garten voran. Dann zeigte er auf die Fassade, die großflächig mit schwarzen und weißen Punkten beschmiert war. »Was hat das zu bedeuten?«
Christoph trat dicht an die Hauswand heran und steckte seinen Finger in die klebrige Masse.
»Das sind Schokoschaumküsse«, erklärte der Sohn.
»Die nannte man früher …?«, fragte Große Jäger.
Dr. McCoy zog kurz die Stirn kraus. »Das ist ja bösartig«, sagte er entsetzt.
»Jemand hat Ihr Elternhaus mit Negerküssen beworfen«, sagte Große Jäger nachdenklich.
»Was will man damit bezwecken? Wir haben doch niemandem etwas getan. Meine Schwester ist Lehrerin. Ich diene in der Bundeswehr. Und mein Vater … Er war die Güte in Person.«
»Wir werden die Täter fassen«, versprach Christoph und war sich bewusst, dass es stereotyp klang.
»Weshalb sind Sie zu uns gekommen?«, rief Ihnen Dr. McCoy hinterher. »Wir haben doch keine Anzeige wegen der Schmierereien erstattet.«
»Wir kümmern uns auch unbürokratisch um solche Dinge«, versicherte Große Jäger, bevor er mit Schwung die Tür des Volvos zuschlug. »Sollte ich ihm sagen, dass wir eigentlich mit ihm und seiner Schwester über möglichen Fremdenhass sprechen wollten?«

Es dauerte zweieinhalb Stunden, bis sie im Lebensmittelmarkt in Süderlügum fündig wurden. Die Kassiererin an der zweiten Kasse erinnerte sich.
»Ich habe mich gewundert. Wie ein junger Familienvater, der für einen Kindergeburtstag einkauft, sieht der aber nicht aus, habe ich mir gedacht. Der hatte den ganzen Einkaufswagen voll mit Schokoküssen. Ich habe meinen Kollegen in der Pause gefragt. Der hat den Verrückten auch gesehen. ›Der hat das ganze Regal leer geräumt‹, hat Werner zu mir gesagt. Aber was soll's. Ist ja nicht verboten. Oder? Hat auch alles bezahlt. Warum ist nun die Polizei hinter ihm her?«

Statt einer Antwort zeigte Christoph der Verkäuferin ein Bild auf seinem Handy.

»Genau«, bestätigte die Frau. »Der hatte schon so eine komische Visage. Aber – was ist nun mit dem?«, rief sie den beiden Beamten hinterher, die sich mit einem »Danke« verabschiedeten und durch den kleinen Menschenauflauf, der sich gebildet hatte, Richtung Ausgang drängten.

»Huthmacher. Dieser blöde Hund«, fluchte Große Jäger. Dann klopfte er Christoph auf die Schulter. »Der hat bestimmt nicht damit gerechnet, dass wir ihm so schnell auf die Schliche kommen. So einer fährt nicht bis nach Kiel oder Hamburg, um Schaumküsse einzukaufen. Und die Anzahl der Supermärkte, die dieses Produkt führen, ist in dieser Gegend überschaubar. Reine Fleißarbeit.«

Heute, am Sonnabend, standen wesentlich mehr Fahrzeuge auf den Stellplätzen vor der Niebüller Wohnanlage. Sie versuchten erneut, mit Hilfe eines anderen Hausbewohners in den Flur zu gelangen.

Die rundliche Nachbarin, die beim letzten Mal mit Huthmacher aneinandergeraten war, öffnete ihnen. Irgendwo im Hause wurde Kaffee gekocht. Der aromatische Duft erfüllte das Treppenhaus.

»Das ist ein Unding«, empfing sie die Polizisten. »Warum sperrt man dieses Tier nicht für immer ein? Wo sind wir denn, dass so einer frei rumlaufen kann? Weg damit. Mein Norbert sagt immer, so was muss eine Eisenkugel ans Bein kriegen und dann ab zum Straßenbau. Der war ja sofort wieder da, als Sie ihn das letzte Mal abgeholt hatten. Alles von unseren Steuern. Da flitzt die Polizei immer hin und her. Ich möchte nicht wissen, was das alles kostet. Und dann am Wochenende. Da kriegen Sie wohl auch noch Zuschläge. Und unsereiner?«

Große Jäger schob die Frau sanft in ihre Wohnung und zog die Tür ins Schloss. Das fortgesetzte Schimpfen drang nur noch gedämpft ins Treppenhaus. Dann ballte der Oberkommissar die Faust und hämmerte an die gegenüberliegende Wohnungstür. Es krachte bedrohlich, und Christoph fürchtete, das Holz würde splittern.

»Huthmacher. Sofort aufmachen. Hier ist das SEK. Bei drei fliegt die Tür in die Luft.«

Es war still im Haus. Sie hörten, wie in der nächsten Etage eine

Tür leise geöffnet wurde, dann folgte eine zweite. Mitbewohner wisperten sich etwas zu. Große Jäger trommelte noch einmal gegen die Tür und schrie laut: »Zwei!«

Eine verschlafene Stimme in der Wohnung sagte Unverständliches, dann wurde die Tür einen Spalt geöffnet. Große Jäger hechtete dagegen, sodass sie mit lautem Knall gegen die Wand flog. Im selben Moment gab er Huthmacher einen Stoß, dass der rückwärtstaumelte, mit den Armen ruderte und bemüht war, das Gleichgewicht zu halten.

Diesen Überraschungseffekt nutzte der Oberkommissar aus, um Huthmacher umzuwerfen. Fast gleichzeitig mit Christoph knieten sie sich über den Wehrlosen und legten ihm Handfesseln an. Das Ganze geschah so schnell, dass der Wohnungsinhaber weder Gelegenheit zur Gegenwehr noch zu Verbalattacken fand.

Erst als er auf dem Boden lag, schrie er: »Hilfe! Überfall. Sie massakrieren mich.«

»Halt's Maul«, zischte Große Jäger. »Sonst erfülle ich dir deinen Wunsch und zerlege dich.«

»Schon wieder schwere Körperverletzung«, schrie Huthmacher.

Große Jäger drückte mit der flachen Hand seinen Kopf auf den Fußboden. »Ich stopf dir was zwischen die Kiemen, wenn du nicht die Schnauze hältst. So ein Drecksstück wie du. Da hat eine Familie auf fürchterliche Weise den Vater verloren, und dann kommt so ein Idiot wie du daher und bewirft das Haus.«

»Die Neg—«, begann Huthmacher, aber Große Jäger drückte erneut sein Gesicht auf den Fußboden.

»Für jedes Mal, wenn du dieses Wort aussprichst, verlierst du einen Zahn. Dann kannst du hinterher nicht einmal mehr flöten.«

»Das ist Folter«, schrie Huthmacher.

»Die wäre für dich viel zu schade. Dich muss man mit dem nackten Hintern in einen Ameisenhaufen setzen.« Große Jäger ließ von ihm ab, als ihn Christophs Blick traf.

»Ist genug«, besagte der Augenkontakt.

»Wie kann man nur so bescheuert sein?«, fluchte Große Jäger, als er Huthmacher unsanft hochzog und ihm einen Schubs in Richtung Wohnzimmer gab. Dort drehte er ihn wie bei einem Kinderspiel um und stieß ihn in den Sessel.

»Elendiger Polizeistaat. Prügelbullen.«

Große Jäger holte aus und deutete an, er wolle Huthmacher eine Ohrfeige verpassen. Der Mann kniff die Augen zusammen und drehte den Kopf zur Seite. Diesen Moment nutzte Christoph, um Große Jäger Richtung Flur zu schieben.

»Ruf die Streife«, rief er ihm hinterher.

»Was meinst du, wie teuer das war? Die Scheiß-Neg–« Der Blick wanderte Richtung Flur. Dort war der Oberkommissar zu hören. Er telefonierte. »Die Scheiß-Schaumküsse haben ein Vermögen gekostet. Und das von meiner kleinen Stütze.«

»Die brauchen Sie nicht mehr. Für Unterkunft und Verpflegung sorgt der Staat«, sagte Christoph.

»Wetten, dass ich sowieso wieder rauskomme. Ihr habt doch nichts in der Hand. Wie immer. Ich bin sofort wieder draußen.«

»Das glaubst du Arschgeige aber nur«, mischte sich Große Jäger von der Tür aus ein und hielt sein Handy hoch. »Ich rufe gerade die Bildzeitung an. Du Aasgeier kommst auf die Titelseite. Überschrift: So sieht ein hässlicher Nazi aus. Bildzeitung. Du weißt, was das bedeutet? Kein Staatsanwalt wird sich trauen, dich wieder freizulassen«, drohte der Oberkommissar.

Er hatte damit offenbar Eindruck gemacht.

»Das wagt ihr nicht«, sagte Huthmacher. Er klang unsicher.

»Doch. Es ist wie beim Pokern. Es gewinnt, wer den letzten Trumpf zieht.«

Huthmacher zog den Kopf zwischen die Schultern ein. »Das ist ein Witz. War doch nur ein kleiner Scherz.« Er hielt dem Oberkommissar die gefesselten Hände entgegen. »Komm. Mach los. Ich fahr sofort zu den Blackys und putz die Fassade.«

»Du putzt den Flur im Knast«, entgegnete Große Jäger ungerührt und drohte Huthmacher mit der Faust. »War auch nur ein kleiner Scherz von mir.«

»Mensch, Kumpel. Nimm's doch nicht so dramatisch.«

»Wenn du mich noch einmal Kumpel nennst, schiebe ich dir die Nase in den Hohlraum, wo andere Leute das Gehirn haben.«

»Spaßbremse.«

Große Jäger machte einen Schritt auf Huthmacher zu. Sofort kauerte der sich im Sessel zusammen.

»Sieh dich mal um«, forderte Christoph seinen Kollegen auf, »ob du belastendes Material findest.«

Große Jäger brummte irgendetwas Unverständliches, als er sich an die Arbeit machte. Das Geräusch begleitete seinen Gang durch die verkommene Wohnung, bis die Streifenbesatzung eintraf.

»Moin«, grüßte der erste Beamte, als er ins Wohnzimmer trat. Er warf einen kurzen Blick auf Huthmacher. »Ach, schon wieder die Pfeife«, stellte er lakonisch fest. »Solche Figuren sind für uns eine reine Arbeitsbeschaffungsmaßnahme.« Mit Unterstützung seines Kollegen packten sie Huthmacher am Oberarm und schafften ihn hinaus.

»Nichts«, sagte Große Jäger, als er zurückkehrte. »Die Bude ist noch genauso verlaust wie beim ersten Besuch.«

Sie fuhren zur Kriminalpolizeiaußenstelle Niebüll und fanden dort Cornilsen am Schreibtisch sitzend vor.

»Deutschland ist am Wochenende ausgestorben«, stöhnte der Kommissar. »Du erreichst niemanden.« Dann grinste er. »Ich habe aber trotzdem Glück gehabt. Die Nord-Ostsee-Bahn hat mir die Telefonnummer der Zugbegleiterin gegeben, die gestern Abend Dienst hatte. Sie sagte, es war ein ruhiger Abend. Kaum Fahrgäste. Natürlich kann sie sich nicht an jeden einzelnen erinnern. Aber ein Afrikaner war mit Sicherheit nicht im Zug. Garantiert nicht. In Niebüll sind wenige ausgestiegen. Zwei oder drei. Aber wer das war und wie die aussahen? Keine Erinnerung.«

»Also muss Makondele woanders gewesen sein.« Große Jäger sog hörbar die Luft durch die Nase. »Warum will er uns nicht sagen, wo er war? Ich vermute, es würde uns ein Stück weiterführen.«

Cornilsen erhob sich und zeigte auf die Bürowand. »Es sind nur ein paar Schritte bis zum Krankenhaus. Ich werde noch einmal mein Glück versuchen und ihn fragen.«

»Ohne Dolmetscher?«, zeigte sich Christoph skeptisch.

»Ich habe ein bisschen Französisch in der Schule gehabt. Mal sehen, ob es reicht.«

»Wir sehen uns in Langenhorn um, ob dort jemand ›Chaplin‹ kennt, den Filmemacher des Horrors«, sagte Christoph.

Große Jäger war nicht begeistert. »Das ist ein richtiges Straßen-

dorf. Dreitausend Einwohner, eine Straße, dafür aber sechseinhalb Kilometer lang.« Er legte die Spitze des Zeigefingers an die Nase. »Aber ich kenne dort jemanden, der uns weiterhelfen könnte.«
»Ich auch«, sagte Christoph.

Im Rahmen der Polizeireform löste man kleine Polizeidienststellen auf. Der Dorfgendarm hatte ausgedient, bis auf wenige Ausnahmen gehörten die Ein-Mann-Posten der Vergangenheit an. Nicht nur die Polizeidirektion Husum hatte aufgehört zu existieren und war jetzt Teil der Flensburger Direktion, auch die Dienststelle Langenhorn hatte man mit der Pensionierung des dortigen Beamten geschlossen.

Der örtliche Polizist war nicht nur als Ordnungshüter eine Institution, sondern auch als langjähriger Bürgermeister. Er strahlte, als die beiden Husumer vor der Tür standen.

»Das ist eine Überraschung. Christoph. Wilderich.«

»Wir bitten dich um deine Hilfe«, erklärte Christoph, nachdem die unvermeidlichen Fragen »Wie geht's? Was gibt es Neues? Wo ist …? Was? Den haben sie nach Flensburg versetzt?« beantwortet waren. »Wir suchen einen jungen Mann, den man ›Chaplin‹ nennt.«

Der ehemalige Polizist wiederholte den Namen. »Sagt mir im Augenblick nichts«, erklärte er und zog die Stirn kraus. »Gibt es andere Anhaltspunkte? Name? Aussehen? Schließlich ist Langenhorn eine der größeren Gemeinden im Landkreis.«

»Leider nicht«, bedauerte Christoph und berichtete von den Videoaufnahmen mit dem Handy.

»Das ist nicht sehr viel, was ihr zu bieten habt. Lasst mich mal überlegen.« Erneut erschienen die Falten auf der Stirn. »Vielleicht ist es Sveni. Sven Neubert. Der war immer schon ein Hansdampf in allen Gassen. Ein Rotzlöffel. Aber straffällig ist er nie geworden.«

»Was macht er?«

»Der hat einige Probleme. In der Schule meinte er, den Kasper spielen zu müssen. Das ist nicht folgenlos geblieben. Aber so richtig bösartig ist er nicht.« Der Bürgermeister beschrieb noch den Weg, bevor er sagte: »Hat mich riesig gefreut. Kommt mal wieder vorbei.«

An der genannten Adresse stand eine Frau vor dem Haus und putzte die Fenster.

»Frau Neubert?«

Sie nickte.

»Ist Sven Ihr Sohn?«

»Ja«, antwortete sie zögerlich und erschrak, als die beiden sich als Polizisten ausgaben. »Ich hole ihn.«

Sven Neubert kam müde die Treppe herunter. Er war barfuß, trug Boxershorts und ein zerknittertes T-Shirt. Die Haare standen ihm zu Berge.

»Die Bullerei?«, fragte er und gähnte demonstrativ.

»Wir sind von der Husumer Kripo«, sagte Christoph. »Und –«

»Hör mal, Freundchen«, fuhr Große Jäger dazwischen. »Das mit der Bullerei will ich nicht gehört haben. Hast du das verstanden?«

»Haben wir zusammen auf dem Kinderklo im Hort gehockt, dass wir uns duzen?«

»Haben Sie Videos von Unglücksfällen und anderen Schadenereignissen ins Internet eingestellt?«, wollte Christoph wissen.

»Ist das verboten? Das Internet ist frei.«

»Es ist nicht erlaubt, Dritte ohne deren Zustimmung abzulichten und die Bilder zu veröffentlichen. Hinzu kommt eine mögliche Verletzung von Persönlichkeitsrechten, wenn Sie die Menschen in außergewöhnlichen Situationen fotografieren.«

»Das möchte ich sehen«, erwiderte Neubert trotzig.

»Ziehen Sie sich etwas an. Wir nehmen Sie mit und zeigen es Ihnen«, sagte Große Jäger bestimmt.

»Hoho. Nicht so hastig. So einfach geht das nicht.«

»Haben Sie beim Biikebrennen in Runeesby mit Ihrem Handy gefilmt?«, fragte Christoph.

Sven Neubert grinste frech. »Beweise es. Geile Aufnahme, wie der da abgefackelt ist. Wie in Wildwestfilmen. Nur dass es hier kein Stunt war.«

Große Jäger streckte die Hand aus. »Das Handy.«

»Nö.«

»Es ist ein Beweismittel in einem Mordfall. Wir werden veranlassen, dass gegen Sie ein Ermittlungsverfahren wegen Unterdrückung von Beweismitteln eingeleitet wird.«

»Das ist eine geballte Ladung aus der Schreckschusspistole.« Neubert grinste dabei.

»Händigen Sie uns das Smartphone freiwillig aus, oder müssen wir es durch Anwendung des unmittelbaren Zwangs sicherstellen?«, formulierte Große Jäger bewusst umständlich.

»Das gibt Ärger«, behauptete Neubert.

»Für dich«, erwiderte Große Jäger.

»Nee. Für die Bullerei.«

Seine Mutter, die das Gespräch aus dem Hintergrund verfolgt hatte, tauchte wieder auf, zwängte sich an ihrem Sohn vorbei und hielt den Polizisten das Handy hin.

»Hier«, sagte sie. »Ich will keine Unruhe. Weder für uns noch für meinen Sohn.«

Sven Neubert versuchte, nach dem Gerät zu greifen, aber Große Jäger war schneller. »Hände weg«, sagte er. »Sonst gibt es was auf die Patschis.«

»Das ist Diebstahl.«

»Sooo?«, fragte der Oberkommissar gedehnt. »Wir nennen es Sicherstellung. Und nun möchte ich Ihren Ausweis sehen.«

Neubert verschränkte die Arme vor der Brust.

»Nö.«

Große Jäger stieß Christoph an. »Sie ihn dir genau an. Der hat doch Ähnlichkeit mit dem Fahndungsfoto aus Berchtesgaden. Der Typ, der die Sparkasse überfallen hat. Wenn er sich nicht ausweisen kann, müssen wir ihn festnehmen und zur Identifizierung in die Alpen schicken.«

»Ich? Eine Sparkasse überfallen? Und dann in Bayern? Bei euch ist aber richtig 'ne Lötstelle aufgegangen.«

»Bekennen Sie sich schuldig hinsichtlich des Banküberfalls?«

»Arschgeigen«, fluchte Neubert und holte seinen Ausweis.

Er war unter dieser Adresse gemeldet und neunzehn Jahre alt.

»Warte ab«, drohte er dem Oberkommissar. »Du kommst mir vor das Objektiv. Dich bringe ich ganz groß raus auf YouTube.«

»Eine super Idee«, sagte Große Jäger zum Abschied und sah die Mutter an. »Sie hätten öfter den Rohrstock schwingen sollen.«

Ohne eine Antwort abzuwarten, kehrten sie zum Auto zurück.

»Was für ein widerlicher Fatzke«, schimpfte Große Jäger. Sein Ärger war noch nicht verraucht, als sie wieder die Niebüller Dienststelle erreichten.

Cornilsen sah ihnen entgegen und strahlte. Er streckte den Daumen in die Höhe. »Ich hab's«, wiederholte er mehrfach freudestrahlend.

»Darauf hast du kein Copyright«, sagte Große Jäger. »Das hat Archimedes schon gerufen, als er in der Badewanne das nach ihm benannte Gesetz entdeckt hatte. Allerdings war er splitternackt, als er das rief.«

Cornilsen hatte nicht zugehört. »Makondele hat mir erzählt, wo er war.«

»Und? Mensch. Hosenmatz. Lass dir nicht jedes Wort einzeln aus der Nase ziehen.«

»Er hatte Angst, darüber zu sprechen, weil er Eisenbahn gefahren ist, ohne eine Fahrkarte zu lösen. Er hat befürchtet, dafür bestraft zu werden. Gefängnis. In seiner Heimat bedeutet das Folter, Hunger, Entbehrung.« Dann berichtete Cornilsen vom Ausflug des liebestollen Afrikaners. »Hayrünnisa Özgün heißt das Mädchen.«

»Wir haben heute ein umfangreiches touristisches Programm«, stellte Große Jäger auf der Fahrt nach Bredstedt fest. »Ist ja auch Wochenende.«

Vom Alter her musste es die Mutter sein, die ihnen öffnete. Sie hielt sich die Hand vor den Mund, als sie hörte, die Polizei stehe ihr gegenüber.

»Hatte Ihre Tochter gestern Besuch?«, fragte Christoph.

»Hayrünnisa?« Sie schüttelte den Kopf. »Nein. Sie war nach der Schule den ganzen Tag zu Hause.«

»Wir wissen, dass ein junger Mann versucht hat, mit Ihrer Tochter ins Gespräch zu kommen.«

»Ein Mann? Mit Hayrünnisa? Nie. Sie ist ein anständiges Mädchen.«

Aus dem Hintergrund tauchte ein kräftig gebauter junger Mann auf. »Gibt es Ärger, *anne*?«, fragte er in einem hart klingenden Tonfall.

»Sie heißen Anne?« Christoph war erstaunt.

»Das ist türkisch und heißt ›Mutter‹.« Sie wandte sich ihrem Sohn zu. »Alles in Ordnung, Halil.«

»Bist du dir sicher?«

»Es geht um den Besucher, der gestern zu Ihrer Schwester wollte«, erklärte Christoph.

»Der schwarze Spasti? Der soll dahin gehen, wo der Pfeffer wächst. Was bildet der sich ein? Glaubt der, er kann seinen Schw–?« Der Mann stoppte seine Rede und sah seine Mutter an. »Den haben wir zurechtgestutzt.«

»Wir?«

»Mein Bruder und ich. Ist doch klar, Mann, dass wir auf unsere kleine Schwester aufpassen. Der tickt doch nicht ganz sauber. Wir sind eine ordentliche Familie. Da kann doch nicht jeder Hergelaufene ankommen und unsere Schwester anmachen.« Er wedelte in der Luft herum. »Was sollen die Nachbarn von uns denken, wenn so ein schwarzer Spinner vor dem Haus auf und ab läuft?«

»Sind Sie handgreiflich geworden?«, fragte Christoph.

»Wenn es notwendig ist – ja. Dann verpassen wir ihm ein Ding. Aber der Denkzettel gestern hat gereicht. Der taucht hier nie wieder auf.«

»Was wollen Sie damit andeuten?«

»Warum bleibt der nicht dort, wo er hingehört? Wir haben ihn doch nicht gerufen, dass er hierher zu uns nach Deutschland kommt.«

Christoph musste ein Schmunzeln unterdrücken. Die Worte klangen ungewohnt aus dem Mund eines türkischen Mitbürgers.

»Haben Sie den jungen Afrikaner bedroht?«

»Ja«, gab Halil Özgün unumwunden zu.

»Und Ihre Drohung auch umgesetzt?«

»Eh Mann. Was soll das nun wieder heißen?« Er kam näher und nahm eine aggressiv wirkende Haltung ein.

»Beruhige dich«, mischte sich ein weiterer junger Mann ein, der aus dem Hintergrund dazukam. »Halil ist ein guter Bruder. Er passt auf unsere Schwester auf. Die Familie ist alles für uns, müssen Sie wissen. Niemand darf Hayrünnisa vor der Hochzeit berühren.«

»Muss sie das nicht selbst entscheiden?«, mischte sich Große Jäger ein.

»Sabbel doch keinen Scheiß«, sagte Halil. »Das wollen alle. Auch unsere Schwester.«

»Sie haben dem jungen Mann einen Denkzettel verpasst?«, fuhr Christoph fort.

»Na klar doch.«

»Sie haben ihn angefasst? Geschlagen?«

»Mein Bruder ist ein bisschen impulsiv«, erklärte der andere. »Ich bin Ismet Özgün. Halil meint es nicht so. Wir sind raus und haben dem Typen erklärt, dass er hier nicht wieder aufkreuzen soll. Und auch sonst soll er einen Bogen um unsere Schwester machen.«

»Genau«, pflichtete Halil bei und ballte die Faust. »Sonst ergeht's ihm schlecht.«

»Schlechter als jetzt?«, fragte der Oberkommissar spitz.

»Darauf kannst du einen lassen«, bestätigte Halil.

»Haben Sie den Afrikaner gestern zusammenschlagen lassen?«

Halil Özgün grinste breit. »Das machen wir selbst.«

»Mein Bruder meint das nicht so«, relativierte Ismet Özgün. »Er ist ein bisschen unbeherrscht.«

»Vor der Tür steht ein roter Hyundai«, sagte Große Jäger.

»Das ist meiner«, bestätigte Ismet Özgün.

»Kann es sein, dass ich den Wagen schon einmal in Ellhöft gesehen habe?«

»Ja.« Der Mann war verblüfft. »Da arbeite ich im Augenblick.«

»Bei der Zimmerei Nothnagel aus Leck?«

»Ja. Warum?«

Große Jäger ließ die Antwort offen. »Dann kennen Sie auch Lutz Scheske?«

»Klar. Wir sind Kollegen.«

»Danke«, sagte Christoph und drehte sich um. Der Oberkommissar folgte ihm. Sie ließen eine ihnen irritiert hinterhersehende Familie zurück.

»Das sind merkwürdige Zufälle«, konstatierte Große Jäger. »Die beiden verjagen einen Afrikaner. Der wird kurz darauf zusammengeschlagen und kann nur knapp vor noch Schlimmeren entkommen. Der eine Bruder arbeitet mit Scheske zusammen. Beide sind Zimmerleute und haben Zugriff auf Materialen, aus denen das Kreuz gebaut wurde, an dem ein anderer Dunkelhäutiger verbrannt wurde.« Er sah Christoph lange an. »Ist das unsere heiße Spur?«

ACHT

Schwach drangen die Geräusche des Straßenverkehrs durch das geschlossene Fenster. Lärm konnte man es nicht nennen. Husum war keine laute Stadt. Ein gelegentliches Papierrascheln, der sanfte Ton der Tastaturanschläge und das Ächzen des Bürostuhls, wenn Große Jäger sich bewegte, waren die einzigen Laute.

Christoph hatte den Sonntag ruhig verbracht. Es war ihm gelungen, die Gedanken an mörderische Hetzjagden auf dunkelhäutige Menschen zu verdrängen. Das war sicher auch seiner Frau geschuldet. Auch hatte sie sich nicht begeistert gezeigt, als er am Sonnabend erst spät nach Haus gekommen war.

Es schien, als würde die herausgezogene Schreibtischschublade einen Stoßseufzer von sich geben, als Große Jäger die Füße herausnahm und sich zu Christoph umdrehte. Er wedelte mit einem Blatt Papier.

»Hast du das gelesen?«, fragte er.

Christoph schüttelte den Kopf. Er wusste, dass Mommsen die Meldungen und Berichte über die Wochenendereignisse durchlas. Die wenigen Tage hatten ausgereicht, sein eigenes Verhalten zu ändern. Er hatte sich zurückgezogen und überließ es nun dem Kriminalrat, sich in die Leitung der Dienststelle einzuarbeiten. Es war eine Vernunftsentscheidung. Harm Mommsen war der neue Leiter der Kriminalpolizei. Christoph fühlte sich nicht degradiert oder ausgemustert. Alle Kolleginnen und Kollegen behandelten ihn nach wie vor respektvoll. Und auch Mommsen, mit dem ihn eine langjährige Freundschaft verband, versuchte nicht, den Chef herauszukehren.

Große Jäger rollte an Christophs Schreibtisch heran.

»Das ist ein dickes Ei. Am Sonnabend wurde ein Streifenwagen zu einer Auseinandersetzung in die Neustadt gerufen. Einer der üblichen Einsätze. Ich will ganz bewusst nicht von harmlos sprechen, aber das ist Polizeialltag. Die Kollegen haben den Streit geschlichtet und das gewohnte Prozedere ablaufen lassen. Völlig überraschend wurden sie, nachdem der Einsatz abgeschlossen war, von einer anderen Gruppe angegriffen, die mit dem ursprünglichen Anlass in keinem Zusammenhang stand. Es waren fünf junge Afghanen, die gegen die beiden Streifenpolizisten tätlich vorgingen. Beide wurden verletzt. Einer musste vorübergehend sogar in die Klinik eingewiesen werden. Einer der Täter begründete den Übergriff damit, dass die Polizei die Ausländer nicht schützen und im Stillen mit den Tätern gemeinsame Sache machen würde. Anders wäre es nicht zu erklären, dass man die Mörder noch nicht gefasst habe.«

Christoph schüttelte sich. »Wie kommen die auf solch aberwitzige Ideen?«

»Das ist noch nicht alles. Den Angriff auf die Streife nahmen andere Anwesende, meist jüngere, zum Anlass, ihrerseits auf die Afghanen loszugehen und sie als Terroristen zu beschimpfen. Es fielen Worte wie ›Bringt bei euch zu Hause die Polizisten um, aber macht hier keinen Terror‹. Erst mehreren Streifenwagen gelang es, die Situation zu befrieden.« Große Jäger sah Christoph nachdenklich an. »Ist alles in Ordnung mit dir? Davon hast du wirklich nichts gehört?«

»Nein«, versicherte Christoph. Er hatte wirklich einen ruhigen Sonntag fernab von schlechten Nachrichten verbracht. »Müssen wir —?«

Große Jäger unterbrach ihn. »Manches hat auch seine guten Seiten. Darum kümmern sich jetzt andere.« Das »andere« brachte er mit einer besonderen Betonung hervor. »Wir haben unsere eigenen Probleme. Wir beiden Alten können nicht mehr jedem Strauchdieb hinterherlaufen. Dafür gibt es jüngere Kollegen. Der Hosenmatz ist heute unterwegs und klappert die Bau- und Holzmärkte ab, auch wenn wir glauben, dass die Stämme für das Holzkreuz beim Biikebrennen von der Ellhöfter Baustelle stammen. Ach ja«, Große Jäger kehrte an seinen Schreibtisch zurück, »ich wollte noch einmal nachsehen, wie der mutmaßliche Bauherr heißt. Der smarte Typ mit dem Mercedes.«

Es war das unregelmäßige Klappern auf der Tastatur zu hören, wenn der Oberkommissar wie ein Greifvogel über den Buchstaben kreiste und dann die wuchtigen Finger auf die Buchstaben herabfallen ließ. Zwischendurch war ein freudig klingendes »Ahh« zu hören, wenn der Bildschirm den nächsten erfolgreich vollendeten Schritt anzeigte. Das Ganze schloss mit einem erstaunten »Na – so was«

ab. Statt einer Erklärung wurden die Tastaturanschläge hektischer, bis sich Große Jäger erneut zu Christoph umdrehte und fragte:
»Sitzt du fest? Das ist ein dicker Hund.«
»Hast du Caesars Mörder gefunden?«, fragte Christoph spöttisch.
»Ich meine, einen anderen als Brutus?«
»Schlimmer. Ich weiß, wie der Mercedesfahrer heißt.« Der Oberkommissar wartete einen Moment, bevor er weitersprach. »Manfred Beecken!«
»*Der* Beecken?« Christoph war genauso überrascht.
»Genau. Nazi-Beecken. Kameradschaftsführer des ›Aquil-Bundes‹. In eingeweihten Kreisen spricht man auch vom Wikinger-Bund, obwohl der seit den zwanziger Jahren verboten ist. Das war die Keimzelle zahlreicher anderer brauner Organisationen. ›Aquila‹ ist die lateinische Bezeichnung für den ›echten Adler‹, also den deutschen Vogel schlechthin. Dieser krumme Verein wird von allen überwacht. Wenn ich sage von *allen*, ist das wörtlich zu nehmen. Der Verfassungsschutz, der Staatsschutz, die Länderpolizeibehörden, das Bundeskriminalamt. Schlimmer geht es wirklich nicht. Als Symbolfigur hat sich diese Clique den germanischen Rechts- und Kriegsgott Teiwaz auserwählt. Ausgerechnet ein Gott des Rechts. Oder haben die Blödnasen etwas missverstanden und meinen damit ihre politische Gesinnung? *Rechts*gott? Weißt du, wo der Scheißkerl wohnt?«

»Nein«, sagte Christoph. »Ermittlungstechnisch haben wir uns noch nie mit ihm beschäftigt.«

»Beecken ist hochintelligent. Man hat ihm noch nie eine Straftat nachweisen können. Die Schmutzarbeit lässt er andere verrichten. Was treibt einen solchen Menschen an? Er war Arzt. Jetzt schreibt er als Autor und Journalist für die rechte Szene. Er mischt im Musikgeschäft mit, soll an einer Ladenkette beteiligt sein, in der einschlägige Kreise Kleidung und andere Devotionalien einkaufen. Es scheint ein einträgliches Geschäft zu sein.«

»Gibt es eine Aussage zur Zahl der Mitglieder?«
»Unter fünfhundert. Vermutet man«, fügte Große Jäger an. »Ich frage mal nach«, sagte er und rief bei der Zimmerei Nothnagel an. Dort bestätigte man ihm, dass Manfred Beecken der Bauherr des geplanten Event-Schuppens an der dänischen Grenze sei. »Von wegen

Events«, schimpfte der Oberkommissisar. »Dieser Neonazi hat alle an der Nase herumgeführt. Wetten, dass weder die Behörden noch die Nachbarn ahnen, dass ihnen ein braunes Schulungszentrum in den Vorgarten gestellt wird? Niemand hat das bemerkt. Das liegt daran, dass Beecken nie als Agitator in Erscheinung getreten ist. Pfui Deibel.«

»Dann besuchen wir den Herrn«, schlug Christoph vor.

»Mit dem allergrößten Vergnügen.« Große Jäger rieb sich die Hände.

Beecken wohnte auf einem repräsentativen Resthof mitten in der wunderbaren Landschaft der Halbinsel Eiderstedt. Das Anwesen lag eingebettet in saftiges Marschland, auch wenn das in dieser Jahreszeit mehr zu erahnen als zu sehen war.

Sie mussten die Kreisstraße verlassen und befuhren einen engen Wirtschaftsweg, als Große Jäger plötzlich »Halt« rief und auf einen anderen Hof zeigte. »Fahr da mal hin.«

»Ferienhof Stein« stand auf einem großen Holzschild an der Einfahrt. Christoph schätzte Frau Stein auf Mitte dreißig; ihr Ehemann, den sie dazuholte, mochte nur geringfügig älter sein.

»Wir interessieren uns für einige Grundstücke«, erklärte Christoph.

»Hier? Bei uns?« Stein lachte. »Aussichtslos.«

»Auch nichts Konkretes«, sagte Christoph. »Ihr Nachbar Beecken —«

Stein winkte ab. »Vergessen Sie es. Der hat den Hof erst vor ein paar Jahren gekauft. Ich glaube nicht, dass er sich schon wieder zurückziehen will.«

»Er betreibt Landwirtschaft«?

Erneut erscholl das jungenhafte Lachen. »Dr. Beecken? Nein. Er hat alle Flächen verpachtet. Unter anderem auch an mich.«

»Wovon lebt er?«

»Keine Ahnung. Interessiert uns auch nicht. Das ist ein ruhiger und angenehmer Nachbar. Man sieht und hört nichts von ihm. Und wenn man sich mal trifft, ist er immer nett und freundlich. Solchen Menschen begegnet man nicht oft.« Stein beugte sich ein wenig vor. »Man sagt uns Eiderstedtern nach, dass wir ein wenig schwierig im Umgang sind. Als Fremder ist es schwierig, Anschluss zu finden.«

»Und Herr Beecken hat das geschafft?«

»Er hat das nicht versucht. Das ist keiner, der sich anbiedert.«

»Interessiert er sich für Politik? Zum Beispiel für Kommunalpolitik?«

»Ich weiß nicht. Mit mir hat er noch nie über Politik gesprochen. Kann sein, aber davon habe ich nichts mitbekommen.«

»Hat Herr Beecken viele Besucher?«

Stein sah seine Frau an. »Eigentlich nicht. Selten, dass jemand zu ihm rüberfährt. Wenn, dann sind es große Wagen. Mercedes, BMW und so. Das wundert mich auch nicht. Der gibt sich nicht mit kleinen Leuten ab, schon gar nicht mit Gesindel.«

»Wie meinen Sie das?«, fragte Große Jäger mit lauerndem Unterton.

»Ich wollte damit sagen, dass so ein feiner und zurückhaltender Mensch nur vornehme Bekannte und Freunde hat. Nee. Echt. So einen Nachbarn kann man sich nur wünschen.« Stein überlegte einen Augenblick. »Ich kann nur hoffen, dass Dr. Beecken nicht verkauft. Wir wollen keine Fremden, die hier Unruhe hineintragen.«

Nach diesem Schlusswort verabschiedeten sie sich.

»Das passt zum neuen Erscheinungsbild der Nazis«, stellte Große Jäger fest, als sie das letzte Stück zu Beeckens Wohnhaus zurücklegten. »Die Leute treten mit Tarnkappe auf, sind höflich und zuvorkommend und agieren hinter der Maske des braven Bürgers. Biedermann und die Brandstifter.«

Das Haus machte einen gepflegten Eindruck. Auch wenn um diese Jahreszeit nichts davon zu sehen war, schien der Garten von einem professionellen Gärtner in Ordnung gehalten zu werden. Seitlich parkte der Mercedes.

Beecken trug ein Tweedsakko, unter dem ein hellblaues Oberhemd hervorlugte. Seine mit grauen Strähnen durchsetzten Haare lagen wellig an. Die ganze Erscheinung war ansprechend. Er schien die beiden Beamten wiedererkannt zu haben.

»Wo bin ich Ihnen begegnet?«, fragte er und zog dabei kunstvoll eine Augenbraue in die Höhe.

»Auf der Baustelle in Ellhöft.«

»Richtig. Ich entsinne mich.« Beecken hatte eine angenehm sonore Stimme.

»Wir sind von der Polizei«, sagte Christoph.

»Polizei? Darf ich Sie hineinbitten?«

Er zeigte sich weder erstaunt, noch fragte er nach dem Grund des Besuchs, sondern führte sie in einen geschmackvoll eingerichteten Raum, der einer Bibliothek ähnelte.

»Bitte«, sagte er und wies auf Thonetstühle, die um einen runden Tisch gruppiert waren. Er wartete, bis die Beamten Platz genommen hatten. Erst dann setzte er sich.

»Sie haben in Ellhöft ein Grundstück gekauft und lassen es derzeit umbauen«, begann Christoph.

»Dafür gibt es eine Baugenehmigung. Aber ich nehme nicht an, dass deshalb die Polizei bemüht wird.«

»Was wollen Sie da errichten?«

»Ich möchte dazu beitragen, dass die strukturschwache Region belebt wird.«

»Ist es zutreffend, dass Sie dort ein politisches Bildungszentrum errichten wollen?«

Beecken lächelte sanft. »Ich wundere mich immer wieder, wie viel Phantasie freigesetzt wird, um Gerüchte zu streuen.«

»Dann nutzen Sie die Gunst der Stunde für ein Dementi.«

»Gibt es dazu einen Anlass?«

»Sie legen Wert auf eine gediegene Ausstattung«, mischte sich Große Jäger ein.

»Es wäre dumm, wenn ich nicht die hohen Qualitätsstandards nutzen würde, über die wir in Deutschland verfügen.«

»Das ist aber mit exorbitanten Kosten verbunden«, sagte Christoph.

Beecken lächelte. »Qualität hat ihren Preis.«

»Wie finanzieren Sie das?«

Der Mann war nicht aus der Ruhe zu bringen. Das Lächeln schien ihm ins Gesicht gemeißelt. »Darüber spreche ich nur mit dem Finanzamt. Mir ist nicht bekannt, dass die Steuerfahndung die Polizei um Amtshilfe bittet.«

»Ist die Frage nicht legitim?«, wollte Christoph wissen.

»Sie hätten viel zu tun, würden Sie hinter jedem Bauherrn hinterherspüren und nach der Herkunft seiner Mittel fragen.« Beecken zupfte mit zwei Fingern seine Bügelfalte zurecht. »Ich frage mich, weshalb Sie mir hinterherspionieren. Ich will Ihnen nicht unterstellen, dass Sie Gesinnungsschnüffelei betreiben.«

»Es geht um mehrere Straftaten. Im Zuge der Ermittlungen weisen auch Spuren in Richtung Ihres Bauvorhabens. Möglicherweise«, grenzte Christoph ein.

Beecken spitzte die Lippen. »So?« Er zeigte sich amüsiert. »Vermuten Sie, dass dort Leichen einbetoniert wurden?«

»Es könnte sein, dass Baumaterial von Ihrem Vorhaben für Straftaten verwendet wurde.«

»Interessant.« Beecken betrachtete lange seine manikürten Fingernägel. »Deshalb bin ich öfter auf der Baustelle, um den Fortschritt zu kontrollieren. Nicht dass Sie glauben, ich wäre misstrauisch gegenüber den ausführenden Unternehmen. Sie sind sorgfältig ausgesucht.«

»Sind das Gesinnungsgenossen von Ihnen?«, fragte Große Jäger barsch dazwischen.

»Aber aber.« Beecken bewegte vorsichtig den Kopf, als würde er jemanden tadeln, der eine Unbotmäßigkeit von sich gegeben hätte.

Unbotmäßigkeit!, überlegte Christoph. Eine seltene, aber vielleicht zutreffende Vokabel.

»Die Unternehmen haben ein solides Angebot abgegeben. Mein Architekt ist von ihrer Leistungsfähigkeit überzeugt. Ich habe die Maßgabe erteilt, dass deutsche Handwerker beauftragt werden sollten, auf die Verlass ist.«

»Da klingen nationalistische Zwischentöne mit«, bemerkte Christoph.

»Tsss, was Sie alles heraushören wollen. Unser duales Ausbildungssystem ist weltweit führend. Alle sind neidisch auf uns. Warum nutzen wir das nicht mehr aus? Warum wuchern wir nicht mit diesem Pfund? Stattdessen mischen immer mehr Süd- und Osteuropäer mit. Darunter leidet die Qualität. Diese Leute haben keine lange und intensive Ausbildung genossen wie die hiesigen Facharbeiter und Handwerker. Da ist der Pfusch vorprogrammiert. Da hält der südliche Schlendrian Einzug. Dem möchte ich vorbeugen. Ist es unrecht, wenn es bei der Beauftragung der Gewerke Vertragsbestandteil war, dass keine ausländischen Subunternehmer eingesetzt werden dürfen? Was nützt ein deutscher Vertragspartner, wenn nur Moldawier oder Turkmenen auf der Baustelle herumturnen. Deshalb kontrolliere ich die Arbeit.«

Beecken hielt seinen Blick fest auf Christophs Augen gerichtet und wich nicht aus. Er war rhetorisch geschickt und verstand es wie ein Politiker, Fragen auszuweichen und sie nichtssagend zu beantworten.

»Sie leugnen nicht einen gewissen Hang zur Deutschtümelei?«, fragte Christoph.

Der Mann breitete die Arme wie ein Prediger aus. »Was sind das für Worte? Lassen wir die Kirche im Dorf. Es ist gut für diese Welt, wenn wir mehr voneinander wissen, etwas von anderen Kulturen lernen und sie mehr verstehen. Aber muss man alles vermischen? Sehen Sie. Ich schätze ein fein marmoriertes Filetsteak vom Galloway ebenso wie einen Hummersalat oder englische Bitterorange zum Frühstück. Jedes für sich ist eine Spezialität. Deshalb käme ich aber nicht auf die Idee, alles zu vermischen und in einem Eintopf zu verarbeiten. Lassen wir die Menschen in ihrer Welt. Dort sind sie gut aufgehoben, sind mit den Umgebungsparametern und der Kultur bestens vertraut. Stattdessen gibt es selbst ernannte Gutmenschen, die alle zum Kommen einladen wollen. Es wäre wie in Babylon, da diese Leute nicht einmal unsere Sprache beherrschen. Was du wollen, eh? Du nichts hast zu sagen. Halt's Maul, Mann, sonst fick ich deine Mutter«, versuchte Beecken, den Tonfall eines türkischen Jugendlichen nachzuahmen. Es misslang.

Christoph wollte antworten, aber Beecken gebot ihm mit erhobener Hand Einhalt.

»Hier auf Eiderstedt gibt es achtzehn zum Teil neunhundert Jahre alte Kirchen, jede ein Kulturdenkmal für sich. Möchten Sie wirklich, dass statt der Glocken am Sonntag der Muezzin am Freitag vom Turm der St.-Laurentius-Kirche in Tönning ruft? Dass im Foyer der St.-Martins-Kirche in Osterhever Döner verkauft werden und in St. Michael in Welt eine syrische Teestube Einzug hält?«

»Schüren Sie da nicht völlig überzogene Ängste?«, fragte Christoph. »In einer globalisierten Welt sollten die Menschen Achtung voreinander haben. Niemand darf diskriminiert werden.«

Das arrogante Lächeln Beeckens verstärkte sich. »Sagen Sie das denen, die das für sich in Anspruch nehmen wollen. Wird bei uns eine junge Frau gesteinigt, nur weil sie Muslima werden will? Wie viele Kirchen sind in den letzten Jahrzehnten in Saudi-Arabien gebaut worden? Was ist das für ein Anblick? Ein Neger, der Plattdeutsch spricht. Was sollen Fremde von uns denken?«

Christoph und Große Jäger schüttelten gleichzeitig den Kopf.

»Das frage ich mich auch. Die werden erschüttert sein über so viel Blödheit, wie Sie sie absondern. Wo muss man zur Schule gegangen sein, um so bescheuert zu werden?« Große Jäger war der Zorn anzusehen. »Sie sollten sich mit solchen Kommentaren zurückhalten. Es gereicht Ihnen sonst zum Nachteil.«

»Ist das eine Drohung?«, eiferte sah Beecken und sah Christoph an. »So weit ist das schon, dass wir im eigenen Land kuschen sollen.«

»Mein Kollege hat Sie nur darauf aufmerksam gemacht, dass diskriminierende Äußerungen unter Umständen strafrechtlich verfolgt werden können. Abgesehen davon finde ich es auch widerwärtig, was Sie hier von sich geben.«

Beecken verschränkte die Finger ineinander, drehte die Knöchel zu sich und streckte die Arme weit von sich, bis es in den Gelenken knackte. Diese Dehnübung schien ihn in eine andere Dimension zu führen. Er lächelte, als hätte es keinen Disput gegeben.

Mit freundlicher Stimme fragte er: »Sie haben immer noch nicht gesagt, weshalb Sie mich aufgesucht haben.«

»Haben Sie nicht zugehört?«, schnauzte Große Jäger. »Vermutlich wurde das Material von *Ihrer* Baustelle dazu verwendet, ein Holzkreuz zu errichten, um daran einen dunkelhäutigen Menschen zu verbrennen.«

Beecken streckte seine gepflegten Hände vor. »Sehen die so aus, als würde ich damit grobe Arbeiten verrichten?«

»Leute wie Sie überlassen die Schmutzarbeit anderen.«

Der Mann drehte gedankenverloren seinen Siegelring, bis er aufsah.

»Sie machen sich doch lächerlich. Da sitzen mir zwei unbeholfen dreinblickende Polizeibeamte gegenüber und stellen lauter abenteuerliche Behauptungen auf, nur weil ich es wage, Wahrheiten auszusprechen?«

»Haben Sie in irgendeiner Weise an der Ermordung des Musikers Tyler McCoy mitgewirkt?«

Es fiel Christoph schwer, das aufgesetzte Lächeln seines Gegenübers zu ertragen.

»Wie soll ich Ihnen diese überflüssige Frage beantworten? Wenn ich Ja sage, verhaften Sie mich, und man versucht, mir den Prozess zu machen. Wenn ich Nein sage, glauben Sie mir nicht und unterstellen mir, ich hätte gelogen.«

»Versuchen Sie es einfach mit der Wahrheit«, schlug Große Jäger vor.

»Das ist nicht so einfach. Von der rede und schreibe ich seit Jahren. Und? Man bezichtigt mich, ein Demagoge zu sein.«

»Ich spreche nicht von *Ihrer* Wahrheit, sondern von der objektiven«, erklärte der Oberkommissar.

Wieder erschien das arrogante Lächeln. »Dann definieren Sie zunächst, was objektiv ist.«

So kamen sie nicht weiter, überlegte Christoph. »Kennen Sie den Ku-Klux-Klan?«, fragte er.

»Ich habe in Deutschland Abitur gemacht, hier studiert und mich auch danach mit unserer Welt beschäftigt. Halten Sie mich für einen abgestumpften Idioten?«

Zum Glück bekam Beecken nicht mit, wie Große Jäger lautlos mit den Lippen ein Ja formte.

»Was denken Sie über den Klan?«

»Eine merkwürdige Frage«, erwiderte Beecken. »Zweifelsohne ist die historische Aufarbeitung der Klan-Geschichte politisch gefärbt.«

»Sie meinen, die Gräueltaten des Klans sind erfunden?«, fragte Christoph.

»Sie bedienen sich des gleichen Zungenschlags wie jene Eiferer, die jeden in Grund und Boden rammen wollen, der über das Dritte Reich diskutieren möchte. Nein!« Zum ersten Mal hatte Beecken die Stimme gehoben. »Wir wollen weder den Holocaust noch andere Dinge leugnen, die vom deutschen Volk ausgegangen sind. Es führt uns auch nicht weiter, die Litanei der dem Ku-Klux-Klan vorgeworfenen Taten –«

»Nennen Sie es ruhig Verbrechen«, unterbrach ihn Große Jäger.

»… Taten im Detail herunterzubeten«, setzte Beecken seine Ausführungen fort. »Aber wer hat ernsthaft nach den Motiven gefragt? Die Schwarzen waren damals ungebildet. Sie lebten ein anderes Leben. Auch wenn Sie tierlieb sind, holen Sie sich nicht die Haustiere in die gute Stube.«

Große Jäger sprang auf. Nur dank einer schnellen Reaktion konnte Christoph es verhindern, dass der Tisch umgestoßen wurde.

»Wenn ich … wenn ich …«, rang der Oberkommissar nach Worten. »Ist das ein Mensch, der Menschen mit anderer Hautfarbe mit Haustieren vergleicht?« Dabei zeigte er auf Beecken und sah Christoph an. Die Wut stand ihm ins Gesicht geschrieben.

Christoph packte Große Jäger am Ärmel des Holzfällerhemds und zog ihn Richtung Tür. Mit zwei Schritten Abstand folgte Beecken. Im Türrahmen wollte sich der Oberkommissar noch einmal umdrehen, aber Christoph drängte ihn mit beiden Händen aus dem Haus.

»Wenn Sie weitere Fragen haben, dürfen Sie mich jederzeit ansprechen«, hörten sie Beecken in ihrem Rücken.

»Arschloch! Arschloch!«, murmelte Große Jäger unentwegt, bis sie im Auto saßen. Dort packte der Oberkommissar Christophs Oberarm und umklammerte ihn schmerzhaft. »Wenn du nur ein Wort zu diesem Sausack von dir gibst, sind wir geschiedene Leute«, schnauzte er Christoph wütend an.

Sie fuhren schweigend nach Husum zurück.

Auf der Dienststelle fanden sie eine Nachricht von Mommsen vor. Die Flensburger Diako hatte sich gemeldet. Akimsola Kpatoumbi war aus dem Koma erwacht. Es ging ihm aber noch nicht wirklich gut. Es war nicht klar, ob mit bleibenden Schäden zu rechnen war. Eine Befragung? Nein. Dafür stand der Patient auf absehbare Zeit nicht zur Verfügung.

Christoph versuchte, Cornilsen zu erreichen. Nach dem vierten Klingeln meldete sich der Kommissar undeutlich.

»Wo stecken Sie?«, fragte Christoph. »Haben Sie schlechten Empfang?«

Cornilsen japste nach Luft. »Nein«, sagte er dann, und es klang ein wenig hohl. »Ich habe heiße Pommes im Mund.« Christoph hörte, wie der Kollege schluckte. »Jetzt geht es ein wenig besser«, verkündete Cornilsen anschließend. »Ich klappere die Bau- und Holzmärkte ab und frage nach den Balken. Schleswig-Holstein ist offenbar ein Land der Bastler und Heimwerker. Haben Sie eine Vorstellung davon, wie viele Märkte es hier gibt? Bisher war die Suche negativ. Ist es eigentlich noch erforderlich, mühsam weiterzusuchen, wenn wir wissen, dass die Balken von der Nazibaustelle stammen?«

»Versuchen Sie, diese Frage selbst zu beantworten, und stellen Sie sich vor, sie würde vom Verteidiger des Beschuldigten im Prozess an Sie gerichtet werden.«

»Ist schon gut«, sagte Cornilsen kleinlaut. »Meine Pommes darf ich noch aufessen? Und wenn ich irgendwann Oberkommissar bin, kann ich mir auch eine Currywurst dazu leisten.«

Große Jäger, dachte Christoph, würde jetzt antworten: Nein. Zunächst musst du dir neue Schuhe kaufen, weil du als junger Kriminalbeamter deine alten abgelaufen hast.

»Melden Sie sich, wenn Sie auf etwas stoßen.«

»Klar doch«, verabschiedete sich Cornilsen.

Kurz darauf meldete sich Frau Dr. Braun.

»Wir haben alle Hände voll zu tun«, beklagte sich die Kieler Wissenschaftlerin. »Deshalb dauert es ein wenig länger, bis wir die nötigen Ergebnisse vorweisen können. Es geht noch einmal um den Getränkelaster. Sie erinnern sich, dass wir dort DNA-Spuren gefunden haben, die wir nicht zuordnen konnten? Auf dem Beifahrersitz waren welche vom Opfer. Außerdem gab es noch andere Spuren, die kein Namensschild trugen. Zwei Hauptspuren kristallisieren sich heraus. Einer, zu dem wir keine Vergleichs-DNA haben, hat nur im Fahrerbereich gesessen.«

»Ein Zweiter hat auf beiden Seiten Platz genommen. Sie sagten, zu einem haben Sie keinen Vergleich«, sagte Christoph. »Das heißt ...«

»... zum Zweiten liegt uns ein Name vor.«

»Machen Sie es nicht so spannend«, bat Christoph.

»Herr Jürgensen hat uns die Probe zugeschickt, die er in Runeesby genommen hat. Nazir Dahoul heißt der Proband.«

»Das ist ein Asylbewerber, der bei Hottenbeck untergeschlüpft ist«, stellte Christoph fest.

»Das ist nicht mehr unsere Aufgabe«, sagte Frau Dr. Braun schnippisch. »Können Sie damit etwas anfangen?«

»Oh ja«, versicherte Christoph und beendete das Telefonat mit einer Lobeshymne auf die Kieler Kriminalwissenschaftler.

»Wir kennen inzwischen den Weg«, sagte Große Jäger lakonisch, nachdem er Christophs Bericht gelauscht hatte. »Das sind nicht nur sympathische Leute, die da wohnen. Aber ein Schmierlappen wie Beecken ist nicht darunter.«

Christoph war froh, dass der Oberkommissar die Fahrt an die Grenze zu einem erholsamen Nickerchen nutzte.

Der türkisblaue Pritschenwagen stand vor der Lagerhalle.

»Sehen Sie, alles wird gut«, sagte Große Jäger zur Begrüßung, während Hottenbeck hinter dem Kassentresen stand und nur einen Knurrlaut von sich gab.

»Ist Ihnen inzwischen eingefallen, wohin Sie Tyler McCoy am vorletzten Donnerstag gefahren haben?«, fragte Christoph.

»Ich habe anderes zu tun.«

»Wir würden gern anderes tun, müssen uns aber mit Ihnen auseinandersetzen«, sagte Große Jäger. »Aber Sie werden viel Zeit haben im Knast.«

Hottenbeck war das Erschrecken anzusehen. »Ich hab doch nichts getan«, behauptete er.

Große Jäger zeigte in Richtung Wohnhaus. »Was ist mit den Illegalen, denen Sie Unterschlupf gewährt und die Sie über die Grenze geschleust haben?«

»Das war doch nur –« Der Getränkehändler brach mitten im Satz ab.

»Dann ist da noch die Sache mit dem Mord an Tyler McCoy.«

Obwohl es im ungeheizten Lager kalt war, brach Hottenbeck der Schweiß aus. Er perlte auf seiner Stirn.

»Wo ist Ihr Ku-Klux-Klan-Kostüm?«

»Mein – was?«

»Ihre weiße Haube und der Umhang, mit dem Sie die Opfer erschreckt haben, bevor Sie sie ermordet oder zu Tode gehetzt haben.«

»Ich … ich …«, stammelte Hottenbeck und sah sich hilfesuchend um. Irgendwo im Hintergrund klirrten Flaschen, als Getränkekisten bewegt wurden.

»Wer ist da?«, fragte Große Jäger. »Vor der Tür steht kein Auto, und hier kommt niemand zu Fuß her, um Getränke zu kaufen.«

Hottenbeck ließ seine Schultern hilflos herabsinken.

Große Jäger ging in das Lager hinein und tauchte in einem der Quergänge ab. Wenig später erschien er einen Gang weiter und verschwand im dritten Gang. Es entstand ein kurzes Wortgeplänkel, ohne dass Inhalte zu verstehen waren. Er kehrte mit Nazir Dahoul im Gefolge zurück.

»Das trifft sich gut«, sagte der Oberkommissar. »Mit dem Herrn wollten wir uns auch unterhalten.«

Christoph verzichtete auf eine Begrüßung. Er fragte direkt: »Herr Dahoul. Sie haben im Getränkelaster auf dem Fahrer- und Beifahrersitz gesessen?«

Der Syrer zeigte keine Reaktion.

»Können Sie uns erklären, was Ihr Mitbewohner im Lkw zu suchen hat?«, wandte sich Christoph an Hottenbeck.

Der Getränkehändler schluckte heftig.

»Es ist ein Gebot der Höflichkeit, auf Fragen zu antworten.« Große Jäger stieß Hottenbeck leicht an.

»Es war wohl reine Neugierde, dass Nazir sich einmal in den Lkw gesetzt hat.«

»So wie Kinder, die mit Begeisterung ans Steuer drängen?«, fuhr Große Jäger fort. Dann drehte er sich zu Dahoul um. »Ich möchte Ihren Führerschein sehen.«

Der Syrer zog eine Grimasse, hob die Hände an und legte den Kopf schief.

»Nix verstehen«, behauptete er.

»Können Sie ihm verständlich machen, was wir wollen? Sonst nehmen wir ihn mit«, sagte Große Jäger zu Hottenbeck. »Schließlich scheinen Sie keine Kommunikationsprobleme miteinander zu haben.«

»Nazir«, sagte der Getränkehändler mit vibrierender Stimme. »Komm, es bringt nichts. Du machst die Sache nur noch schlimmer.«

»Ich?«, vermochte Dahoul plötzlich Deutsch zu sprechen. »Ich habe dir nur geholfen.«

»Du hast behauptet, einen Führerschein zu haben«, versuchte Hottenbeck die Flucht nach vorne.

»Hast du ihn je gesehen? Wo soll ich ihn gemacht haben, eh? Dass ich in meiner Heimat Auto gefahren bin, interessiert kein Schwein.«

»Ich war überzeugt, dass du die Wahrheit sagst.« Der Getränkehändler hielt sich mit beiden Händen am Tresen fest.

»Was ist Wahrheit, eh? Du brauchtest einen Kuli, der für nichts deine Scheißarbeit gemacht hat.«

»So ist das nicht«, behauptete Hottenbeck. »Du hast doch gefragt, ob ich Arbeit habe. Dir war das zu langweilig, herumzusitzen und nichts zu tun.«

»Mit mir könnt ihr das ja machen. Der Asylant – den kann man ausbeuten. Der kann sich nicht beschweren. Das ist ein armseliger Araber. Aber der andere, der Schwarze, der durfte alles.«

»Ganz ruhig«, unterbrach Christoph den Disput. »Wir wollen nicht Ihre Situation mit der von Tyler McCoy vergleichen. Der hatte hier Familie, hat hier seinen Lebensmittelpunkt gehabt.«

»Und ich? Gibt es einen Unterschied? Erst die Deutschen? Dann der Neger und ganz unten der Araber?«

»Sie werden polemisch«, sagte Christoph und sah Dahoul an, dass er ihn nicht verstand. »Sie haben also keinen Führerschein. Das hat Folgen. Für Sie beide.« Christoph richtete den Blick auf Hottenbeck. »Außerdem haben Sie keine Steuern und Sozialabgaben abgeführt.«

»Sie haben keine Ahnung, wie schwer es ist, als kleiner Selbstständiger über die Runden zu kommen.« Es klang weinerlich. »Sehen Sie sich um. Hier ist nichts. Weit und breit – nichts. Es brechen immer mehr Kunden weg. Die fahren zu den Discountern. Da kann ich preislich nicht mithalten. Ich muss versuchen, zusätzlich bei Veranstaltungen mit einem Bierstand ins Geschäft zu kommen. Personal kann ich mir nicht leisten. Bei den Abgaben. Außerdem brauche ich immer nur gelegentlich Hilfe. Wenn Sie heute jemanden einstellen, werden Sie den nicht wieder los. Es geht für mich ums Überleben. Um nicht mehr und nicht weniger. Aber was versteht ein Beamter davon?«, sagte er resigniert.

»Wenn jeder so denken würde, gäbe es kein Gemeinwesen

mehr«, sagte Christoph. »Aber diese Dinge interessieren uns heute nicht, auch wenn Sie nicht ungeschoren davonkommen.«

»Und Sie auch nicht«, ergänzte Große Jäger in Dahouls Richtung.

»Können Sie sich jetzt erinnern, wohin Sie Tyler McCoy mitgenommen haben?«, wechselte Christoph das Thema.

Hottenbeck hatte sich vom Tresen gelöst und wanderte unruhig auf und ab.

»Sie wissen doch ohnehin schon alles«, sagte er halblaut.

»Sie sind gar nicht gefahren, sondern Ihr Schwarzarbeiter«, riet Große Jäger.

»Deshalb konnte ich auch nichts sagen.« Der Getränkehändler hatte sein Hin und Her kurz unterbrochen.

»Wo haben Sie Tyler McCoy aufgegabelt?«, wandte sich Christoph an Dahoul.

»Was ist mit Gabel?« Es war nicht gespielt. Der Syrer verstand die Redewendung nicht.

»McCoy war Ihnen bekannt?«, formulierte Christoph die Frage um.

Dahoul nickte.

»Wo ist er eingestiegen?«

»Ein Stück weiter. Auf der Dorfstraße. Da stand er und hat gewinkt.«

»Sie haben angehalten und ihn mitgenommen.«

»Ja. Das machen hier alle.«

»Wo haben Sie McCoy aussteigen lassen?«

»Er wollte nach Klanxbüll zum Bahnhof.«

»Mensch, Nazir. Deshalb bist du nicht wieder in den Laden gekommen. Ich habe mich gewundert. Du solltest nach Neukirchen zu Kramer und Leergut abholen.«

Dahoul hob in einer gleichgültig wirkenden Geste die Hand. »Ist eben so.«

»Hat McCoy unterwegs irgendetwas gesagt? Wo wollte er hin? Hat er in Klanxbüll den Zug genommen? War er mit irgendjemandem verabredet?«

»Weiß nicht. Wir haben nicht miteinander gesprochen. Ich mochte ihn nicht.«

»Hatten Sie Streit?«

»Ich?« Dahoul zog die Nase hoch. »Der war doch etwas Besseres. Amerikaner. Glauben Sie, so einer spricht mit einem Araber?«
»Sie haben ihn gehasst?«
Dahoul zuckte gleichgültig mit den Schultern. »Weiß nicht. Wir haben nie miteinander zu tun gehabt.«
»Haben Sie gesehen, ob Tyler McCoy in Klanxbüll zum Bahnsteig gegangen ist?«
»Ich war in Eile und musste nach Neukirchen. Sie haben doch gehört, was Wolfgang gesagt hat.« Er nickte in Hottenbecks Richtung.
Große Jäger ließ sich die Adresse des Kunden in Neukirchen geben.

Christoph erinnerte sich, dass Frau Hottenbeck bei der ersten Vernehmung ausgesagt hatte, sie sei später zum Biikebrennen gefahren, da sie noch einen Kunden im Lager zu bedienen hatte. Die Kieler Kriminaltechniker hatten Spuren der Erde vom Tatort im Getränkelaster gefunden, und zwar auf beiden Seiten.

»Waren Sie als Helfer mit zum Biikebrennen?«, fragte Christoph Dahoul.

Der zeigte gleichgültig auf Hottenbeck.

»Ja«, gestand der Getränkehändler zögerlich. »Ich war froh, dass Nazir dabei war. Im Winter ist eine maue Zeit. Außer der Biike gibt es keine Veranstaltungen. Und zur Biike kommen die Leute mit Bussen. Jedes Getränk, das Sie nicht ausschenken, weil es Gedränge gibt und die Leute zu lange warten müssen, ist verlorener Umsatz. Nazir hat mir geholfen.«

Das erklärt die Spuren, dachte Christoph. Niemand hat geleugnet, dass der Lastwagen am Schauplatz des Geschehens war.

»Sind Sie jetzt bereit, eine DNA-Probe abzuliefern?«, fragte Christoph.

Hottenbeck nickte stumm und ließ Große Jäger gewähren.

»Kennen Sie die anderen Opfer?«

»Welche anderen?« Der Getränkehändler starrte Christoph mit offenem Mund an.

»Den Mann, den man in Klanxbüll zusammengeschlagen hat, oder das letzte Opfer, das in Niebüll zu Tode gehetzt werden sollte und nur knapp entkommen konnte.«

»Ich habe doch nichts getan«, jammerte Hottenbeck.
»So würde ich es nicht nennen«, erwiderte Große Jäger.
»Kennen Sie Beecken?«, wollte Christoph wissen.
»Nie gehört. Der wohnt hier nicht. Und Kunde ist er auch nicht.«
»Und den Ku-Klux-Klan?«
»Ist das nicht dieser komische Geisterverein? Hat doch irgendetwas mit den Sklaven zu tun. Sklavenhändler oder so was.«
»Dürfen wir uns bei Ihnen umsehen?«
»Was suchen Sie denn? Muss das sein?«
»Es ist Ihr Recht«, Christoph vermied es, »gutes« Recht zu sagen, »uns für heute diese Maßnahme zu verweigern. Wir würden dann allerdings einen richterlichen Beschluss erwirken und mit einem größeren Polizeiaufgebot anrücken. Die Entscheidung liegt bei Ihnen.«
»Sagen Sie doch einfach, was Sie suchen«, bot Hottenbeck an.
»Wir würden uns gern selbst umsehen.«
Es war der Mimik des Getränkehändlers anzusehen, wie es in ihm arbeitete.
»Gut«, sagte er schließlich. »Aber ich will dabei sein.«
»Und Sie«, wies Große Jäger Dahoul an, »rühren sich nicht von der Stelle. Klar?«
Sie begannen, das Getränkelager zu durchsuchen. Weder im eigentlichen Geschäft noch in den angrenzenden Abstellräumen fanden sich Hinweise auf die weißen Klan-Gewänder, Waffen oder Gegenstände, die als solche benutzt werden konnten. Hottenbeck stand direkt neben den Polizisten und fragte unablässig, wonach die Beamten Ausschau hielten. Er hinderte sie aber nicht an der Arbeit.
Auch für die anderen Schuppen auf dem Grundstück fanden sie nichts Verdächtiges. Christoph und Große Jäger kontrollierten den Getränkelaster und den privaten Pkw, warfen einen Blick in den Kofferraum und unter die Abdeckung für das Reserverad, bevor sie sich im Privathaus umsahen. Hier stießen sie auf den Widerstand von Frau Hottenbeck. Sie stellte sich vor die Wäscheschränke und weigerte sich, sie freizugeben.
Wolfgang Hottenbeck redete auf seine Frau ein, konnte aber

keinen plausiblen Grund angeben. Es entspann sich eine handfeste Auseinandersetzung zwischen den Eheleuten, die Christoph und Große Jäger nutzten, um die Wäschestapel und die Schränke zu durchforsten, in Abseite, Waschmaschine und verborgene Ecken zu sehen. Sie durchsuchten auch das Obergeschoss. Nach zwei Stunden stellten sie entmutigt fest: Nichts. Nirgendwo fanden sich Hinweise auf den Ku-Klux-Klan oder auf eine Beteiligung der Hausbewohner an den Straftaten.

Als sie gehen wollten, stellte sich Hottenbeck ihnen in den Weg. »Ich will wissen, warum Sie diesen Aufstand veranstaltet haben«, forderte er schon wieder selbstbewusster.

»Seien Sie doch froh«, erwiderte Große Jäger. »Stellen Sie sich vor, wie Sie jetzt dastehen würden, wenn wir fündig geworden wären.«

»Das hat ein Nachspiel«, drohte Hottenbeck.

»Okay«, rief ihm der Oberkommissar über die Schulter zu. »Wir kommen wieder. Versprochen.«

Neben dem Volvo parkte ein weiteres Fahrzeug. Als sie näher kamen, stieg Bürgermeister Sönnichsen aus. Er hatte eine rote Nase und fror.

»Sieh da, Lehrer Willi«, raunte Große Jäger leise.

»Woher weißt du, dass er Willi heißt?«, fragte Christoph zurück.

»Weil ich ein gründlich arbeitender Polizist bin.« Laut sagte er: »Moin, Herr Sönnichsen. Warten Sie auf uns?«

»Ich habe Ihren Wagen gesehen. Wenn ich geahnt hätte, wie lange Sie sich bei Hottenbeck aufhalten, hätte ich es mir nicht angetan. Es ist unangenehm kalt im Auto. Was wollten Sie von Hottenbeck?«

»Darüber können wir nicht mit Ihnen sprechen. Und wollen es auch nicht.«

»Ich bin hier Bürgermeister«, erwiderte Sönnichsen schnippisch.

»Und ich bin *Ober*kommissar.«

Sönnichsen schüttelte sich. Es war die Kälte.

»Das alles hat uns betroffen gemacht«, begann er. »Ich war schon bei Frau McCoy und den Kindern und habe die Anteilnahme der Runeesbyer übermittelt. Alle im Dorf sind erschüttert. Wir können nicht verstehen, dass es einen von uns getroffen hat. Warum kommen irgendwelche Leute hierher und tun uns so was an? Haben Sie schon eine Spur?«

»Wir ermitteln in alle Richtungen.«

Sönnichsen zeigte auf Hottenbecks Anwesen.

»Wolfgang ist nicht einfach. Er hat es nicht leicht mit seinem Laden. Viele fragen sich, wie lange es noch gut geht. Hier lebt niemand anonym. Man weiß, was hinter der Gardine des Nachbarn vor sich geht. Von dem einen mehr, von dem anderen weniger. Nehmen Sie Thurow. Der ist hinzugezogen. Er sondert sich ab, hält keinen Kontakt zu den anderen und unterscheidet sich auch sonst von uns. Ich meine damit nicht, dass er ein pensionierter katholischer Pfarrer ist. Aber, fragen wir uns, warum zieht so einer hierher? Hier gibt es doch nichts für ihn. Keine Kirche, keine Kollegen oder Amtsbrüder, wie es wohl heißt, keine Glaubensgenossen. Wo geht er zur Messe? Wenn man sich hier trifft, sagt man ›Moin‹. Thurow spricht auch anders. Hinter seinem Rücken wird er belächelt, weil er meistens ›Grüß Gott‹ sagt. Ich bin gespannt, ob er an der Gedenkveranstaltung teilnimmt.«

»Welche Veranstaltung?«, fragte Christoph.

»Ich habe sie organisiert. Alle Einwohner sind eingeladen. Ich glaube, der Tote war Methodist. Das ist ähnlich wie das, was wir hier sind. Aber einen methodistischen Geistlichen haben wir nicht. Die Pastorin aus Neukirchen wird anwesend sein. Wir gehören zu der Gemeinde. Nun bin ich mir nicht sicher, ob Herr Thurow auch kommen wird, wenn die Neukirchenerin ein Gebet spricht. Wir möchten damit unsere Anteilnahme ausdrücken und beweisen, dass wir in dieser schweren Stunde alle hinter Familie McCoy stehen.«

»Wann findet diese Veranstaltung statt?«

»Heute Abend in St. Dionys in Rodenäs. Ich weiß, welche Rolle die Musik im Leben von Tyler McCoy gespielt hat. Es war meine Idee, die Stormtown Jazzcompany aus Husum einzuladen. McCoy war der Band sehr verbunden, und der Bandleader hat sich sofort bereit erklärt, zu kommen. Ich bin aber mit meinem Vorstoß auf Widerstand gestoßen. Die Mehrheit meint, es wäre unwürdig, Jazz zu spielen. Schon gar nicht in der Kirche. Dabei ist es in den Südstaaten, in McCoys Heimat, nicht unüblich.«

»Wir haben gehört, dass der Tote Runeesby als seine Heimat betrachtet hat.«

»Ja, schon«, tat Sönnichsen überrascht, »aber von dort kommt er her. Kann man das vergessen? Das Lebensgefühl, das dort ein ganz anderes ist? Hat man nicht immer seinen Geburtsort im Herzen? Gerade wenn man von dort kommt, kann man das Südstaatenfeeling doch nicht ablegen.«

»Tyler McCoy hat sich ganz bewusst für Nordfriesland entschieden«, entgegnete Christoph.

»Er war hier hoch geschätzt und anerkannt. Aber allein sein Äußeres unterschied sich von uns anderen.«

»Höre ich da Zwischentöne?«, fragte Große Jäger lauernd.

»Nein«, beeilte sich Sönnichsen zu versichern. »Ich sagte schon, dass er ein großartiger und liebenswerter Mensch war. Nicht nur die Familie – wir alle werden ihn vermissen.«

»Gilt das auch für Pay Ahrens? Der hat sich kritisch über die musikalischen Aktivitäten seines Nachbarn ausgelassen.«

»Pay ist in Ordnung. Er stänkert gern. Und Jazz ist nicht jedermanns Sache. Ältere sprechen schon einmal despektierlich von Negermusik.«

»Ahrens auch?«

Sönnichsen zeigte sich verschnupft. »Interpretieren Sie nicht etwas in eine vielleicht unglückliche Formulierung hinein. Man muss nicht alles mögen, was einem anderen gefällt. Wir alle haben unsere Vorlieben, aber auch Dinge, die uns nicht behagen. Mir lag nur auf dem Herzen, Ihnen zu versichern, dass wir alle tief betroffen sind und uns nichts mehr als die Aufklärung wünschen. Entlarven Sie die Täter, damit auch der leiseste Zweifel von einem Einheimischen weicht. Sie haben uns kennengelernt. Da kommt niemand als Täter in Frage.« Man sah Sönnichsen an, dass er erbärmlich fror. »Ich muss jetzt weiter«, sagte er zum Abschied. »Sonst sacke ich mir noch etwas auf.«

»Erinnerst du dich an den Traditionssegler im Husumer Hafen?«, fragte Große Jäger, als sie allein waren. »Da waren Menschen unterschiedlicher Hautfarben und Nationalitäten an Bord. Es war ein heiteres Fest, das die Besatzung und die Husumer im Hafen gefeiert haben. Fröhliche Musik aus der Karibik, Völkerverständigung pur.

Alle waren begeistert. Und trotzdem hat man in der folgenden Nacht einen Anschlag auf das Schiff verübt. Mit Buttersäure. Alles roch übel nach Erbrochenem. Einigen wenigen war es gelungen, mit einem Schlag das Schöne und Positive dieses Festes zu zerstören.«

Christoph gab seinem Kollegen recht. Leider war diese Welt so.

Sie fuhren nach Klanxbüll und befragten Reisende. Viele Leute, die hier ein- oder ausstiegen, waren Stammgäste. Niemand konnte sich an Tyler McCoy erinnern.

»Es kommt nicht oft vor, dass man hier Farbige sieht«, erklärte ein älterer Mann. »Obwohl sie zu unserem Straßenbild gehören. In den Großstädten ist es sicher noch ausgeprägter als hier bei uns auf dem Dorf. Aber gerade hier steigen oft Leute aus fremden Ländern ein, ich meine solche, denen es anzusehen ist«, ergänzte er. »Sie fahren nach Sylt, um dort zu arbeiten. Wir haben uns daran gewöhnt, dass wir bestimmte Hilfstätigkeiten anderen überlassen, weil wir selbst zu fein dafür sind. Man sollte all die, die nicht arbeiten wollen und der Allgemeinheit auf der Tasche liegen, dazu heranziehen. Es ist –«

Christoph beendete das Gespräch, bevor er sich weitere Stammtischparolen anhören musste.

Auch im Bahnhofsbistro konnte sich niemand an den Fahrgast erinnern.

»Wann soll das gewesen sein? Vorletzten Donnerstag? Was war das für ein Datum? Warten Sie mal.« Die Stirn wurde in Falten gelegt. Dann kam ein bedauerndes »Tut mir leid. Keine Ahnung. Kann sein, kann aber auch nicht sein. Habe nicht darauf geachtet«.

»Es ist nur eine Zufallsauswahl, die wir hier antreffen«, gab Große Jäger zu bedenken. »Repräsentativ ist das halbe Dutzend Leute nicht.«

Nach der Rückkehr in Husum suchte Christoph Mommsen auf.

»Ist alles in Ordnung?«, fragte der Kriminalrat besorgt.

Christoph sah ihn fragend an.

Mommsen nahm einen Kugelschreiber zur Hand und spielte damit. »Vor zehn Jahren war ich die junge Nachwuchskraft. ›Das Kind‹ hat mich Wilderich genannt. Ich erinnere mich an unseren ersten gemeinsamen Fall. Es ging um die Ermordung von Mutter und Tochter. Als man die Opfer schließlich fand, wollte Große Jäger mich nicht zu den Toten lassen, da Tiere sie eine Weile zuvor in der einsamen Feldscheune bei Marschenbüll gefunden hatten. ›Tod in der Marsch‹ wurde damals getitelt. Jetzt bin ich als Dienststellenleiter nach Husum zurückgekehrt. In den ganzen Jahren hast du erfolgreich die Husumer Kripo geführt.«

»Kommissarisch«, erwiderte Christoph. »Jetzt hat alles seine Richtigkeit. Und mit dir hat man den richtigen Mann hierherversetzt. Mein letztes Jahr werde ich frei von den Verpflichtungen des Leiters verbringen können.«

Mommsen schien erleichtert. »Ich hoffe, unsere persönliche Freundschaft leidet nicht darunter.«

»Bestimmt nicht«, versicherte Christoph ihm.

»Wir beide tragen unsere Seele nicht auf der Zunge. Ich rede nicht über dienstliche Belange außerhalb dieser Wände. Lediglich mit Karlchen tausche ich gelegentlich Gedanken aus. Du weißt, er ist verschwiegen und hundertprozentig verlässlich.«

Karlchen war seit vielen Jahren Mommsen Lebenspartner. Auch mit ihm verband Christoph eine vertrauensvolle Freundschaft. Äußerlich unterschieden sich Mommsen und sein Partner gewaltig. Der sportliche Mommsen war ein Frauenschwarm. Karlchen liebte schrille Kleidung, war im Vergleich zu Mommsen klein von Statur und stets der Farbtupfer in der Runde. Er gewann die Herzen der Anwesenden auf Anhieb. Vielleicht rührte daher auch sein großer Erfolg in seinem Beruf als Animateur. Besonders Kinder liebten Karlchen.

»Karlchen kennt Monika McCoy. Er hat schon mit ihr zusammengearbeitet und greift bei seiner Arbeit oft auf ihre Werke zurück. Karlchen verkleidet sich als schwarzer Mann —«

»Ich weiß«, unterbrach Christoph, »›Der schwarze Mann mit der Zaubertrompete‹.«

»Ist das eine Hommage an ihren Mann?«, wollte Mommsen wissen.

Christoph schüttelte den Kopf. »Sie hat versichert, dass ihr die Geschichte spontan eingefallen ist und sie selbst darin vernarrt war. Der Erfolg gibt ihr recht. Erst später wurde sie auf die Duplizität aufmerksam gemacht. Ich glaube ihr. Wer die Familie erlebt hat, versteht, dass das Zusammenleben ohne Blick auf die Hautfarbe stattfindet. Monika und Tyler McCoy haben durch die Liebe zueinandergefunden. Deshalb macht es umso betroffener, was dort draußen vor sich geht.«

»Kommt ihr voran?«

Christoph schilderte den aktuellen Stand der Ermittlungen.

»Es gibt noch zu viele Verdächtige«, schloss er seinen Bericht. »Wir verfolgen verschiedene Spuren. Kernfragen sind meines Erachtens: Wie ist McCoy von Klanxbüll weggekommen? Ist er seinen Mördern in die Hände gefallen? Wer hat die Täter informiert, die Mbala Mbuta Makondele in Niebüll vom Bahnhof aus verfolgt haben? Wer hat die Zigarette geraucht, die wir auf dem Parkplatz in Klanxbüll gefunden haben, dort, wo die Ku-Klux-Klan-Kapuze entdeckt wurde? Wem können wir die DNA aus der Kapuze zuordnen?«

»Bisher sind drei Täter gesehen worden. Handeln die aus eigenem Antrieb, oder gibt es einen Anführer im Hintergrund?«, ergänzte Mommsen.

»So einen wie Beecken«, sagte Christoph nachdenklich. »Wir haben die Spur, die zur Baustelle in Ellhöft führt, wo ein Schulungs- und Begegnungszentrum der Rechten entstehen soll, auch wenn sie es bisher nicht zugeben. Wäre es nicht besonders pervers, wenn Nazis später herumlaufen würden und behaupteten, sie hätten in Ellhöft Holzbalken angefasst, mit denen auch der dunkelhäutige Amerikaner ans Kreuz genagelt und verbrannt worden ist? Das ist eine weitere offene Frage. Stammen die Balken, die an der Biike benutzt wurden, aus Ellhöft?«

»Genau«, meldete sich Große Jäger zu Wort, der unbemerkt in der meistens offenen Tür Mommsens stehen geblieben war. Dann grinste er. »Wir haben eben einen besonders delikaten Fall einer Körperverletzung hereinbekommen.«

»Schon wieder ein rassistischer Übergriff?«, fragte Mommsen ernst.

»Schlimmer«, antworte der Oberkommissar. »Die Kollegen von der Streife haben es aufgenommen und auch schon die ersten Verhöre durchgeführt. Eine Explosion.«

»Was?« Christoph sah Große Jäger erstaunt an. »Verletzte?«

»Eine Person. Die wird aber schon im Krankenhaus versorgt. Es geht um eine eheliche Auseinandersetzung in Halebüll. Die Nachbarn haben bestätigt, dass es in dem Haushalt oft Streit gab, allerdings nur lautstark, nie mit Körperverletzung.«

»Und nun ist etwas explodiert? Lass dir nicht jedes einzelne Wort entlocken.« Christoph war ungeduldig.

»Ja. Die Kloschüssel. Wenn man in einer Partnerschaft nicht mehr zurechtkommt, regt man sich über jede Kleinigkeit auf und hält sie dem anderen vor.«

»Von langjährigen Partnerschaften verstehst du eine Menge. Da bist du Experte«, lästerte Christoph.

»Kannst du auf eine so langjährige stets harmonische Gemeinschaft wie ich und Blödmann zurückblicken?«, antwortete der Oberkommissar. »Eines der unangenehmen Dinge in Halebüll scheint zu sein, dass der Ehemann auf der Toilette raucht. Das hat die Frau aus diversen Gründen gestört. Er nimmt sich dafür ausführlich Zeit, der Zigarettenqualm zieht durch das ganze Haus, und es gibt noch mehr Gründe, die sie angeführt hat. Die Zigarettenkippe entsorgt er ebenso wie den vollen Aschenbecher in der Kloschüssel. Nach Aussage der Frau zieht er danach nicht ab. Um ihm einen Denkzettel zu verpassen, hat sie Reinigungsbenzin in die Kloschüssel gefüllt. Pech für den Mann, dass er thronte und die brennende Kippe durch ein leichtes Anheben des Gesäßes entsorgen wollte. Bumm.«

Alle drei lachten.

»Wer den Schaden hat, …«, kommentierte Christoph und wurde abgelenkt, weil sich sein Handy meldete. Das Landeskriminalamt.

»Sie wollten etwas zur Beschaffenheit des Holzes wissen, an das der Geschädigte in Runeesby gebunden war«, erklärte der Mitarbeiter der Kriminaltechnik in geschäftsmäßigem Ton. »Bei den für das Kreuz verwandten Balken handelt es sich um Halbstämme mit einer Kantenlänge von achtzehn mal zwölf Zentimetern. Vermutlich. Es wurde Kiefer verwendet.«

Christoph bedankte sich.

»Dann können wir die Vermutung, dass Scheske etwas beim Bauvorhaben in Ellhöft abgezweigt und daraus das Holzkreuz gebaut hat, vergessen«, sagte Große Jäger enttäuscht. »Dort haben sie andere Stämme verbaut. Damit verschwindet er aber nicht von der Liste der Verdächtigen. Als Zimmermann ist er sicher in der Lage, ein solides Holzkreuz zu erstellen.«

»Kannst du das nicht?«, fragte Christoph.

»Ich schon. Ich kann alles«, erwiderte Große Jäger. »Aber nicht jeder verfügt über so viel handwerkliches Geschick.« Ein spöttischer Blick traf Christoph. »Das kann manchmal auch von Vorteil sein. So entfällt du als potenzieller Täter.«

»Damit ist auch Beecken noch nicht entlastet. Der ist zu intelligent, um solche Fehler zu begehen, dass er das Holz von seiner Baustelle für den Bau des Kreuzes verwenden lässt. Vielleicht hat er es sogar so geplant, um uns zu dem Schluss kommen zu lassen, dass er und die dort Beschäftigten nichts mit der Sache zu tun haben, wenn wir feststellen, dass anderes Holz benutzt wurde.«

»Glaubst du, er denkt so weit um die Ecke?«, fragte Große Jäger in Christophs Richtung.

»Beecken traue ich es zu.«

»Es gibt immer noch die Verbindung zu Ismet Özgün, dem Kollegen von Lutz Scheske. Er ist auf der Baustelle in Ellhöft beschäftigt und hat Makondele davongejagt, als der in Bredstedt vor der Wohnung der Özgüns aufkreuzte. Kurz darauf erfolgte der Übergriff auf Makondele. Es wäre für Ismet Özgün kein Problem gewesen, nach Niebüll zu fahren, um dort dem Afrikaner aufzulauern.«

»Das ist nicht auszuschließen«, bestätigte Christoph Mommsens Theorie. »Als Mittäter käme auch sein Bruder in Betracht. Wir haben die beiden erlebt, als wir in Bredstedt waren. Halil Özgün zeigte sich dabei als der aggressivere.«

»Während Ismet einen besonnenen Eindruck machte. Aber das soll nichts besagen«, ergänzte der Oberkommissar.

Sie kehrten in ihr Büro zurück. Christoph beschäftigte sich mit dem Studium der Akten. Er las die Berichte durch, machte sich Randnotizen, schrieb Namen auf einen Schreibblock und zog Verbindungslinien zwischen ihnen. Eine führte von Lutz Scheske zu Beecken. Neben Scheske stand der Name von Ismet Özgün. Eine gestrichelte Linie endete bei dessen Schwester. Von ihr sowie von Ismet zog sich eine rote Linie zu Makondele, dem Niebüller Opfer.

Christoph schüttelte den Kopf. Eine blaue Linie verband Scheske und Özgün mit McCoy. An diesen Strich notierte er »Holzbalken«. Es gab aber keine Verbindung zu Akimsola Kpatoumbi, den man am Klanxbüller Bahnhof zusammengeschlagen hatte.

Doch! Svea Bremer, Scheskes Freundin, stellte dort ihr Fahrzeug ab, wenn sie zur Arbeit in die Westerländer Bäckerei fuhr. Über die von ihr fortgeworfene Zigarettenkippe waren sie auf diese Spur gekommen. Hatte sie ihrem Freund einen Tipp gegeben? Es war nicht auszuschließen, dass ihr Kpatoumbi aufgefallen war. Schließlich nutzte er denselben Zug wie sie. Diese Personen gaben ein in sich geschlossenes Bild.

Wenn man vom großen Unbekannten absah, gab es weitere Verdächtige. Kazimierz Kreczma, der polnische Musiker, der notgedrungen nach Dänemark abtauchen musste, nachdem Tyler McCoy seinen – angeblichen – Betrugsversuch beim Einreichen der Doktorarbeit aufgedeckt hatte. Damit war Kreczmas Ruf ruiniert. Er würde nie wieder wissenschaftlich arbeiten können. Daraus mochte ein abgrundtiefer Hass gegen McCoy erwachsen sein. Menschen hatten schon aus weniger wichtigen Motiven heraus gemordet.

Christoph strich den Namen mit Bleistift durch. Die Inszenierung mit dem Kreuz während der Biike wäre für einen Einzelnen zu aufwendig gewesen. Kreczma würde sicher auch keine bereitwilligen Helfer für die Befriedigung seiner möglichen Rache gefunden haben. Außerdem gab es keine Verbindungen zu den anderen Opfern.

An Professor Kühirt als Täter hatte Christoph nie geglaubt, auch wenn Kreczma das Gerücht verbreiten wollte, McCoy hätte den Lübecker Kollegen möglicherweise erpresst. Dafür gab es keine Anzeichen. Und selbst wenn … Professor Kühirt hätte sich nie auf eine solch merkwürdige Weise des Erpressers entledigt. Und die anderen beiden Opfer? Christoph konnte sich den Musikprofessor nicht als Anführer einer Bande vorstellen. Kühirt unter einer weißen Kapuze? Nein!

In einer Liste hatte Christoph Namen von Runeesbyer Einwohnern notiert. Allen voran Getränkehändler Hottenbeck mit seinen undurchsichtigen Geschäften. Nicht nur die unzulässige Beschäftigung Nazir Dahouls, auch die Unterstützung von Schleusern, die illegal Menschen nach Skandinavien schmuggelten, war ihm vorzuwerfen. Pay Ahrens hatte sich gegen den Lärm und die »Negermusik« ausgesprochen, Bürgermeister Sönnichsen trat nach Christophs Meinung zu salbungsvoll auf, und Götz Thurow, der ehemalige katholische Geistliche, hatte plötzlich eine Aversion gegen Afrikaner entwickelt, die lange Jahre sein missionarisches Leben bestimmt hatten. Aber keiner von ihnen hatte einen Bezug zu den anderen beiden Opfern, abgesehen von Thurow, der plötzlich kritisch gegen alle »Schwarzen« geworden war.

Eine besondere Rolle nahm Huthmacher ein, der für Christoph einfach nur dumm war. Leider schützte ihn das nicht vor rassistischem Gedankengut. Es blieb natürlich noch die Möglichkeit, dass sich jemand Huthmachers als Handlanger bediente. Christoph hielt den verbohrten Rechtsextremisten aber nicht für den Täter. Die Täter hätten sich nicht die Blöße gegeben, McCoys Haus mit Schokoschaumküssen zu bewerfen.

Christoph sah auf und reckte sich. Er drückte die Schulterblätter zusammen und drehte den Kopf im Kreis. Der Platz vor ihm war leer. Große Jäger war nach Halebüll unterwegs, um sich vor Ort ein Bild vom »Explosionsort« auf der Toilette zu machen. Vor seinem Gehen hatte der Oberkommissar es nicht lassen können, noch über dieses ungewöhnliche Ereignis zu spotten.

»Was ist, wenn die Frau gar kein Benzin in das WC geschüttet hat, sondern es zum Mittagessen hausgemachte Erbsensuppe gab?« Dann hatte er sich darüber ausgelassen, welche Folgen es für das Opfer haben könnte, vorübergehend und auf Dauer.

»Sieh zu, dass du rauskommst«, hatte Christoph diesen hypothetischen Exkurs beendet.

Er sah auf, als sich die Tür öffnete. Sie glitt »normal« zurück, ohne mit Schwung gegen die Wand geschlagen zu werden. *Das* war nicht Große Jäger.

Cornilsen kehrte zurück. Seine Augen strahlten. Freudestrahlend kam er an Christophs Schreibtisch und begann noch im Stehen, zu berichten.

»Ich hab's.«

Christoph wartete ab. Es sah dem jungen Kollegen an, dass der glühte, sein Wissen loszuwerden.

»Das war ein mühsames Geschäft.«

»Unsere ganze Arbeit ist mühsam. Wir tragen viele kleine Puzzleteile zusammen, und manchmal passt es.« Christophs Gedanken schweiften kurz zu seiner Zeichnung ab. Da fehlten noch ein paar Stücke, die alles miteinander verknüpften.

»Ich bin durch ganz Schleswig-Holstein unterwegs gewesen«, begann Cornilsen mit Feuereifer zu berichten.

Christoph zeigte auf Große Jägers Stuhl.

»Setzen Sie sich erst einmal.« Er musste lächeln, als Cornilsen den Stuhl heranzog und Platz nahm. Der Kommissar ruderte mit den Armen, um das Gleichgewicht zu halten, als die Rückenlehne nachgab. Große Jägers ungestüme Art, sich in das Sitzmöbel fallen zu lassen, zeigte Wirkung.

»Ich hätte nicht gedacht, dass ich in Hanerau-Hademarschen fündig werde.«

»Wieso?«, fragte Christoph. »Da hatte Theodor Storm seinen Altersruhesitz. Dort schrieb er den ›Schimmelreiter‹, seine bekannteste Novelle, und dort ist er gestorben. Wissen Sie auch, weshalb Storm nach Hanerau-Hademarschen gezogen ist?«

Cornilsen verneinte.

»Sein jüngerer Bruder betrieb dort einen Holzhandel.«

Der Kommissar grinste. »Eine spannende Logik«, sagte er. »Die dürfte aber an keiner Polizeischule gelehrt werden. Also«, fuhr er fort. »Die haben Holzbalken der Art verkauft, nach der wir suchen.«

»Daran konnten die sich erinnern?«

Cornilsen nickte heftig. »Der Verkäufer. Es kommt nicht so oft vor, sagte er, dass jemand nur zwei Balken kauft. ›Wofür?‹, hatte der Verkäufer noch gefragt, aber keine Antwort bekommen.«

»Wie heißt der Kunde?«

»Das wissen wir nicht. Es war vor zwei oder drei Wochen, meinte der Mitarbeiter der Holzhandlung sich zu erinnern. Man war so hilfsbereit und hat die Kassenaufzeichnungen durchgesehen.«

»Mit Rechnung? Kreditkarte?«

»Leider nicht. Barzahlung.«

»War der Käufer bekannt?«

»Auch nicht.«
»Wie sah er aus?«
»Ein älterer Mann. Durchschnitt.«
»Geht es ein wenig genauer? Groß? Klein? Haarfarbe? Bart? Brille? Kleidung?«
»Die Fragen habe ich auch gestellt. Der Verkäufer hat zu allem ›Ja‹ gesagt. Er kann sich nicht erinnern. Absolut nicht. Wie sollte er auch bei zahlreichen Kunden am Tag.«
»Er konnte sich doch auch an den Verkauf selbst erinnern.«
»Das ist etwas anderes. Wie gesagt: Er hat sich gewundert, dass der Kunde nur so wenig Holz mitgenommen hat. Normalerweise wird so etwas in größeren Mengen verkauft. Was will man mit einem so kurzen Stück?, hat er sich gefragt.«
»Bringt es etwas, wenn wir den Mann noch einmal gemeinsam befragen?«
Cornilsen wurde unsicher. »Ich habe mir alle Mühe gegeben«, sagte er. »Mehr war nicht in Erfahrung zu bringen.«
»Gibt es Hinweise zum Fahrzeug?«
Vom Kommissar fiel die kurzzeitige Verlegenheit wieder ab. »Ja«, bestätigte er. »Natürlich hat sich der Verkäufer das Kennzeichen nicht gemerkt. Warum sollte er auch? Ihm war aber aufgefallen, dass es ein Nordfriese war. Hanerau-Hademarschen liegt in Dithmarschen. Von dort bis zur Kreisgrenze bei Friedrichstadt sind es fast fünfzig Kilometer. Wer fährt so weit für ein paar Holzbalken?«
»Was für ein Fahrzeug war das? Fabrikat? Farbe?«
Cornilsen schüttelte den Kopf. »Das konnte er nicht sagen. Sie haben die beiden Holzbalken auf einen Pkw-Anhänger verladen. Der Verkäufer hat nicht darauf geachtet, was für ein Typ den gezogen hat.«
»Gut«, lobte Christoph den jungen Kollegen. Es war sicher keine Ungeschicklichkeit, dass Cornilsen keine weiteren Informationen zusammentragen konnte. Es war sicher mühsam gewesen, von Baumarkt zu Baumarkt zu fahren, immer wieder die gleichen Fragen zu stellen und sich dabei nicht sicher zu sein, ob jemand aus Gleichgültigkeit eine falsche Antwort gab oder ob der Kunde von einem Mitarbeiter bedient worden war, der am Tag der Befragung nicht anwesend war. Sie hatten Glück gehabt.

»Gibt es eine Kameraüberwachung in dem Geschäft?«, fragte Christoph hoffnungsvoll.

»Leider nicht.«

Während Cornilsen sich an seinen Arbeitsplatz setzte, strich Christoph die Anmerkung »Holzbalken« an der blauen Linie zwischen »Scheske/Özgün« und »Tyler McCoy«. Die beiden Zimmerleute fielen nicht in die Kategorie »älter«. Und Beecken dürfte kaum die Holzbalken gekauft haben. Es musste noch einen Mittäter geben. Der Vorarbeiter der beiden Zimmerleute? Ein abwegig erscheinender Gedanke. Aber war nicht jedes Verbrechen abwegig?

Mit Gepolter kam Große Jäger von seinem Einsatz zurück.

»Die Frau behauptet nun, sie sei es gar nicht gewesen. Ihr Mann hätte altes Benzin in der Toilette entsorgt. Das würde er immer machen. Farbreste, Terpentin, eben alles, was nicht mehr benötigt wurde. Es entspricht seiner Gewohnheit, nicht abzuziehen. Leider trifft das auch bei anderen Gelegenheiten zu. So muss er das selbst verursacht haben. Der Mann hingegen streitet alles ab und behauptet, es sei ein Anschlag seiner Frau gewesen.« Der Oberkommissar lachte herzhaft. »Ihn kann man übrigens nur im Stehen vernehmen. Oder auf dem Bauch liegend.« Er rieb sich unternehmungslustig die Hände. »Und was habt ihr in der Pause gemacht?«

»Von wegen Pause.« Christoph zeigte auf Cornilsen und forderte ihn auf, zu erzählen.

»Gut, Hosenmatz«, lobte Große Jäger. »Aus dir wird irgendwann ein Polizist. Wenn du groß bist«, ergänzte er.

»Ich bin ein Meter sechsundneunzig«, protestierte Cornilsen.

»Das ist ausbaufähig«, sagte Große Jäger. »Wie vieles andere auch.«

Christoph hatte es keine Ruhe gelassen. Irgendwer musste die Niebüller Schläger informiert haben. Der einzige Anhaltspunkt bisher waren die Mitglieder der Familie Özgün in Bredstedt.

Von den beiden Söhnen war nur Halil anwesend. Sie wurden von der Mutter an der Haustür empfangen und in die Wohnung gebeten. Das Familienoberhaupt wartete im Wohnzimmer, das ein wenig plüschig eingerichtet wirkte. Es war sicher Geschmackssache, ob man die vielen Erinnerungsstücke, böse Zungen würden von Nippes sprechen, mochte. Für die hier lebenden Menschen repräsentierte es offenbar die Heimat. In einer für Einheimische ungewohnten Weise strahlte das Ambiente eine gewisse Behaglichkeit aus.

Mohammad Özgün passte in diese Umgebung. Die Hose, die sich mächtig um den Leib spannte, wurde von Hosenträgern gehalten. Das gestreifte Hemd war bis zum obersten Knopf geschlossen. Unter der Knollennase prangte ein dichter schwarzer Schnäuzer. Die dunklen Augen sahen die Beamten freundlich an.

»Polizei?«, fragte er mehr zu sich selbst. »Wir helfen Ihnen gern, wenn wir können. Halil!« Ein strenger Blick traf seinen Sohn.

»*Baba*.« Der sich beim ersten Besuch so forsch gebende Junior schlug die Augen nieder.

»Fragen Sie«, forderte Mohammad Özgün die beiden Beamten auf, während seine Frau am Türeingang stehen geblieben war.

»Haben Sie oder Ihr Bruder das Haus verlassen, nachdem Sie den Besuch Ihrer Schwester verscheucht hatten?«, fragte Christoph.

»Das war kein Besuch, dieser elendige Aas–«

»Halil!« Der Name klang wie ein Befehl. Kurz und bestimmt.

Halil Özgün warf seinem Vater einen schnellen Blick zu. Dann sah er wieder auf die Tischplatte vor sich.

»Nachdem wir dem Jungen klargemacht hatten, dass er sich verpiss–, dass er abhauen sollte«, erneut streifte ein schneller Blick seinen Vater, »war für uns alles gelaufen.«

»Wann war das – ungefähr?«, fragte Große Jäger.

»So gegen fünf.«

»Ich habe im Fernsehen die Frühnachrichten gesehen«, bestätigte Mohammad Özgün. »Auf TRT 1.«

»Haben Sie oder Ihr Bruder danach das Haus verlassen?«

»Ich bin abends noch einmal weg. So gegen neun.«

»Und Ihr Bruder?«

»Weiß nicht. Als ich ging, war er noch da.«

»Mein Sohn sagt die Wahrheit«, bestätigte der Vater. »Er würde es nie wagen, in Gegenwart seines *baba* zu lügen.«

»Und Ihre Tochter?«, wandte sich Christoph an Mohammad Özgün.

»Unsere Schwester ist ein anständ–«

Halil Özgün brach mitten im Satz ab, als sein Vater ihn ansah.

»Hayrünnisa verlässt das Haus nicht alleine. Nicht abends. Wenn sie irgendwohin muss, begleitet sie ein Familienmitglied.« Mit einer Geste forderte Özgün seine Frau auf, die Tochter dazuzurufen. Das Mädchen musste hinter der Tür gewartet haben. Sie setzte sich aufs Sofa und rückte ganz nach vorn.

»Irgendjemand muss die Nachricht weitergegeben haben, dass Mbala Makondele von Ihren beiden Söhnen verjagt wurde. Woher sonst sollten die Täter wissen, dass er nach Niebüll zurückkehrt?«

»Nicht von uns«, erklärte Mohammad Özgün mit Bestimmtheit. »Wir haben den Mann vertrieben, aber sonst haben wir nichts gemacht.«

Hayrünnisa druckste herum. Ihr Vater ergriff ihre Hand und drückte sie sanft.

»Was ist, mein Liebling?«, fragte er.

»Ich habe telefoniert«, sagte sie kaum hörbar.

»Mit wem?«, hakte Christoph nach.

»Mit meiner Freundin Merle.«

»Haben Sie ihr von dem Vorfall erzählt? Davon, dass Ihre Brüder Mbala Makondele vertrieben haben?«

Das Nicken war kaum sichtbar. »Merle war dabei, als er mich in Niebüll angesprochen hat. Wir gehen zusammen in Niebüll zur Schule.«

»Und Ihrer Freundin haben Sie an diesem Abend alles erzählt?«

»Nur ganz kurz«, sagte Hayrünnisa.

»Du hast mit ihr gesprochen?«, fragte der Vater und hielt dabei die Hand seiner Tochter.

»Ja, *baba*.«

»Haben Sie noch mit anderen telefoniert?«, fragte Christoph. Sie schüttelte den Kopf. »Nur mit Merle.«

»Wie heißt die Schulfreundin, und wo wohnt sie?«

»Merle Hermannsen aus Aventoft. Die genaue Anschrift kenne ich nicht. Ich war noch nie bei ihr.«

Christoph sah Mohammad Özgün an. »Können Sie uns zusichern, dass niemand aus Ihrer Familie in den nächsten zwei Stunden telefoniert, SMS oder E-Mails verschickt oder sonst wie kommuniziert?«

»Ich verspreche es.«

Zum Glück sah der Familienvorstand nicht die entsetzten Blicke seiner Kinder. Christoph reichte die Zusage. Die beiden Polizisten tauschten einen festen Händedruck mit dem Vater aus und beließen es bei einem Nicken gegenüber den anderen Özgüns.

Vom Auto aus ermittelte Große Jäger die Adresse der Schulfreundin.

»Kai Hermannsen. Das ist die Einzige mit diesem Namen in Aventoft. Die wohnen in der Rosenkranzer Straße.«

Der Ortsteil Rosenkranz der kleinen Gemeinde Aventoft lag direkt an der Grenze unweit von Runeesby. Er bestand eigentlich nur aus einer Straße, die am Ruttebüller See entlangführte.

Wer sich ein wenig Zeit nahm und auf diesem Schleichweg über die Grenze wechselte, lernte eine stille, aber reizvolle Landschaft kennen. Nur einen Steinwurf entfernt lag Seebüll, das Pilgerziel der Bewunderer Emil Noldes, in dessen ehemaligem Wohnhaus das nach ihm benannte Museum residierte. Die enge und von scharfen Kurven begleitete Straße führte nach Rudbøl, der dänischen Schwestergemeinde. Die Familie Hermannsen wohnte nur ein paar Häuser vom »Alten Deutschen Grenzkrug« entfernt.

Eine schlaksig wirkende junge Frau öffnete ihnen.

»Merle Hermannsen?«, fragte Christoph.

»Ja.« Sie nickte dazu.

Christoph stellte sich und Große Jäger vor. »Wir möchten gern mit Ihnen sprechen.«

»Ich weiß nicht«, sagte sie unsicher. »Meine Eltern sind nicht da.«

»Sie sind eine Klassenkameradin von Hayrünnisa Özgün?«

»Jaaa.« Es kam zögerlich über ihre Lippen. »Aber ... meine Eltern sind weg.«

»Wollen Sie uns trotzdem ein paar Fragen beantworten?«

»Ich weiß nicht.«

»Sie waren dabei, als Hayrünnisa von einem dunkelhäutigen jungen Mann auf dem Niebüller Rathausplatz angesprochen wurde?«

»Da war nichts weiter«, antwortete sie schnell.

»Es wirkte so, als hätte sich der junge Mann gewisse Hoffnungen gemacht.«

»Ach was. Wirklich nicht. Hayrünnisa würde sich nie auf so etwas einlassen. Bei den Türken geht es anders zu.«

»Sie wissen aber, dass der Junge nach Bredstedt gefahren ist und Ihre Freundin besuchen wollte.«

»Hayrünnisa ist eigentlich gar nicht meine Freundin. Na ja, nicht so richtig. Freundinnen unternehmen etwas zusammen, gehen in die Disco oder zu Feten. Da spielt sich bei Hayrünnisa nichts ab.«

»Trotzdem hat Hayrünnisa Sie angerufen, als der junge Mann bei ihr aufkreuzte.«

»Ganz kurz nur. Sie musste das loswerden. Irgendwie spinnt der doch, der Schwarze. Glaubt der wirklich, er kann da was losmachen?«

»Hayrünnisas Brüder haben ihn abgewiesen.«

»Das war auch richtig so. Niebüll ist ja nicht groß. Da trifft man sich immer wieder. Hoffentlich war ihm das eine Lehre.«

»Sie meinen, der junge Mann ist aufdringlich gewesen?«

»Neee – nicht direkt. Er hat nicht rumgemacht und so. Auch keine blöden Sprüche. Da gibt es andere Spastis. Aber trotzdem ... Der passt doch nicht hierher. Mit so einem kann man sich doch nicht zeigen. Ein Asylant. Ich habe gleich nach dem Telefonat mit Niklas gesprochen. Er hat das irgendwie mitgekriegt.«

»Niklas?«

»Ja, mein Bruder. ›Was war das denn?‹, hat er gefragt. Da habe ich es ihm erzählt. ›Der soll sich rarmachen‹, hat Niklas gesagt. ›Finger weg. Geil, dass die Türken ihn aufgemischt haben.‹«

»War das wörtlich?«

»Ziemlich.«

»Was hat Ihr Bruder dann unternommen?«, fragte Christoph.

»Ich verstehe nicht«, zeigte sich Merle Hermannsen überrascht.

»Ist Ihr Bruder nach dem Telefonat weggegangen?«

»Weiß nicht mehr. Aber warum?« Das junge Mädchen wurde stutzig.

»Können Sie sich wirklich nicht daran erinnern?«

»Kann schon sein. Erst einmal hat er einen Freund angerufen.«

»Wissen Sie, wen?«

»Klar. Niklas ist mit ihm zusammen zur Schule gegangen. Hier kennt man sich doch.« Sie nannte einen Namen.

»Und dann?«

Sie spielte verlegen mit einem Armband, das ihr schlankes Handgelenk umschloss. »Niklas war so'n bisschen aufgekratzt. Der Freund hat wohl noch mehr gegen diese Leute gestänkert.«

»Inwiefern?«

»Er hat gesagt, die Kanaken sollen bleiben, wo der Pfeffer wächst.« Sie sah die beiden Beamten an. »Aber was soll das Ganze? Ich verstehe das nicht.«

»Sie haben uns sehr geholfen«, sagte Christoph.

»Aber wieso?«, fragte sie und sah ratlos den beiden Beamten hinterher.

»Merkwürdig«, stellte Große Jäger unterwegs fest, »über welche zufällige Kette die Nachricht von Makondeles Besuch in Bredstedt und seine Rückkehr nach Niebüll gelaufen ist. Die Täter hatten genügend Zeit, sich zu verkleiden und auf Makondele zu warten. Sie waren vor einer zufälligen Entdeckung ziemlich sicher. Im Februar um diese Jahreszeit sind nur wenige Leute unterwegs. Und den Weg des Opfers, den er zur Gemeinschaftsunterkunft einschlagen musste, kannten sie. Makondele hatte keine Chance. Er war seinen Gegnern ausgeliefert.«

Sie fuhren nach Runeesby und suchten den Bürgermeister und Lehrer auf.

»Gibt es hier Leute, die der kruden Rassentheorie vom reinen Arier nachhängen? Die vom Germanentum träumen?«, fragte Christoph.

»Runeesby ist eine Streusiedlung«, dozierte Sönnichsen ungefragt. »Wir streiten uns mit dem Nachbarn Rodenäs, wer die nördlichste Gemeinde Deutschlands auf dem Festland ist. Rodenäs ist unser großer Nachbar. Groß? Die haben etwas über vierhundert Einwohner. Hier stand früher das Dorf Rickelsbüll, das 1615 samt Kirche untergegangen ist. Davon haben wir uns nicht wieder erholt. Außer unserer guten Dorfgemeinschaft gibt es hier nichts. Wir haben nicht einmal einen Kro, ja – so heißt es hier immer noch. Ein Relikt aus unserer dänischen Vergangenheit. Der Krug ist früher der kulturelle Mittelpunkt des dörflichen Lebens gewesen. Heute stirbt er überall. Das Miteinander ist ein anderes geworden.

Die Leute hocken zu Hause, sehen fern oder beschäftigen sich mit dem Computer. Die Verbindung zur großen Welt. Das war damals anders, als hier noch die Germanen vagabundierten. Mancher wünscht sich das zurück.«

»Das ist doch eine verspielte Idee«, warf Christoph ein.

»Ganz bestimmt bei denen, die in irgendwelchen Vereinen die Historie für ein Wochenende wieder aufleben lassen, sich wie die alten Germanen kleiden, so hausen und essen. Und wenn das Treffen am Wochenende vorbei ist, kehren sie in ihre klimatisierten Häuser zurück, berichten in den Internetforen vom Erlebten und bereiten sich auf den Alltag als Arzt, Banker, Ingenieur oder Unternehmer am Folgetag vor. So etwas gibt es bei uns nicht. Aus Skandinavien schwappt aber das germanische Neuheidentum herüber. Das sind zeitgenössische Bestrebungen zur Wiederbelebung einer vorchristlichen Naturreligion. Die Anhänger berufen sich dabei auf die Kultur, Mythologie und Glaubenswelt der Germanen.«

»Das sind doch lauter Spinner«, kommentierte Große Jäger ungefragt.

»Mag sein«, erwiderte Sönnichsen. »Als Symbol ihres Glaubens tragen manche der Anhänger den sogenannten Thorhammer. So wie Christen sich das Kreuz umhängen.«

»Solche Ideologien waren auch den Nationalsozialisten mit ihrer Rassentheorie nicht fremd. Man sprach vom reinen arischen Blut«, erinnerte ihn Christoph. »Auch der Ku-Klux-Klan kultiviert rassistische Ideen. Was ist, wenn beides zusammenkommt?«

»Das wäre eine fatale Mischung«, sagte Große Jäger. »Haben Sie hier im Umkreis so etwas beobachtet?«

Sönnichsen dachte einen Moment nach.

»Mir ist bisher nichts aufgefallen. Nur Ahrens, der seinen Kindern alte germanische Namen gegeben hat. Aber sonst ist er ganz normal. Er hat keinen Altar im Keller stehen, auf dem er Thor Opfer bringt.«

»Wer hat sich aus dem Kreis der Dorfbewohner kritisch zu Ausländern oder Andersfarbigen geäußert?«

»Niemand. Behaupten Sie nicht so etwas von uns Runeesbyern.« Sönnichsen zeigte sich verstimmt, als die Polizisten gingen.

Pay Ahrens, der Landwirt, zeigte sich ebenfalls ungehalten. Der Besuch der Polizei war ihm nicht recht. »Kann man nicht seine Ruhe haben?«, fragte er.

»Können wir uns nicht im Haus unterhalten?«, antwortete Christoph mit einer Gegenfrage.

Widerwillig führte er sie in das Zimmer mit den alten Waffen an den Wänden. Christoph zeigte darauf.

»Ein Hobby von Ihnen?«

»Ist das verboten?«

»Begeistern Sie mehr die Waffen oder der germanische Kult?«

»Weshalb interessieren Sie sich dafür?«

»Man trifft nicht oft Menschen, die sich mit diesem Thema beschäftigen.«

»Haben Sie eine Ahnung«, antwortete Ahrens.

»Bei Ihnen ist es aber besonders ausgeprägt.«

»Was geht Sie mein Hobby an?«

»Sie beschäftigen sich mit diesem Thema schon länger. Es fasziniert Sie, ist ein Teil Ihres Lebens.«

»Blödsinn.«

»Doch«, behauptete Christoph. »Nehmen Sie die Namen Ihrer Kinder. In dieser Gegend heißen die Kinder Momme, Thies, Ingwer und ähnlich.«

»Na und?« Ahrens hatte seine Aggressionen immer noch nicht unter Kontrolle.

»Ihre Kinder heißen Aswin und Odila.«

»Ist das verboten?«

»Ungewöhnlich.«

»Hätte ich sie Ihnen zuliebe Josef und Maria nennen sollen?«

»Ihre Tochter haben Sie Odila genannt. Das steht für ›Erbgut und Besitz‹. Bei Ihrem Sohn Aswin geht es sogar kriegerisch zu. ›Der Freund des Eschenspeers‹.«

Ahrens sprang auf und streckte die Hand aus. »Raus«, brüllte er. »Sofort. Ich muss mir diesen Schwachsinn nicht anhören.«

Große Jäger erhob sich in Zeitlupe. Er kniff die Augen zu schmalen Schlitzen zusammen und zeigte auf den Stuhl. »Setzen!« Nachdem Ahrens wieder Platz genommen hatte, fuhr er fort: »Wissen Sie, was Tyler bedeutet?«

»Das ist kein Name. So nennt man Hunde.«

»Gleich verpasse ich dir eine«, zischte Große Jäger leise. »Ganz außerhalb des Protokolls.«

»Ist doch wahr«, ereiferte sich der vierschrötige Mann. »Hier leben alle friedlich miteinander. Seit Generationen. Plötzlich taucht so einer hier auf. Niemand hat ihn gerufen. Wir machen uns doch lächerlich. Runeesby ist kein Kral. So einer wie der ... in Null Komma nix hätten wir hier ein Asylantenlager. Lauter ledige heiße Kerle. Die wären über unsere Frauen hergefallen wie die Tiere. Sieh dir das doch an. Die Nachkommen von dem Neger. Da laufen Bastarde durch das Dorf.«

»Tyler McCoy war ein begnadeter Musiker. Seine Kinder haben studiert. Die Tochter ist Studienrätin, der Sohn hat promoviert und dient bei der Bundeswehr. Es gibt bequemere Jobs, als täglich sein Leben in Afghanistan zu riskieren.«

»Das ist doch absurd«, fluchte Ahrens. »Dem passiert doch nichts. Wenn der da aufkreuzt, wissen die Taliban doch gar nicht, zu welcher Seite der Mischling gehört.«

»Wie kann man nur so bescheuert sein wie Sie?«, stellte Große Jäger fest.

»Ich? Das ist doch die Ordnung des Universums, dass die schwarze Rasse minderwertig ist. Türken. Molukken. Kanaken. Neger. Alles treibt sich hier herum. Widerlich.« Es fehlte nur noch, dass Ahrens ausspie.

Es war widerwärtig. Christoph hätte den Mann gern gestoppt, aber dann würden sie nichts mehr erfahren. So hörte er weiter zu.

Doch beim Oberkommissar war das Maß voll.

»So ein widerwärtiger Typ wie du vergreift sich an Menschen mit anderer Hautfarbe, ermordet sie kaltblütig, hetzt andere fast zu Tode. Ist man krank im Oberstübchen«, dabei klopfte er sich gegen die Stirn, »oder stimmt etwas anderes nicht?«

Ahrens wirkte erschrocken. »Ich soll jemanden ermordet haben? Ich?«

»Wo ist Ihr Sohn?«, fragte Christoph.

»Weg.«

»Red keinen Stuss«, sagte Große Jäger laut.

»Der ist weg. Er bekam einen Anruf – dann ist er abgehauen.«

»Wer war am Apparat?«

»Ich glaube, sein Schulfreund Niklas. Ja. Richtig. Niklas Hermannsen aus Aventoft.«

Aswin Ahrens war gewarnt worden. Niklas Hermannsen, der den jungen Ahrens von Makondeles Auftritt in Bredstedt und der dort erlebten Abfuhr in Kenntnis gesetzt hatte, hatte ihn auch jetzt wieder informiert.

»Das ist wie damals, als Ihr Sohn erfuhr, dass sich ein Dunkelhäutiger auf dem Weg nach Niebüll befand. Er hat sich mit seinen Gesinnungsgenossen auf den Weg gemacht. Es war nur ein Zufall, dass Mbala Makondele mit dem Leben davongekommen ist«, sagte Christoph.

»Wie heißt der Kaffer?«

»Wo ist Ihr Sohn?«

»Keine Ahnung.«

»Du behauptest auch, nichts von den Verbrechen deines Stammhalters gewusst zu haben?«

Ahrens zeigte sich überrascht. »Was für Verbrechen?«

»Wer sind die anderen?«

»Welche anderen?«

Christoph räusperte sich. »Sie haben einen Opel Antara?«

»Wieso?«

»Den haben wir vor der Tür stehen sehen.«

»Dann wissen Sie es doch.«

»Und einen Mercedes älterer Bauart. Mit Anhängerkupplung.«

»Ist das ein Verhör oder was?«, fragte Ahrens patzig.

»Ja«, antwortete Große Jäger seelenruhig. »Den haben wir gesehen, als Ihr Sohn bei Thurow war, um die afrikanischen Erinnerungsstücke abzuholen.«

»Da sehen Sie mal, was hier los ist. Nebenan wohnt die schwarze Bande mit der abscheulichen Musik. Seit Generationen ging es hier ruhig und friedlich zu. Dann taucht auch noch dieser Pfaffe auf.«

»Herr Thurow hat niemanden gestört.«

»So einer stört allein durch seine Anwesenheit.«

»Ihr Sohn Aswin scheint das anders gesehen zu haben«, sagte Christoph.

»Den hat man einer Gehirnwäsche unterzogen. Ich habe noch

gerade eben verstanden, was Aswin zu Thurow getrieben hat. Er ist ein guter Junge. Immer hilfsbereit. Und Thurow hat ihn mit seinen schrägen Gedanken und Ansichten infiltriert. Ja! Aswin benutzt meistens den Mercedes. Er hat damit auch dem Buschprediger geholfen.« Plötzlich schoss Ahrens' Hand vor. »Genau. Der hat ihm diesen Floh ins Ohr gesetzt. Von wegen gottesfürchtig. Thurow hat sich das ausgedacht, wenn es denn wahr ist, was Sie hier behaupten. Aswin ist verführt worden. Mein Sohn – was haben die mit ihm gemacht?«

Ahrens versenkte das Gesicht in seine geöffneten Hände und schluchzte.

»Götz Thurow war der Anstifter?«, fragte Christoph.

Ahrens nickte. »Ich hatte gleich ein ungutes Gefühl, als der hierherzog.«

»Soso.« Große Jäger spitzte die Lippen. »Der Geistliche hat sich also Ihren Mercedes samt Anhänger ausgeliehen, ist damit nach Hanerau-Hademarschen zum Holzhandel gefahren und hat dort die Balken gekauft, aus denen er das Kreuz gebastelt hat.«

Ahrens zuckte mit den Schultern. »Was weiß ich. Vielleicht hat mein gutmütiger Sohn ihm das Auto geliehen. Vom Kreuzigen versteht der Pfaffe etwas.« Ein schmutziges Grinsen begleitete diese Aussage.

Christoph sah, wie Große Jäger aufbrausen wollte, und signalisierte ihm mit einer Handbewegung, zu schweigen.

»Ich bin mir sicher, man wird Sie im Holzhandel wiedererkennen. Da war noch etwas. Als wir zum Tatort an der Biike kamen, haben zwei Männer, die sich als Elektriker ausgaben, erklärt, sie wären erst später zur Veranstaltung gekommen, weil sie zuvor noch bei Ihnen etwas an der Elektrik richten mussten. Ich habe dem keine Bedeutung beigemessen, aber die zusätzliche Anmerkung der beiden, es wäre beim ›Heimwerken‹ die Sicherung durchgeknallt, bekommt jetzt ein anderes Gewicht. Hat Ihre Säge dem dicken Balken nicht standgehalten?«

»Das ist doch alles Scheiße, was Sie da erzählen«, schrie Ahrens plötzlich. Er fuchtelte wild mit den Armen herum. »Wir sind bald wieder da, wo wir zu Beginn der zwanziger Jahre schon einmal waren. Damals haben die Juden die Macht in Kultur und Wirtschaft übernommen. Überall hatten sie ihre Finger drin. Nein«, er wedelte mit dem Zeigefinger vor seinem Gesicht, »die haben sich angepasst und sind heute genauso gute Deutsche wie wir. Dafür werden wir von den anderen unterwandert. Sollen wir sehenden Auges untergehen und das Feld allen möglichen anderen überlassen? Da muss etwas geschehen. Zur Abschreckung.« Er zeigte auf die Schwerter an der Wand. »Was meinen Sie, wo Amerika heute wäre, wenn nicht zuerst die Wikinger und später die Europäer die Kultur und das Wissen dorthin gebracht hätten? Die Roten würden immer noch halb nackt durch die Steppe laufen.«

»Hören Sie auf.« Große Jäger konnte es nicht mehr mit anhören. Es war unklug von ihm, Ahrens' Redefluss zu unterbrechen. Und unprofessionell. Andererseits kannte Christoph den Oberkommissar lange genug, um zu verstehen, dass unter der rauen Schale eine mitfühlende Seele beheimatet war. In solchen Momenten gewann der Mensch gegenüber dem coolen Polizisten.

»Wie sind Sie auf die Idee mit dem Ku-Klux-Klan gekommen?«

»Jeder hat schon einmal von diesem Geheimbund gehört. Ich habe einen Film gesehen. Die Rassentrennung ist doch okay. Wenn jeder bleibt, wo er hingehört, passiert doch nichts. Man sieht es doch an McCoys Kindern.«

»Und wer war der Kopf der Bande? Wer hat sich das Ganze ausgedacht? Das ist doch nicht Ihre Idee gewesen«, stichelte Christoph.

»Halten Sie mich für bescheuert?« Es klang fast ein wenig beleidigt.

»Ja«, stellte Große Jäger fest.

»Da brauche ich keinen zu, um das selbst zu erkennen und zu handeln.«

»Sie haben Ihren Sohn mit hineingezogen«, stellte Christoph fest.

»Dazu bedurfte es nur einer vernünftigen Erziehung, damit er das selbst erkennen konnte.«

»Pfui Teufel, was sind Sie nur für ein Vater. Zunächst wollten Sie alles Aswin in die Schuhe schieben und jetzt solche Sprüche.« Der Ekel troff aus jedem Wort, das Große Jäger beisteuerte.

»Der Dritte im Bunde ist Nazir Dahoul«, sagte Christoph. Vieles sprach für dessen Beteiligung.

»Sagte ich schon«, bestätigte Ahrens. »Der mag keine Neger. Er kann auch nicht einsehen, dass Leute wie McCoy sich hier frei bewegen können, während Bürgerkriegsflüchtlinge wie er bangen müssen, ob sie sich vorübergehend hier aufhalten dürfen. Jeder vertriebene Schwarze schafft Platz für einen wirklich Bedürftigen, meint Dahoul. Warum flüchtet halb Afrika über das Mittelmeer, während in Dahouls Heimat unschuldige Menschen in einem Bürgerkrieg sterben müssen?«

»Dahoul war mit dem Getränkelaster unterwegs, als er McCoy traf, der eine Mitfahrgelegenheit suchte«, sagte Christoph. »Er hat McCoy einsteigen lassen. Wir haben dessen DNA im Laster sicherstellen können. Anstatt zum Bahnhof nach Klanxbüll zu fahren, ist Dahoul mit dem ahnungslosen McCoy zu Ihnen gekommen.«

Ahrens nickte geistesabwesend.

»Und dann haben Sie McCoy erschlagen. Waren Sie das persönlich?«

»Ich bin doch kein Barbar«, empörte sich Ahrens.

Christophs Provokation war erfolgreich. Die Kieler Rechtsmedizin hatte als Todesursache Erfrieren diagnostiziert. Ahrens bestätigte diesen Befund.

»Wir wollten McCoy ans Kreuz nageln. So, wie es die Ku-Klux-Klan-Leute gemacht haben. Wir haben McCoy überwältigt, als Dahoul hier mit ihm auftauchte. Dann haben wir das Kreuz gebastelt.«

»Wer?«, unterbrach Christoph.

»Aswin und ich. Dahoul musste mit dem Laster weiter. Sonst wäre Hottenbeck misstrauisch geworden.«

»Der Getränkehändler war nicht eingeweiht?«

»Natürlich nicht, das Weichei. Der merkt nicht einmal, dass seine Frau mit den Leuten, die er über die Grenze zu schmuggeln hilft, vögelt.«

»Und wie sind das Kreuz und McCoy zur Biike gekommen?«

»Aswin und ich haben auf Dahoul gewartet. Das war am Donnerstag vor der Biike. Bei Wolken am Himmel ist es um halb sechs schon ziemlich dunkel. Und zur Biike – da kommt abends keiner mehr raus. Wir sind mit dem Mercedes und dem Anhänger hin, haben das Kreuz aufgebaut und McCoy einen schönen Abend gewünscht. Mensch, das kann doch keiner ahnen, dass der Schwachkopf die Nacht nicht übersteht und gleich erfriert. Die halten eben nichts aus, die Schwarzen. Da nichts mehr zu machen war, haben wir alles so gelassen und gehofft, dass man nicht herausfindet, wer da verbrannt ist. Wie auch. War ja alles Asche.«

»Schämen Sie sich gar nicht? Nicht nur, dass Sie so abscheuliche Verbrechen begehen. Sie versuchen auch noch, es Ihrem Sohn und Dahoul anzulasten.«

»Da musste ich nicht lange reden. Aswin hat selbst berichtet, dass die Araber die Schwarzen hassen und abschlachten. Das hat ihm Thurow aus dem Sudan erzählt. Nicht nur da. Während der Apartheid in Südafrika gab es drei Klassen. Auch die Coloureds, also die Asiaten, haben voller Verachtung auf die Schwarzen herabgesehen.«

Sie legten Ahrens Handschellen an und führten ihn ab. Als sie ins Freie traten, stieß Große Jäger den Mann an.

»Wie alt sind Sie?«

»Einundsechzig.«

Der Oberkommissar zeigte zum Himmel. »Sehen Sie sich noch einmal die Sonne an. Sie werden sie in Ihrem Leben nie wieder zu Gesicht bekommen. Und das ist gut so.«

★★★

Der Fall war fast abgeschlossen. Dahoul hatte keinen Widerstand geleistet, als er noch am selben Tag festgenommen wurde. Bei der Durchsuchung des Ahrens'schen Hauses wurden zwei Ku-Klux-Klan-Gewänder und eine Kapuze gefunden. Die DNA der Kapuze vom Klanxbüller Parkplatz stimmte mit der von Pay Ahrens überein. Ebenso konnte sich der Verkäufer des Hanerau-Hademarscher Holzhandels mit »hoher Wahrscheinlichkeit« an Pay Ahrens erinnern und daran, dass dieser die Holzbalken gekauft hatte.

Große Jäger hatte Christoph auf die Schulter geklopft.

»In meinen ganzen Jahren bei der Polizei habe ich niemanden getroffen, der so perfekte Berichte schreiben kann wie du.«

Christoph hatte mit einem scheelen Blick geantwortet.

»Es kann gut sein«, fuhr Große Jäger fort, »dass dies dein letztes

Tötungsdelikt war, das du in deiner Laufbahn bearbeitet hast. Und das, obwohl wir gar keine Mordkommission sind. Zum Glück sind Straftaten gegen Leib und Leben selten bei uns in Nordfriesland. Es ist eben ein schöner, ebenso wilder wie beschaulicher Flecken Erde, den der liebe Gott uns geschenkt hat. Und im nächsten Jahr darfst du ihn von da draußen«, dabei zeigte der Oberkommissar Richtung Fenster, »genießen. Dann kannst du jeden Abend in ›Jacqueline's Café‹ sitzen und darauf warten, dass deine Frau Feierabend macht.«

»Im Augenblick warte ich darauf, dass du mit deiner Arbeit fertig wirst«, sagte Christoph lachend.

»Ich werde die Fahndung nach Aswin Ahrens veranlassen. Weit wird er nicht kommen, auch wenn die Suche nach ihm eine andere Ausprägung hat als die Menschenjagd, für die er mitverantwortlich ist«, sagte Große Jäger grimmig.

Niemand antwortete, bis Cornilsen schallend auflachte. Die beiden anderen sahen ihn fragend an, doch es dauerte eine Weile, bis er sich beruhigt hatte.

»Dieser ›Chaplin‹ aus Langenhorn …«

»Sven Neubert«, sagte Christoph.

Cornilsen lachte weiter und zeigte auf seinen Bildschirm. »Hier taucht er nur als ›Chaplin‹ auf. Das ist auch besser so. Das war doch der, der mit seinen Handyvideos im Internet aufgefallen ist, unter anderem mit dem Film von der Verbrennung McCoys auf der Biike. Jetzt ist er selbst Opfer geworden.«

»Inwiefern?«, fragte Christoph.

»Im Netz kursiert ein Foto von ihm, genauer von seinem Hintern. Der ist blankgezogen, und darauf steht: ›Ich bin ein Asch‹ – richtig, ohne ›r‹ – ›weil ich Opfer fotografire‹ – auch falsch geschrieben – ›und Rettungkräfte behidner.‹ Mit lauter Schreibfehlern. Wer macht so etwas?«

»Das frage ich mich auch«, sagte Christoph und wunderte sich nicht, dass Große Jäger zu allem keinen Kommentar abgab.

»Na denn dann«, sagte Christoph.

Dichtung und Wahrheit

Den Ort Runeesby gibt es ebenso wenig wie abgrundtiefe Fremdenfeindlichkeit in Nordfriesland. Der Romaninhalt und die handelnden Personen sind frei erfunden. Allerdings ist diese Welt nicht frei von Intoleranz gegenüber Menschen mit anderer Hautfarbe, einer anderen Religion oder einem anderen persönlichen Lebensentwurf.

Es wäre schön, wenn wir alle friedlich und in Achtung vor dem anderen leben könnten. Miteinander. Ohne Hass, Neid oder Gewalt.

Auch für diesen Roman habe ich wieder sachkundigen Expertenrat eingezogen. Ich danke dem Standesamt Niebüll für die Erklärung des komplizierten dänischen Namensrechts und die Umsetzung in deutsches Recht. Jürgen Köller, Wehrführer in Rodenäs, hat meine Fragen zur Biike und zur stillen Landschaft an der Grenze ebenso geduldig beantwortet, wie der Leiter der Husumer Kriminalpolizei, Kriminaloberrat Michael Raasch, mir – wieder einmal – meine umfassende Neugierde gestillt hat.

Bernd Volkers und die Mitglieder der Stormtown Jazzcompany sowie Uwe Niewöhner und der Jazzclub Louisiana Café sind eine feste Institution dieser begeisternden Musik. Vielen Dank, dass ich sie in meinem Roman mitspielen lassen durfte. Man sollte nicht versäumen, die Musiker am ersten Donnerstag des Monats im Husumer »Tante Jenny« live zu erleben.

Flottillenapotheker Dr. Petra Ufermann hat mir spannende Erläuterungen zu pharmazeutischen Fragen gegeben, und alle medizinischen Fragen haben wie immer meine großartigen Experten Dr. Christiane Bigalke, Dr. Ulrich Ruta sowie meine Söhne Malte und Leif beantwortet.

Ich danke meiner Kollegin Brigitte Cleve aus Flensburg und dem Mohland Verlag, dass wir für diesen Kriminalroman den Titel »Biikebrennen« mitverwenden dürfen. In ihrem Buch »Biikebrennen« erzählt Brigitte Cleve zehn wunderbare Geschichten aus Norddeutschland.

Meine Leser wissen: Ohne meine Lektorin Dr. Marion Heister »geht nix«. Danke.

Und wenn sich dennoch Fehler eingeschlichen haben, beruhen die einzig auf meiner Unzulänglichkeit.

Hannes Nygaard
TOD IN DER MARSCH
Broschur, 240 Seiten
ISBN 978-3-89705-353-3

»Ein tolles Ermittlerteam, bei dem man auf eine Fortsetzung hofft.«
Der Nordschleswiger

»Bis der Täter feststeht, rollt Hannes Nygaard in seinem atmosphärischen Krimi viele unterschiedliche Spiel-Stränge auf, verknüpft sie sehr unterhaltsam, lässt uns teilhaben an friesischer Landschaft und knochenharter Ermittlungsarbeit.« Rheinische Post

Hannes Nygaard
VOM HIMMEL HOCH
Broschur, 240 Seiten
ISBN 978-3-89705-379-3

»Nygaard gelingt es, den typisch nordfriesischen Charakter herauszustellen und seinem Buch dadurch ein hohes Maß an Authentizität zu verleihen.« Husumer Nachrichten

»Hannes Nygaards Krimi führt die Leser kaum in lästige Nebenhandlungsstränge, sondern bleibt Ermittlern und Verdächtigen stets dicht auf den Fersen, führt Figuren vor, die plastisch und plausibel sind, sodass aus der klar strukturierten Handlung Spannung entsteht.«
Westfälische Nachrichten

www.emons-verlag.de

Hannes Nygaard
TOD AN DER FÖRDE
Broschur, 256 Seiten
ISBN 978-3-89705-468-4

»*Dass die Spannung bis zum letzten Augenblick bewahrt wird, garantieren nicht zuletzt die Sachkenntnis des Autors und die verblüffenden Wendungen der intelligenten Handlung.*«
Friesenanzeiger

»*Ein weiterer scharfsinniger Thriller von Hannes Nygaard.*« Förde Kurier

Charles Brauer liest
TOD AN DER FÖRDE
4 CDs
ISBN 978-3-89705-645-9

Hannes Nygaard
MORDLICHT
Broschur, 240 Seiten
ISBN 978-3-89705-418-9

»*Wer skurrile Typen, eine raue, aber dennoch pittoreske Landschaft und dazu noch einen kniffligen Fall mag, der wird an ›Mordlicht‹ seinen Spaß haben.*« NDR

»*Ohne den kriminalistischen Handlungsstrang aus den Augen zu verlieren, beweist Autor Hannes Nygaard bei den meist liebevollen, teilweise aber auch kritischen Schilderungen hiesiger Verhältnisse wieder einmal großen Kenntnisreichtum, Sensibilität und eine starke Beobachtungsgabe.*« Kieler Nachrichten

www.emons-verlag.de

Hannes Nygaard
TODESHAUS AM DEICH
Broschur, 240 Seiten
ISBN 978-3-89705-485-1

»Ein ruhiger Krimi, wenn man so möchte, der aber mit seinen plastischen Charakteren und seiner authentischen Atmosphäre überaus sympathisch ist.« www.büchertreff.de

»Dieser Roman, mit viel liebevollem Lokalkolorit ausgestattet, überzeugt mit seinem fesselnden Plot und der gut erzählten Geschichte.«
Wir Insulaner – Das Föhrer Blatt

Hannes Nygaard
KÜSTENFILZ
Broschur, 272 Seiten
ISBN 978-3-89705-509-4

»Mit ›Küstenfilz‹ hat Nygaard der Schleiregion ein Denkmal in Buchform gesetzt.« Schleswiger Nachrichten

»Nygaard, der so stimmungsvoll zwischen Nord- und Ostsee ermitteln lässt, variiert geschickt das Personal seiner Romane.«
Westfälische Nachrichten

www.emons-verlag.de

Hannes Nygaard
TODESKÜSTE
Broschur, 288 Seiten
ISBN 978-3-89705-560-5

»Seit fünf Jahren erobern die Hinterm Deich Krimis von Hannes Nygaard den norddeutschen Raum.« Palette Nordfriesland

»Der Autor Hannes Nygaard hat mit ›Todesküste‹ den siebten seiner Krimis ›hinterm Deich‹ vorgelegt – und gewiss einen seiner besten.« Westfälische Nachrichten

Hannes Nygaard
TOD AM KANAL
Broschur, 256 Seiten
ISBN 978-3-89705-585-8

»Spannung und jede Menge Lokalkolorit.« Süd-/Nord-Anzeiger

»Der beste Roman der Serie.« Flensborg Avis

www.emons-verlag.de

Hannes Nygaard
DER TOTE VOM KLIFF
Broschur, 272 Seiten
ISBN 978-3-89705-623-7

»Mit seinem neuen Roman hat Nygaard einen spannenden wie humorigen Krimi abgeliefert.« Lübecker Nachrichten

»Ein spannender und die Stimmung hervorragend einfangender Roman.« Oldenburger Kurier

Hannes Nygaard
DER INSELKÖNIG
Broschur, 256 Seiten
ISBN 978-3-89705-672-5

»Die Leser sind immer mitten im Geschehen, und wenn man erst einmal mit dem Buch angefangen hat, dann ist es nicht leicht, es wieder aus der Hand zu legen.« Radio ZuSa

www.emons-verlag.de

Hannes Nygaard
STURMTIEF
Broschur, 256 Seiten
ISBN 978-3-89705-720-3

»*Ein fesselnder Roman, brillant recherchiert und spannend!*«
www.musenblaetter.de

Hannes Nygaard
SCHWELBRAND
Broschur, 272 Seiten
ISBN 978-3-89705-795-1

»*Sehr zu empfehlen.*«   Forum Magazin

»*Spannend bis zur letzten Seite.*«   Der Nordschleswiger

www.emons-verlag.de

Hannes Nygaard
TOD IM KOOG
Broschur, 240 Seiten
ISBN 978-3-89705-855-2

»Ein gelungener Roman, der gerade durch sein scheinbar einfaches Ende einen realistischen Blick auf die oft banalen Gründe für sexuell motivierte Verbrechen erlaubt.« Radio ZuSa

Hannes Nygaard
SCHWERE WETTER
Broschur, 256 Seiten
ISBN 978-3-89705-920-7

»Wie es die Art von Hannes Nygaard ist, hat er die Tatorte genauestens unter die Lupe genommen. Wenn es um die Schilderungen der Örtlichkeiten geht, ist Nygaard in seinem Element.«
Schleswig-Holsteinische Landeszeitung

»Ein Krimi mit einem faszinierenden Thema, packend aufbereitet und mit unverkennbar schleswig-holsteinischem Lokalkolorit ausgestattet.«
www.nordfriesen.info

www.emons-verlag.de

Hannes Nygaard
NEBELFRONT
Broschur, 256 Seiten
ISBN 978-3-95451-026-9

»Nie tropft Blut aus seinen Büchern, immer bleibt Platz für die Fantasie des Lesers.«   BILD

Hannes Nygaard
FAHRT ZUR HÖLLE
Broschur, 272 Seiten
ISBN 978-3-95451-096-2

»*Ein Meister der Recherche*«   NDR 90,3

www.emons-verlag.de

Hannes Nygaard
DAS DORF IN DER MARSCH
Broschur, 272 Seiten
ISBN 978-3-95451-175-4

»Dieser Autor killt die Langeweile – Hannes Nygaard ist einfach immer gleich gut.« NDR 90,3

Hannes Nygaard
SCHATTENBOMBE
Broschur, 256 Seiten
ISBN 978-3-95451-289-8

»Hannes Nygaards ›Hinterm Deich‹-Krimis gehören inzwischen zu den Klassikern der norddeutschen Krimilandschaft.« Holsteinischer Courier

www.emons-verlag.de

Hannes Nygaard
MORD AN DER LEINE
Broschur, 256 Seiten
ISBN 978-3-89705-625-1

»›Mord an der Leine‹ bringt neben Lokalkolorit aus der niedersächsischen Landeshauptstadt auch eine sympathische Heldin ins Spiel, die man noch häufiger erleben möchte.« NDR 1

Hannes Nygaard
NIEDERSACHSEN MAFIA
Broschur, 256 Seiten
ISBN 978-3-89705-751-7

»Einmal mehr erzählt Hannes Nygaard spannend, humorvoll und kenntnisreich vom organisierten Verbrechen.« NDR

»Nygaard lebt auf der Insel Nordstrand – dort an der Küste ist er der Krimi-Star schlechthin.« Neue Presse

www.emons-verlag.de

Hannes Nygaard
DAS FINALE
Broschur, 240 Seiten
ISBN 978-3-89705-860-6

»Wäre das Buch nicht so lebendig geschrieben und knüpfte es nicht geschickt an reale Begebenheiten an, man würde ›Das Finale‹ wohl aus Mangel an Glaubwürdigkeit schnell beiseitelegen. So aber hat Nygaard im letzten Teil seiner niedersächsischen Krimi-Trilogie eine spannende Verbrecherjagd beschrieben.«   Hannoversche Allgemeine Zeitung

Hannes Nygaard
AUF HERZ UND NIEREN
Broschur, 256 Seiten
ISBN 978-3-95451-176-1

»Der Autor präsentiert mit ›Auf Herz und Nieren‹ einen spannend konstruierten und nachvollziehbaren Kriminalroman über das organisierte Verbrechen, der auch durch seine gut gezeichneten und beschriebenen Figuren und Protagonisten punkten kann.«   Zauberspiegel

www.emons-verlag.de

Hannes Nygaard
FLUT DER ANGST
Broschur, 288 Seiten
ISBN 978-3-95451-378-9

»Nygaard ist Norden. Seine ›Hinterm Deich Krimis‹ erzielen seit zehn Jahren Spitzenauflagen. Nun setzt er seinem kriminellen Schaffen die Krone auf und veröffentlicht mit ›Flut der Angst‹ den fulminanten Jubiläumsband.« Kultur-Artour

Hannes Nygaard
EINE PRISE ANGST
Broschur, 240 Seiten
ISBN 978-3-89705-921-4

Hannes Nygaard nimmt seine Leser mit auf eine kriminelle Reise von Nord nach Süd. Große und kleine Verbrecher begehen geschickt getarnte Morde, geraten unfreiwillig in dunkle Machenschaften oder erliegen dem Fluch von Hass, Gier oder Leidenschaft. Außergewöhnliche Mordmethoden und manch skurrile Beteiligte garantieren ein kurzweiliges und schwarzes Lesevergnügen.

www.emons-verlag.de